JAGD AUF DIE NR. 1

EIN FALL FÜR BILL STUBBS

ANDRÉ MILEWSKI

http://www.andre-milewski.de

Kontakt@andre-milewski.de

Covergestaltung:
André Milewski
unter Verwendung von Stockbildern von Shutterstock

Korrektorat: Manuel Schumann
Satz: André Milewski
4. Auflage

»When I was young, I was the nicest guy I knew,
I thought I was the chosen one.
but time went by and I find out a thing or two
[...]
I ain't no nice guy after all«

IAN FRASER „LEMMY" KILMISTER

The New Y

25. Juli 2007

Kunstraub aufgeklärt

Mit großer Erleichterung teilte der Kurator der Gemäldeausstellung des Metropolitan Museums of Art, Dr. Darwin Collister, der Presse mit, dass das vor einer Woche unter mysteriösen Umständen aus dem Museum verschwundene Rembrandt-Gemälde »Christus im Sturm auf dem See Genezareth« nun wieder im Met zurück ist. Das berühmte Kunstwerk, dessen Wert mit ca. 50 Millionen Dollar beziffert wird, ist seit gestern wieder in der Ausstellung des Met zu bewundern.

Dr. Collister lobte dabei ausdrücklich die Arbeit des vom Museum beauftragten Kunstdetektivs William Stubbs, dem es gelang, das Gemälde wiederzubeschaffen. »Das war ganz hervorragende Detektivarbeit. Mr. Stubbs ist damit die unangefochtene Nummer eins unter den Kunstdetektiven«, sagte Dr. Collister mit einem zufriedenen Lächeln im Gespräch mit unserer Zeitung.

JC, Weiterlesen auf Seite 7

Re
foll
imp

The
tha
rela
the
beh
of a
exp
in I
its
beh
con
or v

It m
tota
thir

KAPITEL 1
STUBBS

SAN DIEGO, MITTWOCH, 19. JULI 2017

Das kleine Diner roch beim Betreten wie immer nach altem, eingebranntem Fett und leichtem Kaffeearoma. Aber er hatte sich in den letzten Monaten schon daran gewöhnt. Außerdem roch es in seinem ehemaligen New Yorker Stammcafé nicht viel besser. Sein Blick ging zu seinem Stammplatz, der Tisch direkt am Fenster mit Blick auf die Straße. Aber dort hatte schon jemand Platz genommen. Ein Kerl in einem schlechtsitzenden Anzug, der mit der Gabel auf dem Teller vor sich rumstocherte und nebenbei mit der freien Hand auf seinem Tablet-Computer herumwischte. Er blickte leicht irritiert zu Earl - Besitzer, Koch und Servicekraft des Diners in Personalunion - aber dieser winkte ihn zu sich heran.

»Setz dich solange zu mir an den Tresen, Bill. Kaffee?« Earl schenkte einen großen Becher voll, ohne seine Antwort abzuwarten. »Das Übliche?«

Er nickte Earl zu, der sich geschwind zu seinen Bratplatten umdrehte, auf denen Rührei, Schinken und einige Würstchen vor sich hin brutzelten. Der Koch schnappte sich einen Edelstahlpfannenwender und kratzte das Rührei von der Fläche und schob die Würstchen und die Schinkenstreifen hin und her. Dabei sang er leise ein Lied. In solchen Momenten war er sich ziemlich sicher mit seiner Theorie, dass Earl nicht der war, der er vorgab zu sein. Vielmehr erinnerte der singende Dinerkoch nun an Bob Marley, den jamaikanischen Sänger, der nun inkognito hier in San Diego lebte. Earls Dreadlocks waren hellgrau und die Falten um seine Augen herum waren ein Zeichen seines hohen Alters.

»Was starrst du mich so an? Bitte nicht wieder deine Bob-Marley-Theorie«, stöhnte der Koch, während er Rührei, Schinken und Würstchen auf einen Teller verfrachtete. »Hier, dein Frühstück, du Vielfraß.« Earl stellte ihm den Teller auf den Tresen und reichte ihm Besteck dazu.

»Danke. Also, wo warst du am 11. Mai 1981?«, fragte er mit einem Grinsen im Gesicht, während er sein Rührei mit ordentlich Pfeffer würzte.

»Nicht in Miami«, entgegnete Earl und wischte sich seine Hände an der Schürze ab. »Ich war hier, in San Diego, in meinem Diner. Das habe ich dir schon ein Dutzend mal gesagt. Bob Marley ist in Miami gestorben, Bill. Sieh es endlich ein.«

»Wahrscheinlich hast du recht, ... Bob.« Er zwinkerte dem Koch zu.

»Himmel Herrgott!« Earl verdrehte die Augen. »Bill Stubbs, du hast eine blühende Fantasie, weißt du das? Hier, lies lieber in deinem Käseblatt die neusten Fake

News nach.« Der Koch griff unter dem Tresen und reichte ihm dann die aktuelle Ausgabe seiner Lieblingszeitung.

»Käseblatt? Earl, das ist die New York Times. Das ist *die* Zeitung.«

»Unser Präsident sagt, die verbreiten nichts als Lügen«, erwiderte Earl im Brustton der Überzeugung.

»Earl, du bist ein netter Kerl und einer der wenigen Menschen, die ich wirklich mag. Aber ich werde nie verstehen, warum du den Idioten gewählt hast.«

»Weil es richtig war! Es wird Zeit, dass er die Mauer zu den verdammten Mexikanern endlich bauen lässt. Erst gestern musste ich wieder zwei von diesen verdammten Wetbacks hier rausschmeißen. Im Gegensatz zu dir habe ich wenigstens gewählt, Bill.«

Er seufzte. Über Politik war mit Earl nicht zu reden, seine Meinung war festgefahren. »Schon gut, Earl. Belassen wir es dabei. Aber versuch doch bitte, die Mexikaner nicht immer für alles verantwortlich zu machen. Du bist denen gegenüber ganz schon rassistisch.«

»Und? Darf ich als Schwarzer nicht auch mal Rassist sein, du verdammtes Weißbrot?« Earl entblößte seine weißen Zähne, die teilweise sehr krumm in seinem Mund standen.

»Schenkst du mir trotzdem noch Kaffee nach?«, fragte er und schob seine leere Tasse Earl entgegen.

»Sicher doch. Geht aufs Haus, du weißt doch, du bist mein Lieblingsgast.«

»Aber nur weil ich der einzige bin, den du noch nicht vergrault hast«, erwiderte er und schaufelte sich die letzten Reste von seinem Frühstück in den Mund. Dann kramte er in seiner Jackentasche nach dem Päckchen Zigaretten. Er holte die Schachtel heraus und schüttelte sich einer der filterlosen Red Apples in die Hand. Dann zündete er sie an und zog genüsslich daran.

»Entschuldigen Sie bitte, Sir«, erklang eine Männerstimme hinter seinem Rücken. Er drehte sich mit Schwung auf dem Drehhocker herum und blickte zu dem Mann, der auf seinem Stammplatz saß. »Hier drinnen ist Rauchen verboten.« Er deutete mit der rechten Hand auf das Symbol, das Earl oben an seine Fensterscheibe angebracht hatte. Eine qualmende Zigarette in einem dicken roten Kreis, durchgestrichen. Bill drehte sich wieder um zu Earl.

»Stimmt das? Hier drinnen ist Rauchverbot?«, fragte er verwundert.

»Aber sicher. Schon seit Jahren.«

»Warum hast du mir das nie gesagt?«

»Habe ich. Aber es hat dich nie davon abgehalten«, schmunzelte Earl.

Er nahm einen weiteren tiefen Zug von der Zigarette und blies einen Rauchring. Dann stand er auf und ging zu dem Tisch am Fenster. Der Mann sah ihn etwas verstört an.

»Entschuldigen Sie«, sagte Bill und drückte die Zigarette auf dem halbvollen Frühstücksteller des Mannes aus. »So besser?«

Der Mann öffnete den Mund halb, überlegte es sich aber anders, als Bill ihm fest in die Augen blickte.

»Ja ... ich, ich muss jetzt auch los.« Hastig griff sich der Mann seinen Tablet-Computer und steckte ihn in eine Aktentasche. Dann stand er schnell auf, ging zum

Tresen und zahlte. Bill sah dem Mann noch einen Moment hinterher. Für einen kurzen Augenblick fühlte er sich lausig.

Ich bin doch nicht immer so ein Arschloch gewesen?

Mag sein, aber hat es dir was gebracht?

»Ich darf nicht über Mexikaner lästern, aber du vertreibst mir meine Kundschaft?«, fragte Earl vorwurfsvoll, als der Mann im Anzug das Diner verlassen hatte.

»Der wäre sowieso nicht wiedergekommen, Earl. Er mochte dein Essen nicht.« Bill nahm den Teller vom Tisch und reichte ihn über den Tresen zu Earl. »Ist alles schon kalt. Das hättest du so oder so wegschmeißen können.«

Dann griff er sich die Ausgabe der New York Times und seinen Kaffee und ging zurück zu seinem Stammplatz am Fenster. Er setzte sich an den Tisch, breitete die Zeitung vor sich aus und strich sie glatt. Dann griff er in seine Jackeninnentasche und holte seine Lesebrille hervor. Wie immer blätterte er zunächst zu seinem Lieblingsressort der Zeitung, *The Arts*. Schnell überflog er die Themen dieser Ausgabe. Aber es gab nichts, was ihn wirklich interessiert hätte.

Verdammter Narr, dachte er. *Was erwartest du eigentlich? Dass da plötzlich ein großer Artikel auftaucht mit der Überschrift: „Bitte komm zurück, William Stubbs!"? Wird Zeit, dass du begreifst, dass es vorbei ist. Ein für alle Mal.*

Verärgert schob er die Zeitung beiseite. Es wäre das beste, wenn er endlich damit aufhören würde, sich an die Vergangenheit zu klammern. Seit sieben Monaten lebte er schon nicht mehr in New York. Trotzdem versuchte er auch in San Diego, seinen alten Rhythmus aufrecht zu halten oder besser gesagt, er betrog sich selbst. In New York hatte er noch einen Job gehabt und eine Frau. Aber beides hatte er verloren. Und jetzt blieben ihm nur noch die Zigaretten und Alkohol.

»Sag ich doch. Käseblatt. Und das meiste des Inhalts ist erstunken und erlogen. Außer den Sportergebnissen. Noch Kaffee?« Earl stand neben seinem Tisch und hielt eine Kaffeekanne in der Hand.

»Gerne. Lass am besten die Kanne gleich hier.«

Er nahm Earl die Kanne ab und schenkte sich einen Kaffee ein. Als er den Außerirdischen erblickte, der ihn durch die Fensterscheibe hindurch anstarrte, erschrak er sich so heftig, dass er den Kaffee verschüttete und sich das heiße Getränk über die Hand goss.

»Autsch, verdammt!« Er fluchte und schüttelte sich die verbrühte Hand. Wütend starrte er nach draußen, wo eine Gruppe Jugendlicher in albernen Verkleidungen sich königlich darüber amüsierte, dass sie ihn erschreckt hatten. Einer hielt den Alienkopf in den Händen und hielt ihn immer wieder drohend in Bills Richtung. »Verdammte kleine Scheißer.« Bill zeigte dem Jungen den Mittelfinger.

»Gewöhne dich besser dran, Bill. Das wirst du jetzt die ganze Woche zu sehen bekommen«, sagte Earl, der mit einem Lappen in der Hand zurück an seinen Tisch gekommen war und die Tischplatte abwischte. »Ich fürchte, dein Käseblatt ist hinüber.«

»Egal. Steht eh nichts von Interesse drin. Was meinst du damit, ich bekomme sowas jetzt die ganze Woche zu sehen?«

Earl griff sich die zur Hälfte mit Kaffee getränkte

Zeitung vom Tisch und blickte ihn amüsiert an. »Bill, du solltest vielleicht lieber mal die örtlichen Zeitungen lesen. Zum Beispiel den San Diego Reader. Dann wüsstest du, dass diese Woche die Comic Con startet.«

»Dieses Treffen der Bekloppten und Bescheuerten? Wo sich erwachsene Menschen in lächerliche Verkleidungen werfen und so tun, als wären sie Comicfiguren?«

»Genau das. Du lebst ja noch nicht so lange in San Diego. Wird also deine erste Con sein. Du wirst sehen, ist gar nicht so schlimm und diese Bekloppten sind alle ganz harmlose Spinner. Außerdem, als New Yorker bist du doch bestimmt Schlimmeres gewohnt.« Earl lachte und ging zurück hinter den Tresen, wo er die kaffeegetränkte Zeitung in den Mülleimer entsorgte.

Bill blickte wieder auf die Straße, wo die verkleideten Jugendlichen gerade damit beschäftigt waren, bei dem Café auf der gegenüberliegenden Straßenseite die Gäste zu erschrecken. Er seufzte und steckte sich eine weitere Zigarette an.

Wäre ich bloß in New York geblieben.

Und dann, was hättest du da gemacht?, fragte eine andere Stimme in seinem Kopf. Die Vernunft.

Ich hätte um meinen Job kämpfen müssen. Ich hätte um sie kämpfen müssen!, widersprach er seinem vernünftigen Selbst.

Vergiss es, Bill. Du kannst nicht mehr zurück. Dein Ruf ist ruiniert. Deine Frau hat jemand anderen und du bist krank. Die Luft hier in San Diego ist gut für dich. Und du bist weit weg von New York. Und das ist gut so.

Verdammter Besserwisser!

Das Klingeln des Telefons hinter dem Tresen ließ ihn aus seinem Gedankenselbstgespräch aufschrecken.

»Du hast ein Telefon hier?«

»Ich bin selbst überrascht, dass das alte Ding noch funktioniert«, sagte Earl ruhig und schlurfte langsam zu dem klingelnden Apparat, der an der Wand hing. »Hier hat gefühlt schon seit Jahren keiner mehr angerufen.« Earl nahm den Hörer ab, der mit einem tiefgelben Kabel mit der Station verbunden war. »Ja bitte, hier ist Earls Feinkostwaren. Es spricht Earl selbst.« Dann hörte der Dreadlockträger erst einmal nur zu und nickte ein paar Mal. Mit großen Augen blickte er zu Bill hinüber und hielt ihm dann den Hörer über den Tresen entgegen. »Ist für dich!«

KAPITEL 2
DER AUFTRAG

Mit skeptischem Blick stand Bill vor dem Omni. Es war eines der größten und exklusivsten Hotels der Stadt. Der Anrufer hatte ihn hierherbestellt. Normalerweise hätte Bill ihm geantwortet, er soll zur Hölle fahren, als der mysteriöse Anrufer ihm gesagt hatte, er würde gerne seine Dienste als Detektiv in Anspruch nehmen wollen. Aber noch ehe Bill etwas erwidern konnte, bot ihm der Anrufer fünfhundert Dollar an, alleine dafür, dass Bill ihn anhören würde. Er müsste dazu nur kurz im Omni Hotel vorbeikommen. Viel Geld für einen Besuch. Also verkniff er sich seinen typischen »Fahr zur Hölle«-Spruch und machte sich auf den Weg. Von Earls Diner, das in San Diegos Gaslamp Quarter lag, war es nur ein kurzer Fußweg bis zum Omni, das gegenüber der Straßenbahnhaltestelle des Gaslamp Quarters emporragte. Auf dem kurzen Weg waren Bill etliche kostümierte Menschen entgegengekommen, was er mit einem mürrischen Kopfschütteln zur Kenntnis genommen hatte. Nun schnippte er seinen Zigarettenstummel zur Seite weg, den bösen Blick des Portiers ignorierend, und betrat die Hotellobby. In dem pompösen Eingangsbereich blieb er stehen und sah sich suchend um. Hinter zwei riesigen weißen Säulen entdeckte er schließlich den Rezeptionstresen. Langsam hielt er darauf zu, an einem großzügig ausgestatteten Sitzbereich vorbei, dessen Gäste ihn naserümpfend ansahen. Bill wunderte das nicht. Sein Outfit war etwas heruntergekommen. Die Zeiten, in denen er noch Nadelstreifenanzüge trug und stets glatt rasiert war, gehörten der Vergangenheit an. Dies alles hatte er in New York zurückgelassen. Hier in San Diego war er nur ein bärtiger, Hawaiihemd tragender Tourist. Wenn auch auf Dauer.

»Sie wünschen?«, fragte ihn der Concierge und bedachte ihn mit einem abfälligen Blick.

»Stubbs. Ein Mr. Bennett erwartet mich«, erwiderte Bill gelassen. Er war die abschätzigen Blicke mittlerweile gewohnt und sie störten ihn nicht im Geringsten.

Der Concierge hob eine Augenbraue hoch. »Einen Moment bitte, Sir.« Er ging in das Büro, das hinter dem Empfangstresen lag und nahm ein Telefon in die Hand. Das Gespräch dauerte nicht lange und eilig kam der Concierge zu ihm zurück. »Bitte nehmen Sie den Fahrstuhl ganz rechts, am Ende der Lobby. Dort drücken Sie einfach auf den Knopf für die Präsidenten-Suite.«

Bill nickte dem Mann zu und ging in Richtung des Fahrstuhls. Es wunderte ihn nicht, dass ein Mann, der ihm fünfhundert Bucks nur für einen kurzen Besuch zahlte, im teuersten Zimmer des Hotels wohnte. Er betrat den Fahrstuhl und suchte den Knopf für die Präsidenten-Suite. Aber stattdessen stand auf dem Schild neben dem obersten Knopf ›Jimmy Carter Suite‹.

Na ja, immerhin ein Ex-Präsident, dachte Bill und drückte den Knopf. Die Fahrstuhltüren schlossen sich und der Aufzug setzte sich in Bewegung. Als die Türen sich wieder öffneten, kam er in einen Flur im einundzwanzigsten Stockwerk, auf dem es nur eine einzige Zimmertür gab. Bill ging darauf zu und klopfte an. Ein kleiner Mann mit schütterem Haar und einer Brille machte ihm die Tür auf.

»Mr. Stubbs?«, fragte er verwundert.

»Genau der.«

»Oh. Kommen Sie doch herein. Wir haben telefoniert, mein Name ist Benjamin Bennett.« Der Kleingewachsene zog die Tür weit auf. Bill trat in die Suite ein. Der Raum war größer als Earls Diner und hatte zwei riesige Panorama-Fenster, die einen Blick auf die Bay Area ermöglichten. In der Mitte des Raums stand ein quadratischer Eichenholztisch mit eingelassener Glasplatte in der Mitte und drei edel aussehende hellbeige Ledersofas waren um ihn herum gestellt. Auf diesem Tisch lag eine große, schwarze Ledermappe.

»Nehmen Sie bitte Platz, Mr. Stubbs. Kann ich Ihnen etwas zu trinken anbieten?«, fragte Bennett etwas unsicher.

Bill überlegte und warf einen Blick auf seine Armbanduhr. Eine imposante Rolex, so ziemlich das Letzte, was ihm aus erfolgreicheren Zeiten aus New York geblieben war. Es war elf Uhr.

»Haben Sie Scotch hier?«

»Äh, ich weiß nicht, ich muss einen Blick in die Zimmerbar werfen«, erwiderte Bennett und ging zu einem Sideboard an der rechten Wand. Er öffnete eine Tür und dahinter kamen etliche Getränkeflaschen zum Vorschein. »Ah ja, hier ist etwas. Wie viel darf ich Ihnen einschenken?«

»Bringen Sie mir einfach ein Glas und die Flasche mit. Den Rest schaffe ich alleine.« Bill ließ sich in eines der Ledersofas fallen. Die Polsterung war ihm einen Tick zu weich. Wahrscheinlich standen die Sofas schon ein paar Jahre zu lange in dieser Suite.

»Hier bitte.« Bennett stellte ihm die große Whiskeyflasche mit einem Glas auf den Tisch. Dann hastete der kleine Mann zu einer Schiebetür, die hinter dem Sofa war, auf dem Bill saß, und zog sie zu. Bill öffnete in der Zwischenzeit die Flasche und schenkte sich das Glas bis zum Rand voll ein. Dann nahm er einen langen Schluck und leerte es bis zur Hälfte.

»Also Mr. Bennett. Sie wollten, dass ich mir kurz etwas anhöre? Hier bin ich.« Bill lehnte sich weit in die Polsterung zurück. Der Whiskey ließ eine wohlige warme Woge in ihm ausrollen.

Der kleine Mann sah ihn skeptisch an und nahm dann auf dem Sofa ihm gegenüber Platz. Dann setzte er seine Brille ab und begann, die runden Gläser mit einem schwarzen Tuch zu reinigen.

»Vielen Dank, dass Sie hergekommen sind, Mr. Stubbs. Ich weiß nicht, an wen ich mich sonst wenden sollte.« Bennett wirkte nervös, beinahe ängstlich, fand Bill.

»Mich würde interessieren, woher Sie meinen

Namen haben, und vor allem, woher Sie wussten, wo Sie mich finden können.«

Bennett setzte sich die Brille wieder auf. »Natürlich. Ich bin ein guter Bekannter von Mr. Darwin Collister. Er hat Sie mir empfohlen. Und er hat mir den Rat gegeben, es in diesem Diner zu probieren. Darwin sagte mir schon, dass Sie dort öfter anzutreffen wären.«

»Darwin? Sie kennen ihn?«, fragte Bill erstaunt.

»Selbstverständlich. In meiner Branche muss man den Direktor des größten Museums der Vereinigten Staaten kennen. Ich bin Kunsthändler, müssen Sie wissen.«

Bill legte die Stirn in Falten und setzte sich wieder aufrecht hin. Er hatte das letzte Mal vor einem halben Jahr mit Darwin telefoniert und es war kein angenehmes Gespräch gewesen. Soweit Bill sich noch daran erinnern konnte, hatte er Darwin damit gedroht, ihm sein nicht vorhandenes Rückgrat herauszureißen und ihn damit zu Tode zu prügeln.

»Und Darwin hat mich Ihnen empfohlen?«, hakte Bill skeptisch nach.

»Ja, hat er. Ausdrücklich sogar. Er meinte, Sie wären der Beste auf Ihrem Gebiet.«

Bill stieß ein missfälliges »Ha!« aus und schüttelte den Kopf. Darwin Collister, sein ehemals bester Freund und Kurator im Metropolitan Museum of Art in New York. Für ihn und das Museum hatte Bill während seiner Zeit als Kunstdetektiv beinahe ausschließlich gearbeitet. Gestohlene und verschwundene Kunstwerke aufgespürt und wiederbeschafft. Kunstgegenstände aus ominösen Quellen auf ihre Echtheit hin überprüft. Es lief alles bestens, bis er schließlich zwei Fehler machte. Der erste war, dass er Darwin seiner Frau Marie vorstellte, was letztlich in einer Affäre zwischen den beiden endete. Der zweite Fehler unterlief ihm bei der Überprüfung eines alten Kunstwerks aus dem Mittelalter. Er fiel auf eine Fälschung herein. Leider bemerkte man den Irrtum erst, nachdem das Museum einen zweistelligen Millionenbetrag an den Fälscher bezahlt hatte und dieser auf Nimmerwiedersehen untergetaucht war. Seine Reputation war auf einen Schlag dahin. Vergessen alle Erfolge, die er in einem Jahrzehnt gefeiert hatte. Einen Tag, nachdem diese Geschichte passiert war, eröffnete ihm Marie, dass sie zu Darwin ziehen würde. Und er bekam keinen einzigen Auftrag mehr.

»Äh, ist alles in Ordnung?«, fragte Bennett und zupfte nervös an seinem Hemdkragen herum.

»Ja, sicher. Wenn Darwin mich Ihnen empfohlen hat … Also Mr. Bennett, was soll ich für Sie wiederbeschaffen?«

»Woher wissen Sie, dass Sie mir etwas wiederbeschaffen sollen?«

»Weil das mein Job ist. Ich suche und finde verlorengegangene Kunstwerke.« Bill vermied es, Bennett zu sagen, dass er die Arbeit als Kunstdetektiv mit dem Verlassen New Yorks aufgegeben hatte.

»Natürlich. Entschuldigen Sie, ich bin etwas aufgewühlt, wegen des Verlustes.« Bennett zog die schwarze Ledermappe auf dem Tisch zu sich heran und öffnete den umlaufenden Reißverschluss der Mappe. »Ich habe hier etwas sehr Spezielles für Sie. Ich denke nicht, dass Sie etwas Vergleichbares schon mal gesucht haben.«

Bill empfand plötzlich eine Anspannung, die er schon lange nicht mehr verspürt hatte. Es war Neugier, gepaart mit der Vorfreude darauf, endlich wieder arbeiten zu können. Seit er New York vor sieben Monaten verlassen hatte, bestand sein Leben nur noch aus Langeweile. Und Alkohol. Sehr viel Alkohol. Er hatte sich ziemlich gehenlassen in den letzten Monaten. Aber jetzt bemerkte er wieder dieses Kribbeln in den Fingerspitzen, das ihm signalisierte, dass er bereit war. Bereit für einen neuen Auftrag. Zuletzt hatte er dieses Gefühl gehabt, als er den Rembrandt für das Met wiederbeschaffen sollte. Darwin hatte ihm diesen Auftrag gegeben und es sollte der größte Erfolg seiner Laufbahn werden. Sogar jetzt überkam Bill eine Gänsehaut, wenn er daran zurückdachte, als er das Gemälde in den Händen hielt. Gespannt blickte er zu Bennett, der jetzt die große, schwarze Mappe aufklappte und etwas in einer Klarsichthülle herausnahm. Er reichte es Bill. Mit zitternder Hand nahm Bill das Bild entgegen, aber ein Blick darauf ließ seine freudige Anspannung wie eine Seifenblase zerplatzen. Mit der Linken griff er nach dem Whiskeyglas. Er schüttete das bernsteinfarbene Gesöff in einem Zug herunter.

»Sagen Sie Darwin schöne Grüße. Der Scherz ist ihm gelungen«, sagte Bill mit grimmiger Stimme. »Geben Sie mir jetzt die fünfhundert Dollar und dann verschwinde ich.«

»Aber ... Aber, was ist denn, Mr. Stubbs?« Die Verwunderung in Bennetts Stimme klang echt.

»Was ist? Ich bin Kunstdetektiv, Mr. Bennett. Ein Experte für die Ermittlungen bei Gemäldediebstählen.

Aber das hier«, er warf die Klarsichthülle mit dem Bild auf den Tisch, »ist keine Kunst. Nicht im Entferntesten. Für sowas vergeude ich meine Zeit nicht.«

Bennett nahm die Klarsichthülle in die Hand und seufzte tief.

»Ich glaube, Mr. Collister hatte recht.«

»Womit? Dass Sie mich nicht verarschen können?«, fragte Bill, immer noch wütend.

»Nein. Er meinte, Sie wären einmal ein guter Kunstdetektiv gewesen, aber Ihre beste Zeit sei lange vorbei und Sie würden den Wert dieses Kunstwerks nicht erkennen.«

Darwin, du arrogantes Arschloch! Du würdest einen Van Gogh nicht erkennen, wenn man ihn dir ins Gesicht drücken würde.

»Kunstwerk?«, äffte Bill den kleinen Mann nach. »Das ist ein Bilderheftchen. Irgend so ein billiges Heftchen, als Massenware für kleine Kinder produziert. Sie können das nicht ernsthaft als Kunst bezeichnen!«

»Oh doch, das tue ich«, erwiderte Bennett mit fester Stimme. »Der Comic wird schon lange als Kunstform anerkannt, auch wenn die Wahrnehmung als solche durch die breite Masse nicht gegeben ist. Francis Lacassin hat schon 1971 ein viel beachtetes Essay darüber veröffentlicht und darin den Comic zur *›Neunten Kunst‹* erhoben. Und das hier«, Bennett nahm das Bild aus der Klarsichthülle, »ist einer der Wendepunkte der Comicgeschichte. Und im Wert deutlich über dem einiger Gemälde einzustufen, die Sie vielleicht wiederbeschafft haben.« Bennett sah Bill über die runden Brillengläser hinweg an.

»Es ist also Ihr voller Ernst? Ich soll für Sie ein Comicheft suchen?«

»Nicht irgendein Comicheft, Mr. Stubbs. *Das* Comicheft, den Heiligen Gral der Comicsammler. Die Mona Lisa der Comicwelt, wenn Ihnen dieser Vergleich lieber ist.« Er legte das Bild wieder auf den Tisch. Bill musterte es ganz genau. Es zeigte einen Mann in einem blauen Strampelanzug mit einem flatternden roten Umhang, der ein Auto über seinen Kopf gehoben hielt und dieses gegen einen Felsen schmetterte. Auf dem Anzug des Mannes war ein großes S erkennbar. In der linken Ecke des Bildes war ein Mann zu sehen, der sich vor Panik mit beiden Händen an den Kopf fasste.

»Soll das Superman sein?«, fragte Bill.

»Ja, natürlich. Action Comics Nr. 1, Supermans erster Auftritt und die erste Geschichte, die jemals mit ihm veröffentlicht wurde. Das Heft ist eine gesuchte Rarität. Von den im Jahr 1938 ursprünglich zweihundertfünfzigtausend gedruckten Heften sind vielleicht noch einhundert übrig. Davon maximal eine Handvoll in einwandfreiem Zustand.«

»Und was ist dieses Heft wert?«

Bennett sah Bill direkt in die Augen. »Drei Millionen Dollar. Vielleicht noch ein wenig mehr.« Bill pfiff einen hohen Ton zwischen den Zähnen.

»Okay, Mr. Bennett. Sie haben meine Aufmerksamkeit. Erzählen Sie mir mehr darüber. Was genau soll ich für Sie tun?«

»Sie müssen mir dieses Heft wiederbeschaffen. Unbedingt! Es wurde mir entwendet. Am Ende der

Comic Convention, am Sonntagabend, sollte es versteigert werden.«

»Ist es nicht versichert gewesen?«, fragte Bill.

Bennett schüttelte den Kopf. »Leider nein. Es hat eine etwas komplizierte Hintergrundgeschichte. Ich möchte Sie nicht zu sehr damit langweilen, aber der Besitzer, für den ich dieses Heft versteigern sollte, möchte nicht zu sehr im Mittelpunkt stehen. Er hat es versäumt, das Heft zu versichern. Was den Schaden noch größer macht, als er ohnehin schon ist.«

Bill nahm sich das Bild mit der Kopie des Covermotivs vom Tisch.

»Wenn ich diesen Fall für Sie übernehmen soll, wird das nicht billig. Mein normaler Satz sind zwei Prozent vom Wert des wiederzubeschaffenden Kunstwerks. In diesem Fall wären das also -«

»Sie bekommen einhunderttausend«, unterbrach Bennett ihn. »Und hier, als Anzahlung schon mal zwanzigtausend, die Sie in jedem Fall behalten können.« Er griff in die Mappe und holte zwei Geldbündel hervor, die er vor Bill auf den Tisch schob.

Bill nahm sich eines der Bündel und zählte die Hundert-Dollar-Scheine.

»Wo ist der Haken?«

»Es gibt keinen«, versicherte Bennett ihm. »Es ist nur ... die Zeit ist ziemlich knapp. Heute ist Mittwoch. Ich brauche das Heft unbedingt am Sonntag. Ansonsten platzt die Versteigerung. Dadurch, dass das Heft nicht versichert war, habe ich mich dem Eigentümer gegenüber verpflichtet, für einen etwaigen Verlust geradezustehen. Wenn Sie das Heft nicht wiederfinden, ist das mein Ruin, Mr. Stubbs.«

Bill sah dem kleinen Mann in die Augen, mit denen er ihn flehentlich anblickte.

Was gibt es da lange zu überlegen, Bill? Du bekommst zwanzigtausend bar auf die Kralle, egal wie die Sache ausgeht. Scheiß doch da drauf, ob Darwin sich ins Fäustchen lacht, wenn du jetzt plötzlich Comicheften nachjagst.

Aber was ist mit Marie? Was wird sie denken?

Scheiß auch auf sie! Die vögelt gerade mit deinem ehemals besten Freund Darwin und hat dich längst vergessen.

»Abgemacht, Mr. Bennett. Ich übernehme den Fall«, sagte Bill mit entschlossener Stimme. »Sagen Sie mir alles, was ich wissen muss.«

Als Bill eine halbe Stunde später die Jimmy Carter Suite verließ, hatte er zwanzigtausend Dollar in bar bei sich und eine angebrochene Literflasche Whiskey in der Hand. Damit winkte er fröhlich dem Concierge beim Verlassen des Hotels zu.

Ein guter Tag.

KAPITEL 3
BENJAMIN(S)

Mit einem breiten Grinsen im Gesicht betrat Bill eine Stunde später erneut Earls Diner. Nach dem Besuch im Omni Hotel war er zuerst nach Hause gegangen, um das Geld sicher zu verwahren. Außerdem hatte er sich einen weiteren Whiskey aus der Flasche gegönnt, die er aus dem Hotel mitgenommen hatte.

»Was hast du da im Gesicht?«, fragte Earl, der gelangweilt hinter seinem Tresen stand und den Kopf auf den rechten Arm gestützt hielt. »Wenn ich es nicht besser wüsste, würde ich sagen, du lächelst. Aber der Bill Stubbs, den ich kenne, lächelt nie!«

»Dann mach dich auf eine Überraschung gefasst, mein Freund. Es ist tatsächlich ein Lächeln. Und du wirst gleich ebenfalls eines im Gesicht haben.« Bill langte in seine Hosentasche, wo er ein kleines Bündel der Hundert-Dollar-Noten eingesteckt hatte, und zog zwei Scheine heraus, die er Earl reichte. »Hier. Das müsste doch für meine Außenstände bei dir reichen, oder?«

Earl machte große Augen, als er die zwei Benjamins erblickte, die Bill ihm hinhielt. Sofort war der Dinerbesitzer hellwach und griff nach den beiden Scheinen.

»Meine Güte. Gleich zwei Porträts von Benjamin Franklin. Ist eine Weile her, dass ich die in Händen gehalten habe.« Er ging zu seiner Registrierkasse und legte die zweihundert Dollar hinein. »Also hat dir der Anrufer tatsächlich fünfhundert Dollar gegeben, nur dafür, dass du bei ihm warst.« Earl stockte. »Du musstest doch nichts Ekliges machen, oder? Ich meine, dem Kerl einen runterholen oder so?«

Bill verzog das Gesicht. »Verdammt, nein. Wie kommst du nur auf so was, Earl?« Er nahm auf dem Drehhocker am Tresen Platz. »Tatsächlich habe ich sogar etwas mehr bekommen als nur die fünfhundert Dollar. Der Typ hat mich angeheuert, damit ich etwas für ihn finde.«

»Und das wäre?«, fragte Earl interessiert.

Bill steckte sich eine Red Apple an und erzählte Earl in wenigen Worten von seinem Treffen mit Bennett. Als er geendet hatte, blickte Earl ihn kopfschüttelnd an.

»Unglaublich. Da hockst du seit Monaten hier nur faul auf deinem Arsch und dann fliegen dir die Dollars einfach so zu. Was hast du jetzt vor?«

»Ich glaube, ich werde heute Abend mal richtig gut essen gehen. Gibt es hier ein gutes Steakhouse, das du mir empfehlen kannst?«

»Das meinte ich nicht. Wie wirst du jetzt bei der Suche vorgehen?«

»Suche? Earl, ich hab doch erzählt, den Vorschuss darf ich so oder so behalten, egal ob ich was finde oder nicht.«

»Soll das bedeuten, du willst gar nichts tun und den armen Kerl einfach seinem Schicksal überlassen?« Earl sah ihn vorwurfsvoll an.

»Der Kerl will, dass ich einen Comic für ihn finde. Das wird schon nicht so schwer sein. Und wenn ich den nicht finde, dann kaufe ich ihm ein neues Heft.« Bill lachte, aber Earl sah ihn weiterhin ernst an. »Hey, jetzt komm schon, Earl. Wenn du mich weiterhin so ansiehst, als ob du meine Mutter wärst, verdirbst du mir den Spaß.«

»Weißt du, Bill, bisher habe ich dich immer für einen guten Kerl gehalten. Sicher, du rauchst hier im Diner, obwohl es verboten ist, und säufst wie ein Loch, aber ich dachte immer, du wärst ein ehrlicher Drecksack. Aber jetzt ...« Earl drehte sich um, nahm einen Lappen und begann, den Arbeitsbereich neben seinen Bratfeldern abzuwischen.

Bill sah ihm schweigend zu. Dann rutschte er langsam von seinem Hocker runter.

»Hey Earl. Das war doch nur ein Spaß. Natürlich werde ich mich anständig um diesen Fall kümmern. Das bin ich meinem Auftraggeber schließlich schuldig. Also, ich muss dann mal ermitteln gehen. Detektivarbeit, du verstehst?«

»Viel Erfolg, Bill«, sagte Earl, ohne sich umzudrehen.

Mit einem Schulterzucken verließ Bill das Diner. Als er vor dem Imbiss stand, blinzelte er erstmal in die Sonne.

Ich sollte mir eine neue Sonnenbrille kaufen, dachte er und ging in ein Geschäft, das nur wenige Meter neben Earls Diner lag. Er griff sich eine teuer aussehende Ray Ban mit goldenem Gestell und großen verspiegelten Gläsern. Damit ging er zufrieden zur Kasse, zahlte weitere zweihundert Dollar und trat hinaus in die Sonne.

So ist es besser.

Er zog einen Zettel aus seiner hinteren Hosentasche, auf dem er ein paar Namen notiert hatte, die Bennett ihm während ihres Gesprächs im Hotel genannt hatte. Es wurde Zeit, mit der Arbeit zu beginnen und zu beweisen, dass er es immer noch drauf hatte.

»Zum letzten Mal: Sie können hier nicht einfach rein!« Der Mann vor ihm stand mit verschränkten Armen vor der Tür und starrte ihn feindselig an.

»Ich will doch nicht als Besucher zu eurem Idiotentreffen. Ich möchte nur mit Mr. Quezada sprechen.«

»Er ist aber nicht zu sprechen!« Der Mann verschärfte seinen Ton jetzt. »Ziehen Sie einfach Leine, Mann. Verstanden?«

Bill überlegte einen Augenblick, entschied sich dann aber dafür, nicht noch weiter aufzufallen. Um ihn und den Türsteher herum standen dutzende Leute, die meisten in Kostümen. Er würde sein Glück an einem anderen Eingang versuchen. Bill ging weiter am San Diego Convention Center entlang, gemeinsam mit Tausenden anderen Menschen, die allesamt wegen der beginnenden Comic Convention hier waren. Viele waren verkleidet, einige hielten Pappschilder mit der Aufschrift „Tickets gesucht“ in die Höhe. Auch Bill hatte feststellen müssen, dass es kein einfaches Unterfangen war, in die Hallen hineinzugelangen. Karten gab es keine mehr. Und an jedem Eingang waren mehrere Männer positioniert, die darauf achteten, dass niemand unbefugt in die Hallen kam. Was ihm seine Ermittlungen besonders erschwerte, denn die Namen der Personen auf seiner Liste waren allesamt vom Organisationskomitee der Convention und deren Büros befanden sich im Inneren des Centers. Nachdem Bill mehrere hundert Meter entlang des riesigen Gebäudes hin und zurück gegangen war, setzte er sich auf eine Treppe zwischen den einzelnen Hallen in die Sonne. Kopfschüttelnd beobachtete er die Unmengen an Menschen, die den Vorplatz des Centers in einen gigantischen Kostümball verwandelten. Um die Hallen herum waren auch vereinzelt diverse Kulissen von beliebten Fernsehserien aufgebaut. Auch einige der kommenden großen Hollywoodblockbuster waren omnipräsent durch unzählige Reklametafeln auf den Bussen, die unablässig Nachschub von verkleideten Spinnern heranbrachten. Bill nahm seine Sonnenbrille ab und rieb sich entnervt die Augen. Ein lautes Dröhnen und Gekreische in der Menge ließ ihn aufblicken.

Okay. Das ist cool.

Bill stand auf und drängte sich durch die Menge hindurch zu dem Fahrzeug, das gerade auf dem Vorplatz vorgefahren war. Alle Menschen um ihn herum hatten ihre Smartphones oder Digitalkameras gezückt und fotografierten, als ob es kein Morgen geben würde. Bill betrachtete das Auto genau. Ein langer, schwarzer Wagen mit großen Heckflossen. Ein Lincoln Futura. Eine Konzeptstudie aus den fünfziger Jahren des letzten Jahrhunderts, die nie in Serie gebaut worden war und dann schließlich für die Verwendung in einer Fernsehserie in den sechziger Jahren modifiziert wurde. Die Scheinwerfer und der Kühlergrill waren mit knallroten Umrandungen versehen, die sich über den Radkasten bis zum Heck des Fahrzeugs fortsetzten. Der Wagen hatte kein Verdeck, stattdessen waren zwei an Düsenjägerkanzeln erinnernde durchsichtige Hauben über dem Fahrer- und Beifahrersitz angebracht, die in der Mitte offen waren, was den Wagen quasi zu einem Cabrio machte. Hinter den Fahrerkanzeln ragten drei Edelstahlrohre nach hinten schräg gestellt aus dem Heck heraus. Bill umrundete den Wagen. Am Heck war eine kreisrunde Öffnung zu sehen, wie ein Raketenantrieb. Auf den Türen prangte ein Fledermaussymbol.

Das Batmobil.

Nicht eines dieser komischen klobigen Dinger aus den neuen Filmen, die Bill sowieso nicht gesehen hatte. Nein. Das hier war das Batmobil seiner Jugend. Aus der legendären Batman-Fernsehserie von 1966. Mit einem breiten Grinsen stieg der Fahrer aus, ein ziemlich dicklicher, grauhaariger Mann.

»Okay Leute, das reicht jetzt erstmal. Macht mir bitte Platz, damit ich das Batmobil in die Halle fahren kann. Vielen Dank!« Er wollte wieder einsteigen und stieß dabei beinahe gegen Bill, der den Wagen immer noch genau begutachtete. »Hey Kumpel, Vorsicht.«

»Entschuldigung. Ich bin nur begeistert, diesen

Wagen mal in Natura zu sehen«, sagte Bill. »Fahren Sie den jetzt in die Halle?«

»Ja, sobald die Meute mir mal Platz macht.«

»Würden Sie mich mitnehmen?«

Der Mann zog die Augenbrauen hoch und musterte Bill eingehend. »Wie bitte?«

»Ich würde Ihnen meinen Freund Benjamin dafür geben.« Bill zückte eine Hundert-Dollar-Note.

Der Mann zögerte kurz. »Stecken Sie den Schein wieder weg. Das machen wir, wenn wir drinnen sind. Steigen Sie ein!«

Das ließ Bill sich nicht zweimal sagen und sofort lief er um den umgebauten Lincoln Futura herum und sprang auf den Beifahrersitz, ohne die Tür zu öffnen.

Mehrere der umstehenden Kostümierten protestierten und wollten ebenfalls mitfahren. Aber der Fahrer reagierte nicht darauf. Stattdessen schnauzte er Bill an.

»Hey, was soll das? Es gibt auch eine Tür!«

»Entschuldigung. Aber das wollte ich immer schon mal machen«, erwiderte Bill.

Der Mann startete den Motor des Batmobils und hupte mehrmals, bis die Menschentraube um das Fahrzeug herum sich langsam öffnete und den Weg in die Halle freigab. Ein großes Tor wurde gerade mit lautem Knirschen nach oben gefahren. Mit röhrendem Motor fuhr der Wagen durch das Tor hindurch in die Halle hinein. Der Fahrer lenkte das Batmobil langsam durch die große Halle, in der sich noch weitere Fahrzeuge aus Film und Fernsehen befanden. Bill erkannte mehrere Wagen aus dem Fuhrpark von James Bond, darunter den

Aston Martin DB5 aus *Goldfinger* sowie den Lotus Esprit aus *Der Spion, der mich liebte.*

»Das wird unsere diesjährige Sonderausstellung«, erklärte ihm der Fahrer, während er das Batmobil auf den dafür vorgesehenen Stellplatz parkte. »So, Endstation. Das macht hundert Dollar laut Bat-Taxameter.« Er streckte Bill seine linke Hand entgegen.

»Hier bitte. Und vielen Dank.« Bill drückte ihm die Banknote in die Hand.

»Kein Problem. Lassen Sie sich nicht erwischen.«

»Habe ich nicht vor. Eine Frage noch: Können Sie mir sagen, wo ich das Büro von Mr. Quezada finden kann?« Der Mann runzelte die Stirn. »Keine Angst, ich will ihn nur etwas fragen«, fügte Bill schnell hinzu.

»Gehen Sie bis ganz nach hinten durch, Halle G. Dort die Treppe hinauf finden Sie die Büros der Leitung.«

»Alles klar.« Bill legte Zeige- und Mittelfinger an die Stirn und grüßte den Fahrer zum Abschied. Dann machte er sich auf den Weg durch die Hallen, in denen noch nicht allzu viel los war, verglichen mit den Menschenmengen, die vor den Toren warteten. Bill wusste, dass die Convention erst am Donnerstag offiziell ihre Pforten öffnen würde. Heute gab es nur vereinzelte kleine Veranstaltungen, vornehmlich für Pressevertreter. So kam er schnell voran und erreichte Halle G, an deren Ende hinter einer Absperrkette eine Treppe hinaufführte. Bill stieg über die Kette hinweg und schlurfte die Stufen der Treppe hinauf. Durch eine Tür kam er in einen langen, schmalen Flur, von dem eine Menge Türen auf der linken Seite abgingen. Auf der rechten Seite des

Flures hingen unzählige Bilder, die alle die Motive der Plakate der vergangenen Comic Cons zeigten. Eine Putzfrau, grauhaarig und ziemlich gebeugt über den Flur gehend, kam ihm mit ihrem Putzwagen entgegen. Sie wandte den Kopf ab, als er ihr entgegenkam. Aber Bill beachtete sie nicht weiter und konzentrierte sich auf die Türschilder auf der linken Seite. Ganz am Ende des Ganges erblickte er endlich das Schild mit der Aufschrift „Quezada“ und klopfte an.

»Herein«, rief eine Stimme, die einem Donnergrollen glich.

Bill drückte die Türklinke herunter und betrat ein Büro, das ein ihm sehr vertrautes Aroma verströmte. Kalter Zigarettenrauch lag in der Luft. Er fühlte sich gleich wohl in dem Raum. Genau gegenüber der Tür stand ein kleiner Schreibtisch, auf dem zwei übergroße Computermonitore standen. Dahinter konnte Bill den Kopf eines Mannes erblicken. Dünne Rauchfäden stiegen von ihm auf. Als er näher kam, konnte er das Gesicht des Mannes sehen, der mit zusammengekniffenen Augen angestrengt auf einen der beiden Bildschirme starrte. Die Zigarette in seinem Mundwinkel hatte schon eine ziemlich lange Aschenspitze, die just in dem Moment auf die Schreibtischplatte herabfiel, als Quezada den Kopf hob und Bill ansah.

»Ah, der Detektiv«, sagte der Direktor der Convention mit einer Mischung aus Lächeln und Abscheu im Gesicht. »Bennett hat mir Ihren Besuch angekündigt.«

»Stubbs ist mein Name. Stört es Sie, wenn ich rauche?«, fragte Bill und schüttelte sich derweil schon die letzte Red Apple aus der Schachtel.

»Nur zu, Mr. Stubbs. Ich habe Bennett schon gesagt, dass es eigentlich überflüssig ist, einen Detektiv hinzu zuziehen. Ich habe den Diebstahl bereits der Polizei gemeldet und die haben schon mit ihren Ermittlungen gestartet.« Quezada stand von seinem Stuhl auf und ging um seinen Schreibtisch herum. Er war größer, als Bill erwartet hatte, mindestens einen Meter Fünfundachtzig, und hatte schneeweißes Haar, das allerdings schon auf dem Rückzug befindlich war. Seine Nase erinnerte Bill an die eines Schauspielers, dessen Name ihm partout nicht einfallen wollte. Er spielte einen Cop in der Serie „Die Straßen von San Francisco" an der Seite von Michael Douglas und hatte ziemlich genau dieselbe Nase wie Quezada. Eine Knollennase. »Ich wüsste nicht, wozu es noch einen Detektiv braucht.«

»Keine Sorge«, sagte Bill ruhig und nahm einen Zug von der Red Apple. »Mr. Bennett bezahlt mich dafür, dass ich nach diesem Heft suche. Sie werden also keinerlei Kosten deswegen haben. Ich würde mir jetzt gerne einmal den Safe ansehen, in dem der Comic verwahrt wurde. Das war doch in Ihrem Büro, oder?« Bill musterte Quezada genau.

»Ja. Als ich heute Morgen ins Büro kam, fand ich meinen Safe offenstehend vor. Der Comic und etwas Bargeld fehlten.«

»Wie viel Bargeld?«

»Fünftausend.«

Bill nickte einmal kurz. »Wo ist Ihr Safe?« Er sah sich in dem Büro um, konnte aber nichts entdecken.

»Gleich hier vorne.« Quezada ging an Bill vorbei zur rechten Wand des Büros, wo ein gerahmtes Comicbild hing. Es zeigte eine Ente, die neben einem Schreibtisch stand und den Arm auf einem großen Geldsack abgelegt hatte. Er nahm das Bild von der Wand und dahinter kam die schmale Tür eines Wandtresors zum Vorschein.

»Schönes Bild.«

»Ja. Ein Glück, dass es noch da ist. Es ist eine Originalzeichnung von Carl Barks.«

»Aha«, sagte Bill Ahnung vortäuschend und trat dicht an den Safe heran. »Aufgeknackt wurde der aber nicht.«

»Nein. Wie schon gesagt, er stand offen, als ich in das Büro hereinkam. Die Polizei glaubt, dass der Täter sich wohl gut mit dieser Art von Tresortyp auskannte und ihn deswegen leicht öffnen konnte.«

»Wären Sie so nett und öffnen den Safe für mich?«

Quezada schenkte Bill einen misstrauischen Blick, drehte dann aber am Zahlenrad ein paarmal links und ein paarmal rechts herum. Die kleine Tür des Tresors schwang auf.

»Ziemlich einfache Kombination. Der Geburtstag Ihrer Frau oder eines Kindes?«, fragte Bill und sah Quezada ernst an, der ihn überrascht anblickte. »Ein La Gard 3 Scheiben-Kombinationsschloss. Ein sehr sicheres Schloss. Normalerweise. Aber Ihre Kombination lautet 10 - 8 - 80, sieht verdächtig nach einem Geburtsdatum aus.«

»Richtig«, sagte Quezada. »Der Geburtstag meiner Tochter. Aber woher wussten Sie das?«

»Sie haben sehr unvorsichtig am Zahlenschloss gedreht. Diese Art von mechanischen Schlössern ist normal ziemlich sicher. Dieses Abhören, das man immer in Filmen sieht, ist in der Realität nicht möglich. Aber wenn jemand ganz unbefangen und langsam am Zahlenschloss dreht und dadurch anderen ermöglicht, die Kombination zu sehen ... Tja, dann ist der sicherste Safe eben auch nur ein Schloss.« Bill öffnete die Tresortür ganz und spähte in den Wandsafe hinein. »Da liegt ja noch was drin?«

»Ja, das sind Verträge, die ich mit verschiedenen Gesellschaftern für die Comic Convention geschlossen habe.«

»Halten Sie das für eine gute Idee, die da weiterhin drin aufzubewahren? Ich meine, der Safe wurde schon einmal geknackt und jetzt kenne ich die Kombination ebenfalls.«

»Der Blitz schlägt doch niemals zweimal an der gleichen Stelle ein, sagt man doch«, erwiderte Quezada lachend. »Außerdem lagen diese Dokumente auch schon gestern im Safe, als der Comic entwendet wurde.«

»Verstehe«, sagte Bill und wandte sich von dem Tresor ab. »Was ist mit der Bürotür, wurde die aufgebrochen?«

Quezada schüttelte den Kopf. »Nein. Das haben die Polizisten alles schon genau untersucht. Keine Spuren auf ein gewaltsames Eindringen. Ich kann mir das auch nicht erklären. Es ist ja nicht das erste Mal, dass ich so ein wertvolles Heft bei mir im Safe aufbewahrt habe. Ich mache das ja schon seit Jahrzehnten.«

Bill brummte nur ein kurzes »Hm« und sah sich dann im Büro um. Er suchte einen Aschenbecher und fand einen auf dem Schreibtisch von Quezada. Als er die Zigarette ausdrückte, konnte er auf die beiden großen

Monitore blicken und sah, was sich der Convention-Direktor gerade angesehen hatte, als er das Büro betrat.

»Ich weiß, was Sie jetzt denken«, sagte Quezada, dem Bills Blick nicht entgangen war. »Aber das ist sozusagen meine eigene Detektivarbeit. Das sind einschlägige Internetseiten, auf denen mit wertvollen Comics gehandelt wird, die aus zweifelhaften Quellen stammen.« Er ging wieder um den Schreibtisch herum und setzte sich auf den Stuhl. »Sehen Sie hier.« Quezada hantierte mit der Maus und klickte ein paarmal, was zur Folge hatte, dass eines der Angebote auf der Internetseite plötzlich den gesamten linken Monitor ausfüllte. Ein großes Bild eines Comichefts war zu sehen. Auch wenn Bill mit Sicherheit alles andere als ein Experte auf diesem Gebiet war, so erkannte er doch sofort, um welchen Comichelden es sich handelte.

»Spiderman«, stellte Bill fest.

»Richtig. Das ist die Nummer fünfzehn aus der Heftreihe *Amazing Fantasy*. Der erste Auftritt von Spiderman. Ebenfalls ein sehr begehrtes Heft unter Sammlern. In guten Zustand dreihunderttausend Dollar wert.«

»Hier wird es aber für die Hälfte angeboten«, sagte Bill und deutete mit dem Zeigefinger auf den Preis.

»Ja. Und auch das ist noch deutlich zu hoch. Ich kenne mich gut aus und hierbei handelt es sich mit Sicherheit nicht um ein Original, sondern um einen Nachdruck, der auf alt getrimmt wurde. So was kommt leider ständig vor.«

»Verstehe. Und Sie glauben, das Superman-Heft könnte auf einer dieser Seiten auftauchen?«

»Ehrlich gestanden, nein. Nur ein Dilettant würde

versuchen, den wertvollsten Comic der Welt auf diesem Wege zu Geld zu machen.«

Bill spielte nervös mit seinem Feuerzeug herum. Er brauchte was zu rauchen. Quezada bemerkte seine Unruhe und hielt ihm mit einem Lächeln eine weißrote Zigarettenschachtel hin.

»Nehmen Sie sich eine.«

»Danke.« Bill schnappte sich eine Morley, zündete sie sofort an und nahm einen tiefen Zug. Er steckte das Feuerzeug wieder ein. »Also, das Superman Heft sollte am Sonntag versteigert werden, richtig?«

»So ist es. Es sollte der krönende Abschluss der Convention werden. Wir wollten dadurch auch wieder den Fokus etwas mehr auf Comics lenken. Sie haben sicher schon mitbekommen, dass die Con ansonsten schon sehr stark verwässert worden ist. Es geht immer mehr um Filme, TV-Serien und solche Dinge. Aber im Kern ist es immer noch eine Comicmesse.« Quezada seufzte.

»Was glauben Sie, wie viel hätte das Heft bei der Versteigerung eingebracht?«

»Ganz ehrlich? Ich glaube, das wäre ein neuer Rekord geworden. Ich habe selten ein Heft in so einem hervorragenden Zustand gesehen. Ich schätze, wir hätten eventuell die Vier-Millionen-Marke durchbrechen können.«

Bill hustete leicht. »Vier Millionen«, wiederholte er ungläubig.

»Ja, es haben sich verschiedene überaus finanzkräftige Sammler aus aller Welt angekündigt, die nur für diese Versteigerung in der Stadt sind.«

»Das heißt, wenn der Dieb kein Dilettant ist, dann wird er jetzt in der Stadt die Kundschaft finden, die er braucht, um das Heft schnell zu verkaufen, zu einem guten Preis«, sagte Bill ernst. »Haben Sie eine Liste der Kunden, die sich zur Versteigerung angemeldet haben, Mr. Quezada?«

»Sie glauben doch nicht etwa -«

»Ich glaube gar nichts. Ich gehe nur die Fakten durch. Ich weiß, Sie haben mich nicht beauftragt, das Heft zu suchen, das war Mr. Bennett. Aber ich denke, es wäre auch in Ihrem Interesse, wenn sich dieser Comic schnell wieder anfindet, oder nicht? Wenn Sie darauf warten, dass die Jungs von der Polizei das Heft finden, können Sie Ihre Versteigerung sofort absagen.«

Quezada musterte ihn mit erstauntem Blick. »Ich habe mich wohl vom ersten Eindruck täuschen lassen, Mr. Stubbs.« Er zog eine Schublade seines Schreibtisches auf und holte eine schmale Mappe hervor. Daraus zog er ein Blatt Papier hervor. »Hier sind alle Kaufinteressenten aufgelistet, die sich vorher schon bei mir angemeldet haben. Dazu können Sie aber noch einmal die gleiche Menge an Leuten addieren, die unangemeldet zur Versteigerung gekommen wäre.«

»Verstehe. Haben Sie vielen Dank, Mr. Quezada.« Bill drehte sich um und verließ das Büro. Als er kurz vor der Tür stand, rief Quezada ihm noch kurz etwas hinterher.

»Mr. Stubbs, warten Sie kurz.« Der Direktor stand auf und kam auf ihn zu. »Nehmen Sie das, für den Fall, dass Sie noch öfter hier auf das Gelände müssen bei Ihren Ermittlungen.« Er reichte Bill eine kleine, laminierte Karte.

Bill warf einen Blick darauf. Es war ein VIP-Ticket für die Comic Convention, das ihm unbeschränkten Zugang ermöglichte.

»Vielen Dank. Sie haben nicht zufällig noch einen Hallenplan für mich?« Quezada lächelte, ging zu seinem Schreibtisch zurück und holte eine schmale Faltbroschüre, die er Bill reichte. Er nickte dem Direktor zu und ging dann den Flur entlang, wieder zurück in Richtung der Halle, aus der er gekommen war.

In den Hallen herrschte überall geschäftiges Treiben, niemand nahm Notiz von Bill, als er langsam die Gänge zwischen den Ausstellerständen entlangschlurfte. Obwohl die Con erst am morgigen Tag offiziell eröffnet werden würde, gab es heute schon die sogenannte *Preview Night*, zu der nur bestimmte Personen Zutritt hatten. Unter anderem jetzt auch Bill, der noch einmal einen Blick auf sein VIP-Ticket warf, das Quezada ihm gegeben hatte.

»Hey, pass doch auf, wo du hinlatschst, Mann«, motzte ihn ein junger Kerl an, den Bill übersehen hatte und mit dem er zusammenstieß.

Ehe Bill etwas entgegnen konnte, war der andere schon weitergegangen, jedoch nicht, ohne ihm noch einen bösen Blick zuzuwerfen. Bill steckte sein Ticket in seine hintere Hosentasche und ging weiter in die nächste Halle - Halle C. Hier waren laut seinem Plan die Masse der Comichändler mit ihren Ständen beheimatet. Genau die Leute, deren Fachwissen er jetzt brauchte. Er ging bis in die Mitte der riesigen Halle, warf noch einmal einen Blick auf den Hallenplan in seiner Hand und folgte dann dem Hauptgang noch etwas weiter, bis er vor einem großen Comicstand stehenblieb. Der Stand erstreckte sich über eine Gesamtlänge von dreißig Metern und war mit Sicherheit einer der größten in der Halle. Die Tische bogen sich unter ihrer Last leicht durch, so vollbeladen waren sie mit Comics. Dahinter waren einige Regale aufgebaut, in denen außer Comics auch alles Denkbare an Merchandise zu sehen war. Figuren, T-Shirts, Tassen, Kissen und sogar einige ziemlich echt aussehende Schwerter. Über allem war ein großes Transparent angebracht, auf dem der Name des Comichändlers stand.

San Diego, Dan Doyle's Comic Dungeon, est. 1978.

Genau der richtige Stand, um sich ein wenig eingehender über die Comic-Szene hier zu informieren, dachte Bill und hielt nach dem Chef des Standes Ausschau.

Ganz links, am Standende, war ein einzeln stehender Tisch aufgestellt. Ein Plakat davor verkündete, dass hier in den nächsten Tagen verschiedene Comic-Zeichner Autogrammstunden abhalten würden. Hinter dem Tisch war eine große Wand aufgebaut, an der ein übergroßes Heftcover abgebildet war. Es zeigte eine weibliche Comicheldin, mit wallenden blonden Haaren, die augenscheinlich vergessen hatte, sich etwas Ordentliches anzuziehen. Ihre Kleidung hing in Fetzen an ihr herunter und nur mühsam bedeckte sie die wichtigsten Stellen mit ihren Händen und Armen. An diesem Tisch stand ein schlaksiger Mann mit wirren grauen Haaren und blätterte in einem Heft. Bill ging zu ihm hin.

»Entschuldigen Sie, sind Sie Dan?«, fragte er den Burschen.

Der Grauhaarige hob den Kopf und sah ihn an.

»Kommen Sie morgen wieder, wenn wir geöffnet

haben. Sie sehen doch, dass wir noch am Aufbauen sind.« Er drehte sich von Bill weg und rief laut: »Danielle, wie weit bist du? Ich hab nicht ewig Zeit.« Dann drehte er sich wieder nach vorne um und schien überrascht zu sein, dass Bill noch nicht weitergegangen war. »Was wollen Sie denn noch, Mann? Ich habe Ihnen doch gesagt -«

»Ich möchte nur kurz etwas von Ihnen wissen, dann sind Sie mich los.«

Der Blick des Grauhaarigen wurde skeptisch. »Schickt Pauley Sie? Hören Sie, er kriegt sein Geld. Sagen Sie ihm das. Es wird nur noch etwas dauern ... bis die Messe vorbei ist. Dann zahle ich ihm alles zurück. Mit Zinsen, versprochen.«

Bill schüttelte den Kopf. »Hören Sie, Dan, ich habe nichts mit einem Pauley zu tun, ich möchte einfach nur ein paar Informationen über Comichefte von Ihnen haben.«

»Nicht von Pauley?« Die Stimme des Comichändlers wurde wieder selbstsicherer. »Warum belästigen Sie mich dann, ey? Sehen Sie zu, dass Sie weiterkommen. Ich habe viel zu tun.« Er drehte sich wieder um. »DANIELLE! Schieb deinen Arsch hier raus, verdammt!«

Hinter der Stellwand mit dem übergroßen Comiccover kam eine blonde Frau hervor, die auf den ersten Blick eine ziemliche Ähnlichkeit mit der Frau von dem Comicheft hatte. Auch ihre Kleidung war zerfetzt und gab mehr preis, als sie verbarg. Dazu trug sie schwarze Lackstiefel mit Absätzen, die nach Bills Meinung einen Pilotenschein erforderten. Die Stiefel gingen bis über die Knie der blonden Frau. Sie trug Hotpants, natürlich stark eingerissen, und darüber einen breiten, schwarzen Gürtel, an dem allerlei Klimbim befestigt war. Bill erkannte unter anderem einen Dosenöffner und einen Schraubenschlüssel. Das Hemd, das sie wohl ursprünglich einmal anhatte, war nicht der Rede Wert, nur wenige Streifen davon waren noch übrig. Die Blicke der Männer würden sich vor allem auf ihre Brüste heften, die in ein offensichtlich mehrere Nummern zu kleines Bikinioberteil hineingepresst waren, welches auch ohne die Silikonimplantate der Frau deutlich zu klein gewesen wäre.

»Das Ding kneift und schneidet mir richtig tief in den Rücken«, klagte die Blondine und versuchte, an dem straff gebundenen Bikinitop herumzuzupfen. »Ich brauch eines, das besser passt.«

»Hey, solange ich zahle, bestimme ich auch, was du trägst, verstanden?«, blaffte der Comichändler sie an. Dann bemerkte er, dass Bill sich immer noch keinen Zentimeter von der Stelle gerührt hatte. »Worauf warten Sie noch, Mann? Sehen Sie zu, dass Sie hier verschwinden, wird's bald?« Er wedelte mit den Händen, als wollte er eine Fliege vertreiben.

Bill machte einen Schritt auf ihn zu, was den Comichändler dazu veranlasste, einen Schritt rückwärts zu machen.

»Hören Sie, Dan. Ich möchte von Ihnen nur eine Auskunft haben, dann sind Sie mich los. Wenn Sie sich aber weiterhin wie ein Arschloch verhalten, dann wird Pauley Ihr geringstes Problem sein. Verstanden?«

Dan Doyle schluckte und nickte ihm dann zu. »Also gut, fragen Sie schon.«

»Nehmen wir an, ich hätte ein wertvolles altes Comicheft. An wen in San Diego würde ich mich wenden, um es zu verkaufen?«

»Wertvoll und alt, wie?« Der Comichändler kratzte sich mit der rechten Hand die graue Schläfe. »Das richtig teure und seltene Zeug handelt hier nur einer: Pauley.« Er grinste Bill verwegen an.

»Hat dieser Pauley auch einen Nachnamen?«, fragte Bill ungeduldig.

»Tja, ich fürchte für diese Auskunft müssen Sie mir etwas zahlen oder -«

»Parisi. Er heißt Pauley Parisi«, rief die Blondine dazwischen. Dann wandte sie sich wutschnaubend an den Comichändler. »Verdammt Dan, ich brauche ein anderes Oberteil. Dieses hier unterbindet die Blutzufuhr.«

»Vielen Dank, Ma'am.« Bill legte Zeige- und Mittelfinger an die Stirn und empfahl sich. Während er den Gang weiter entlangschlenderte, hörte er noch eine Weile das Wortgefecht, das sich Dan Doyle und die Blondine lieferten. Bill hoffte inständig, dass die Blondine gewinnen würde.

KAPITEL 4
PAULEY

Vom San Diego Convention Center ging Bill wieder zurück ins Gas Lamp Quarter, zu Earls Diner. Er brauchte jetzt erst einmal eine Stärkung. Vorher hielt er noch kurz bei einem kleinen Kiosk an und kaufte sich eine neue Schachtel Red Apple.

Im Diner war wie immer nicht viel los und er konnte sich problemlos an seinen Stammplatz am Fenster setzen. Er brauchte nicht lange zu warten, dann kam Earl auch schon mit einem vollgefüllten Teller an seinen Tisch. Sein Leibgericht. Cheeseburger und Pommes. Damals in New York durfte er sowas nie essen. Marie hatte stets ein Auge auf seine Ernährung gehabt.

Bon Appetit, Monsieur Stubbs.

Während er kaute, sah er sich die Liste der potentiellen Käufer genauer an, die Quezada ihm gegeben hatte. Einige der Namen darauf kannte Bill. Einer davon war sogar ein bekannter Hollywood-Star, ein anderer war ein bekannter Kunstmäzen aus New York. Bill schüttelte den Kopf.

»Wie laufen die Ermittlungen, Bill?« Earl stand neben ihm und stellte ihm eine Dose Bier hin. »Schon erste Erfolge zu vermelden?«

»Nein. Es gibt mehr Verrückte, als ich dachte.« Er öffnete die Dose und nahm einen Schluck von dem eiskalten Bier.

»Du wirst es schon schaffen«, sagte Earl. »Ach ja, vorhin hat mein Telefon schon wieder geklingelt. Es war wieder ein Gespräch für dich. Denken die Leute, das hier ist dein Büro oder so was?«

»Hey, schau mich nicht so vorwurfsvoll an, Earl. Ich bin darüber genauso überrascht wie du.« Bill sah den alten Dinerbesitzer ratlos an. »Wer war es denn? Wieder dieser Bennett?«

»Nein. Diesmal ein Typ namens Collister. Er sagte, er wäre ein alter Freund von dir.« Earl kramte in der großen Tasche seiner Schürze herum, die er wie einen Kängurubeutel benutzte. Schließlich zog er einen leicht zerknickten Zettel heraus und reichte ihn Bill. »Du sollst ihn zurückrufen.«

»Danke, Earl.« Bill nahm den Zettel, zerknüllte ihn und warf in achtlos zur Seite fort. »Wenn er noch mal anrufen sollte, sag ihm, ich bin unbekannt verzogen.«

»Was glaubst du, wer ich bin? Deine gottverdammte Sekretärin? Mach deinen Scheiß gefälligst selber.« Wütend stapfte Earl wieder in Richtung seines Tresens.

»Hey, bringst du mir noch einen Kaffee, Bob?«, rief Bill ihm feixend hinterher.

»Fick dich, Stubbs!«

Das Touristenpaar, das gerade in diesem Moment das Diner betreten hatte, machte auf dem Absatz kehrt und eilte hektisch wieder zur Tür hinaus. Earl stand am Tresen, blickte seufzend zur Decke und streckte seine Arme mit den Handflächen nach oben gedreht aus.

»Herr, gib mir Kraft.«

»Wenn er dir die Kraft gegeben hat, kannst du mir eventuell noch ein Telefonbuch mitbringen?«, fragte Bill mit halbgefülltem Mund und biss erneut herzhaft in seinen Burger hinein.

Earl stieß noch ein paar Flüche aus, ging dann hinter den Tresen und kam mit einem Kaffee und dem Telefonbuch zurück an Bills Tisch. Das Telefonbuch klatschte er mit Schwung auf die Tischplatte.

»Vielen Dank, Earl, du bist ein Schatz«, sagte Bill und wischte sich den Mund mit der Serviette ab. Danach rülpste er lautstark, schob seinen Teller beiseite und zog das Telefonbuch an sich heran. Dann setzte er seine Lesebrille auf und blätterte bis zum Buchstaben P.

»Ich dachte eigentlich, die Zeiten, in denen man Personen im Telefonbuch sucht, sind vorbei. Es gibt da diese neumodische Erfindung. Ich glaube, sie nennen es *Internet.*«

»Sehr richtig, Earl. Aber ein guter Detektiv sollte niemals darauf angewiesen sein, sondern sich auch durchaus analog zu helfen wissen.« Bill ließ seinen Zeigefinger über das dünne Papier der Seiten gleiten. Schnell fand er schließlich den Namen, den er suchte. Parisi. »Hast du vielleicht auch einen Stift für mich, Earl?«

Missmutig kramte Earl erneut in seiner Schürze und reichte Bill einen Bleistift.

Eine halbe Stunde später stand Bill im Stadtteil *Little Italy* vor dem Geschäft von Pauley Parisi und starrte ratlos abwechselnd auf das Gebäude und den Zettel in seiner Hand. Er hatte eigentlich erwartet, vor einem Laden zu stehen, der wenigstens entfernt etwas mit Comics zu tun hatte. Stattdessen verkündete ein Schild über dem Eingang des Geschäfts:

Pauley's Waschsalon - Wir nehmen Flecken den Schrecken!

Hinter dem Spruch war ein schwarzer Fleck mit Augen zu sehen, der panisch vor einer Hand mit einer Scheuerbürste Reißaus nahm. Bill warf seine Zigarette auf den Gehweg und trat sie aus, ehe er die kleine Wäscherei betrat. Ein penetranter Waschmittelgeruch schlug ihm entgegen, sobald er die Tür geöffnet hatte. Eine leise Klingel ertönte, als die Tür hinter ihm zufiel. Der kleine Waschsalon war leer. Ein langer Tresen, der sich fast über die gesamte Breite des Ladens zog, war der einzige Einrichtungsgegenstand. Darauf stand eine alte Registrierkasse und daneben ein Schild mit der Aufschrift »Nur Barzahlung!«

Hinter dem Tresen war eine Reihe von Wäscheständern aufgestellt, an denen vereinzelt Kleidungsstücke in

Folie eingewickelt hingen. Zwischen den Wäscheständern bewegte sich etwas und plötzlich tauchte ein kleiner, dicker Mann hinter dem Tresen auf. Er war höchstens einen Meter fünfzig groß, trug eine Brille mit monströs dicken Gläsern und hatte eine Stirnglatze, während sein grau-schwarzes Haar an den Seiten und hinten so lang war, dass er es zu einem Zopf gebunden hatte.

»Guten Tag, mein Herr. Hier sind Sie genau richtig. Wollen Sie so lange warten, bis wir Ihr Hemd gereinigt haben? Ich kann Ihnen für die Wartezeit ein Wechselhemd anbieten. Es dauert höchstens dreißig Minuten, wenn Sie sich für unser Expresspaket entscheiden.«

»Nein danke. Ich bin nicht wegen einer Reinigung hier«, sagte Bill.

»Sind Sie sicher? Es wäre aber durchaus angebracht.« Der kleine Mann zeigte mit dem Zeigefinger auf Bills Brust.

Er sah an sich herunter und sah den großen rotgelben Fleck, den Ketchup und Senf auf seinem Hemd hinterlassen hatten.

»Oh verdammt«, fluchte Bill.

»Keine Sorge, das kriegen wir schon wieder hin«, sagte der Mann hinter dem Tresen fröhlich. »Ziehen Sie es einfach aus. Hier haben Sie ein Wechselhemd, solange die Reinigung andauert.« Er holte ein in Folie eingeschweißtes, schneeweißes Hemd unter dem Tresen hervor und legte es direkt vor Bill hin.

»Na gut, kann ja nicht schaden.« Bill knöpfte sein Hawaiihemd auf, zog es aus und legte es auf den Tresen. Er trug noch ein weißes Feinripp-Unterhemd darunter.

Er riss die Folienverpackung des Wechselhemdes auf und zog es sich über. »Passt wie angegossen«, sagte er erstaunt.

»Natürlich. Das ist mein Job. Warten Sie kurz, ich bringe Ihr Hemd kurz nach hinten. Einmal Express, ja?«

»Was auch immer«, erwiderte Bill und der kleine dicke Mann verschwand zwischen den Kleiderständern. Es dauerte nicht lange und es raschelte erneut in den Reihen der Kleiderständer. Mit einem breiten Grinsen im Gesicht ging der Mann an die Registrierkasse und tippte mit seinen dicken Fingern etwas ein.

»So, das macht dann, Moment ... zweiundzwanzig Dollar«, verkündete der Kleine mit fröhlicher Stimme.

»Sie wissen schon, dass Wegelagerei ein Straftatbestand ist?«, fragte Bill mürrisch, während er sein im Laufe des Tages immer schmaler gewordenes Bündel mit Hundert-Dollar-Scheinen aus der Hosentasche zog.

»Warten Sie erst einmal die Reinigung ab. Sie werden von dem Ergebnis begeistert sein.« Der Mann nahm seinen Schein entgegen und hielt ihn erst einmal prüfend über den Kopf und musterte die Banknote eingehend.

»Der ist echt«, sagte Bill und stützte sich mit beiden Händen auf dem Tresen ab.

»Man kann gar nicht vorsichtig genug sein heutzutage. Hier ist Ihr Wechselgeld, achtundsiebzig Dollar. Bitte sehr.«

»Danke. Wie gesagt, eigentlich war ich nicht wegen einer Reinigung hier. Ich bin auf der Suche nach Pauley Parisi.«

»Sie haben ihn gefunden«, sagte der kleine Mann. »Ich bin Pauley. Was führt Sie zu mir?«

»Ein Comichändler, Dan Doyle, hat mir gesagt, Sie wären derjenige, an den man sich wenden muss, wenn es um besonders wertvolle und seltene Comics geht.« Bill sah sich bei seinen letzten Worten in dem kleinen Ladenlokal um und kam sich selbst lächerlich vor, als er die Wäscheständer betrachtete. Er war ganz offensichtlich von der Blondine verarscht worden. Aber Pauley Parisi musterte ihn dafür mit interessiertem Blick.

»Was hat Dan Ihnen noch erzählt, Mr. ... ?«

»Stubbs. Nichts hat er erzählt. Nein, warten Sie, er sagte, Sie würden Ihr Geld nach Abschluss der Messe bekommen, mit Zinsen.«

Der kleine Mann lächelte wieder. »Das ist gut. Dan ist ein guter Junge, aber manchmal braucht er etwas länger, um seine Schulden zu bezahlen.«

Bill hob seine Augenbraue. »Also sind Sie so eine Art ... Geldverleiher, Mr. Parisi?«

»So könnte man es sagen. Aber ich mache meine Geschäfte in vielen Bereichen, Mr. Stubbs.« Pauley warf ihm einen Blick zu, in dem eiskalte Härte lag. »Warum interessieren Sie sich so für Comichefte? Sie sehen mir nicht so aus wie der typische Sammler, wenn ich das so sagen darf.«

»Sie dürfen. Nun, ich will offen zu Ihnen sein, Mr. Parisi. Ich arbeite als Privatdetektiv. Meinem Klienten ist ein wertvolles Comicheft abhandengekommen und ich soll es ihm wiederbeschaffen.«

Pauley Parisi riss seine Augen auf, als ob er plötzlich

eine Erkenntnis gehabt hatte, und starrte ihn mit freudestrahlender Miene an.

»Sie sind William Stubbs«, entfuhr es ihm und er klopfte vor Freude mit der Hand kräftig auf den Ladentresen. »Der Kunstdetektiv. Ich glaube es ja nicht! Sie haben doch damals den Rembrandt für das Met wiederbeschafft! Wie hieß das Gemälde noch? Irgendwas mit einem See oder Meer.« Pauley legte sich einen Finger an die Stirn und setzte eine angestrengte Denkermiene auf.

»Der Sturm auf dem See Genezareth«, sagte Bill und blickte den kleinen Mann verwundert an.

»Richtig, das war es. Ein wundervolles Stück Kunst. Und Sie haben es wiederbeschafft. Ich kann mich noch gut daran erinnern, Sie waren damals auf den Titelseiten der Zeitungen und auf allen Kanälen in den Nachrichten. Wie hat die Presse Sie damals noch genannt? Die größte Spürnase der Kunstwelt.« Pauley klopfte mehrmals mit der rechten Hand auf den Tresen und lachte. »Sie haben sich etwas verändert, Mr. Stubbs. Ich hätte Sie fast nicht wiedererkannt, der Bart, dieses - Sie entschuldigen bitte - grauenvolle Hemd, das Sie vorhin getragen haben ... und Sie haben auch etwas zugenommen, nicht wahr?« Parisi zwinkerte ihm zu.

»Wie kommt es, dass Sie sich so gut in der Kunstszene auskennen, Mr. Parisi?«, fragte Bill interessiert. »Es ist annähernd zehn Jahre her, dass ich den Rembrandt wiederbeschafft habe, und selbst damals hat mich kaum jemand auf der Straße erkannt.«

»Wie ich schon sagte, ich mache meine Geschäfte in vielen Bereichen. Wissen Sie noch, wo Sie den Rembrandt damals gefunden haben? Wie haben Sie es bloß geschafft, dieses Gemälde wiederzufinden? Das muss doch ein Ding der Unmöglichkeit gewesen sein.«

»Unmöglich war es nicht, wie Sie wissen. Aber es war ein hartes Stück Arbeit. Ich hatte auch Glück, dass die Diebe beim Verkauf so unvorsichtig vorgegangen sind. Waren wahrscheinlich Amateure. Die haben es mir dann schließlich leicht gemacht, dem Bild auf die Spur zu kommen.«

»Ach wirklich, wie interessant«, sagte Parisi mit dünner Stimme. »Und jetzt suchen Sie also Comichefte.« Er lachte. »Entschuldigen Sie, Mr. Stubbs. Aber Sie müssen zugeben, die Situation entbehrt nicht einer gewissen Komik.«

»Wem sagen Sie das«, brummte Bill. »Aber, um auf die Comics zurückzukommen, Mr. Parisi, können Sie mir etwas dazu -«

»Nein.«

»Ich habe doch noch gar nicht gesagt, worum es genau geht.«

»Nein. Ich kann Ihnen nicht helfen, Mr. Stubbs. Es tut mir sehr leid. Ich werde noch mal schnell nach Ihrem Hemd sehen. Einen Augenblick, bitte.« Wieder verschwand Pauley Parisi zwischen den Wäscheständern nach hinten.

Die großen Waschmaschinen liefen brummend. Eine kleinere Maschine, eine Waschtrockner-Kombination für die Expresskunden, war gerade fertig geworden. Schnell öffnete Pauley die Tür und holte das hässliche beige Hawaiihemd mit großem roten Blumenprint von William Stubbs heraus.

»Hey, Junior, komm mal her.«

»Was gibt's denn, Pa'?« Sein jüngster Sohn, Pauley Junior, kam von einer der großen Maschinen zu ihm rüber.

»Nimm dir dieses Hawaiihemd und gib es dem Kunden, der vorne wartet. Am besten ist, wenn Geno dich begleitet.« Pauley blickte seinem Sohn ernst in die Augen.

»Okay, verstanden. Sollen wir ihn ... verschwinden lassen?«

»Nein, nicht nötig. Aber ich möchte, dass ihr ihm klarmacht, dass er hier nicht erwünscht ist. Ich will ihn hier nicht noch einmal sehen.«

»*Si capisce!*«, erwiderte Junior grinsend. »Hey, Geno, komm mal mit. Wir haben vorne was zu tun.«

Der angesprochene Geno, ein wahrer Koloss von einem Mann, der gerade damit beschäftigt war, mehrere volle Wäschekörbe hin- und herzuschleppen, nickte Junior und Pauley zu.

»Und Junior, noch was«, rief Pauley seinem Sohn hinterher. »Macht das Hawaiihemd nicht schmutzig. Der Kerl hat schließlich für die Reinigung bezahlt.«

~

Bill stand seit zehn Minuten immer noch am Tresen und zerbrach sich seinen Kopf über Pauley Parisi. Irgendetwas stimmte mit dem kleinen dicken Mann nicht. Er dachte wieder an Dan Doyle, der ziemlich große Angst vor dem kleinen Wäschereibesitzer zu haben schien. Ein Rascheln zwischen den Wäscheständern ließ ihn innehalten. Denn es war diesmal nicht Pauley Parisi, der sich zwischen den gereinigten Sachen nach vorne schob. Zwei Männer, beide in weißen T-Shirts, auf denen *Pauley's Waschsalon* stand, kamen dort heraus. Einer der beiden, ein kleinerer Kerl, dessen Gesichtszüge ihn verdächtig an Pauley erinnerten, hielt sein Hawaiihemd in den Händen. Der junge Pauley-Verschnitt kam mit dem Hemd an den Tresen, während der andere Kerl um den Tresen herumging. Dieser Typ wirkte wie ein Bodybuilder, dessen Garderobe zu heiß gewaschen wurde. Sein aufgepumpter Oberkörper schien das enge T-Shirt jeden Moment zu sprengen. Mit einem grimmigen Ausdruck im Gesicht kam er langsam auf ihn zu.

»Hallo Jungs. Ich warte hier noch auf Pauley, kommt er gleich noch mal nach vorne?« Bill wandte sich an die jüngere Version von Pauley, der mit einem Lächeln im Gesicht hinter der Kasse stand.

»Pauley ist beschäftigt. Er hat mich gebeten, Ihnen Ihr Hemd zu bringen«, sagte der junge Kerl hinter dem Tresen und legte das Hemd ordentlich auf die Theke. »Außerdem möchte er, dass wir Ihnen noch etwas mitteilen.«

Bill reagierte einen Moment zu spät, er versuchte, noch einen Schritt zur Seite zu machen, aber der hünenhafte Kerl erwischte ihn mit seiner Pranke am Nacken und drückte ihn mit brutaler Wucht auf den Tresen. Es gab einen lauten Knall, als Bills Schädel auf das Holz traf. Für einen Augenblick verschwamm sein Blick.

»Also, pass gut auf, Kumpel. Wir möchten dich hier

nicht noch einmal herumschnüffeln sehen. Verstanden?«, hörte er die Stimme des Jüngeren dicht an seinem Ohr zischen.

»Glasklar«, presste Bill mühsam hervor, während die Prankenhand ihn unerbittlich auf den Tresen drückte. »Aber ihr Jungs habt einen Fehler gemacht«, schob er hinterher.

»Ach wirklich? Hörst du, Geno, wir haben einen Fehler gemacht. Welchen denn, du Blindgänger?«

»Ihr habt mich wütend gemacht!« Wie Bill erwartet hatte, fingen die beiden Kerle an zu lachen. Das nutzte er aus. Der Hüne namens Geno stand breitbeinig hinter ihm, während er seinen Kopf hinunterdrückte. Mit voller Kraft kickte Bill sein rechtes Bein nach hinten hoch und traf den Riesenkerl mit seiner Hacke direkt in die Weichteile, der daraufhin aufjaulte wie ein verwundeter Bär und seine Pranke von seinem Kopf nahm. Sofort richtete Bill sich auf, griff sich den jungen Kerl vor sich an seinem T-Shirt und schleuderte ihn mit Schwung den Kopf voraus gegen die Registrierkasse. Es gab ein lautes KA-TSCHING und die Geldschublade der Kasse fuhr heraus, als der Junge mit seinem Kopf dagegenknallte und danach zu Boden sackte. Dann drehte Bill sich sofort herum und wollte auf den Hünen los, aber dieser hatte sich schneller als gedacht von dem Tritt erholt. Ein harter rechter Haken traf Bill im Gesicht und er fand sich plötzlich auf dem Fliesenboden wieder. Geistesgegenwärtig holte er mit seinem rechten Bein aus und trat gegen das Schienbein des Riesenkerls. Der kam ins Stolpern und stürzte unglücklich mit dem Kopf voran auf den Tresen. Ein unüberhörbares Knacken, gefolgt von einem markerschütternden Schrei dröhnte durch die Wäscherei. Blut tropfte vom Tresen hinab. Bill stützte sich auf seine Unterarme. Der Koloss sank vor der Theke zu Boden und brüllte vor Schmerz. Sein Unterkiefer hing seltsam schief herab. Als er den Kopf etwas zur Seite drehte, konnte Bill den Knochen sehen, der aus der linken Wange hervorstach. Zwei blutige Zähne lagen auf dem Boden. Etwas mühsam kam Bill wieder auf die Beine und sah sich um. Der Hüne kauerte jammernd vor ihm, mit der rechten Hand seinen gebrochenen Unterkiefer festhaltend, während der andere Kerl bewusstlos hinter dem Tresen lag. Dann raschelte es erneut zwischen den Wäscheständern. Pauley Parisi erschien wieder. Er hielt eine abgesägte Schrotflinte auf Bill gerichtet. Er blickte einmal kurz zu Boden, wo der Jüngere wieder zu Bewusstsein kam.

»Das reicht jetzt, Mr. Stubbs.«

»Ich habe mich nur verteidigt«, sagte Bill ruhig und nahm seine Hände hoch.

»Nehmen Sie sich Ihr verdammtes Hemd und verschwinden Sie«, sagte Pauley mit entschlossener Stimme. »Sofort. Bevor ich es mir anders überlege und Sie in eine meiner Waschtrommeln werfen lasse.«

Bill knöpfte sich langsam das weiße Wechselhemd auf und zog es aus. Dann machte er bedächtig einen Schritt nach vorne, griff sich sein Hemd vom Tresen und legte das andere Hemd darauf. Er hielt sich sein Hemd an die Nase.

»Riecht gut. Was für ein Waschmittel verwenden Sie?«

»Raus hier! Und kommen Sie nicht wieder.«

Bill legte Zeige- und Mittelfinger an die Stirn und grüßte kurz, bevor er sich umdrehte und die Wäscherei verließ. Hinter sich konnte er Pauley noch etwas auf Italienisch fluchen hören. Vor der Tür streifte Bill sich sein frisch gewaschenes Hemd über, steckte sich eine Red Apple an und ging zur nächsten Straßenbahnstation.

KAPITEL 5
DANIELLE

DONNERSTAG, 20. JULI 2017

Vorsichtig tastete Bill am nächsten Morgen die imposante Beule an seiner Stirn ab, die in schillernden Grüntönen schimmerte. Es würde eine Weile dauern, bis diese wieder verschwinden würde. Ebenso sein blaues Auge, das ihm der Hüne aus dem Waschsalon zusätzlich zur Beule auch noch verpasst hatte. Aber es hatte sich gelohnt. Bill war sich sicher, dass Pauley Parisi etwas zu verbergen hatte und er bei ihm auf der richtigen Fährte war. Trotzdem würde er sich etwas überlegen müssen, wie er jetzt an den Waschsalonbesitzer herankam. Er zweifelte nicht daran, dass Parisi beim nächsten Mal von der Waffe Gebrauch machen würde. Nun war es aber erst einmal Zeit fürs Frühstück. Er schnappte sich eine Kopfbedeckung, eine Schirmmütze mit dem Vereinslogo der New York Yankees, und seine Sonnenbrille und verließ seine Wohnung. Wenig später erreichte er Earls Diner, wobei er sich auf dem Weg dorthin durch wahre Massen von verkleideten Menschen drängen musste, die in den Straßen San Diegos unterwegs waren. Heute war die offizielle Eröffnung der Comic Convention und alle hetzten hinunter in Richtung des Hafens, wo sich das Convention Center befand.

»Guten Morgen, Earl«, sagte Bill, als er das Diner betrat und am Tresen vorbei zu seinem Stammplatz ging und sich setzte. »Irgendwelche Anrufe?«

»Morgen. Nein, du Witzbold. Zum Glück nicht. Ansonsten hätte ich das Telefon auch ausgestöpselt.« Earl stellte ihm eine Tasse Kaffee auf den Tisch und legte die aktuelle Ausgabe der New York Times dazu. »Frühstück kommt gleich.« Dann schlurfte er wieder zurück zum Tresen.

Bill zog seine Lesebrille aus der Hemdtasche, setzte sie auf und blätterte wie immer zuerst zu seiner Lieblingsrubrik vor. Aber auch heute stand nichts darin, was einen längeren Blick verdient gehabt hätte.

»Schlimm genug, dass du hier drin immer rauchst, aber musst du jetzt auch noch eine Mütze tragen? So was ist unhöflich«, sagte Earl, der mit einem Teller voll mit Rührei und Speck zurück zum Tisch kam.

»Hast ja recht.« Bill nahm seine Yankees-Mütze ab.

»Da mal mich doch einer weiß an und nenn mich Jesus«, stieß Earl lachend hervor. »Sieht so aus, als hätte jemand Probleme mit deiner liebenswürdigen Art gehabt. Hat dich ja voll erwischt.«

»Hat mich überrascht. Aber glaub mir, das passiert mir kein zweites Mal.«

»Sieht schmerzhaft aus. Möchtest du etwas Eis haben?« Earl stellte den Teller vor Bill ab.

»Ja, kann vielleicht nicht schaden.«

Mit einem Handtuch, in das einige Eiswürfel gewickelt waren, kam Earl schnell wieder zum Tisch zurück und reichte es Bill. Dann setzte er sich ihm gegenüber.

»Und?«

»Und was?«, fragte Bill kauend, während er sein Frühstück hinunterschlang. Wie immer viel zu schnell. Marie hatte ihm immer gesagt, er solle langsamer, bewusster essen. Mit der linken Hand hielt er sich das eisgekühlte Handtuch vorsichtig an die Stirn.

»Haben die Beule und das Veilchen etwas mit deinem Fall zu tun? Dieses verschwundene Comicheft?«

»Möglich.« Bill legte das Eis beiseite, trank seinen Kaffee aus und kratzte dann die letzten Reste des Rühreis auf dem Teller zusammen. Als er damit fertig war, rülpste er laut und steckte sich eine Red Apple an.

»Hat geschmeckt, wie ich höre«, sagte Earl bissig. »Kaum vorstellbar, wie ein Mann mit deinen Manieren einfach so verprügelt wird.«

»Du wirst es mir zwar nicht glauben, aber ich habe nichts gemacht. Außer ein paar Fragen zu stellen. Aber irgendwas muss dem Typen an mir nicht gefallen haben, denn er hat mir dann zwei Schläger auf den Hals gehetzt.« Bill nahm einen langen Zug von der Zigarette und überlegte. Dann blies er mehrere kleine Rauchringe in die Luft. »Er hat mich erkannt«, murmelte er vor sich hin.

»Wer hat dich erkannt?«

»Der Wäschereibesitzer. Er kannte meinen Namen und wusste, dass ich mal als Kunstdetektiv in New York tätig war. Sogar welches Bild ich damals wiederbeschafft hatte, wusste er.« Bill blickte grübelnd aus dem Fenster auf die Straße, wo ein steter Strom an verkleideten Menschen vorbeifloss. Ein großer gelber Schwamm auf zwei Beinen winkte ihm zu.

»Warte mal, sagtest du gerade Wäschereibesitzer? Du meinst aber nicht Pauley Parisi, oder?«, fragte Earl skeptisch.

»Doch, genau den. Kennst du ihn etwa?« Bill sah den Dinerbesitzer verwundert an. Aber der betrachtete ihn mit sorgenvoller Miene.

»Er hat seine Wäscherei hier in San Diego schon fast so lange wie ich mein Diner. Es geht das Gerücht um, dass er ...«, Earl sah sich in dem leeren Diner um, lehnte sich dann über den Tisch und flüsterte, »Mitglied der Mafia ist!«

»Aber das ist doch Quatsch. Sicher, der Kerl hat etwas Halbseidenes an sich und hat sicherlich auch einige krumme Geschäfte am Laufen, aber Mafia?« Bill schüttelte den Kopf.

»Ssscht«, machte Earl. »Nicht so laut.«

»Earl, hier drinnen ist niemand außer uns beiden«, sagte Bill und drückte seine Zigarette auf dem leeren Frühstücksteller aus.

»Damals, Mitte der Achtziger, Parisi hatte seinen Waschsalon gerade einige Monate, da verschwanden plötzlich zwei Männer spurlos. Ein Restaurantbesitzer und sein Sohn. Aus der gleichen Straße, wo auch die Wäscherei liegt. Man hat die beiden Monate später tot aus dem Hafen gezogen. Mit Betonschuhen an den Füßen.« Earl zog eine Augenbraue hoch und sah Bill verschwörerisch an. »Wenn das keine Mafiamethoden sind, dann weiß ich auch nicht. Die Ermittlungen wurden irgendwann eingestellt, der Täter wurde nie gefasst.«

»Und du glaubst, dieser Parisi steckt dahinter?«, fragte Bill lächelnd.

»Ja, verspotte mich nur. Aber jemand, der dich gleich zusammenschlagen lässt, nur weil du ein paar Fragen stellst, so jemand ist bestimmt auch noch zu ganz anderen Dingen fähig. Sieh dich bloß vor, Bill.« Earl stand auf und nahm Bills leeren Teller mit zurück zum Tresen.

Die abgesägte Schrotflinte und das, was Pauley noch gesagt hat, legen zumindest nahe, dass Earl nicht ganz falsch liegt. Seine vernünftige innere Stimme meldete sich wieder.

Mag sein, aber es geht um hunderttausend Bucks!

Achtzigtausend. Zwanzig hast du doch schon sicher. Belass es lieber dabei!

Beinahe war Bill geneigt, der Vernunft recht zu geben. Als er seine Zigarettenschachtel herauszog, klebte an der Schachtel die laminierte VIP-Eintrittskarte der Comic Con. Einen Moment lang betrachtete er die kleine Karte und drehte sie in seinen Händen hin und her.

»Earl, ich gehe noch mal kurz zur Comic Convention. Falls dieser Bennett noch einmal anrufen sollte, sag ihm bitte, dass ich ihn heute Nachmittag in seinem Hotel besuchen komme.« Bill stand auf und ging zum Tresen. Er zog einen Hunderter hervor und streckte ihn Earl entgegen. Der sah ihn argwöhnisch an. »Für deine Mühe, Herr Sekretär.«

»Versuch bitte, nicht wieder Ärger anzufangen«, sagte Earl und schnappte sich den Hunderter.

»Natürlich nicht. Du kennst mich doch.« Bill setzte sich die Mütze wieder vorsichtig auf, darauf bedacht, die Beule nicht zu berühren. Dann verließ er das Diner und ging die Straße zum Convention Center hinunter, gemeinsam mit einer großen Schar kostümierter und gutgelaunter Menschen.

Diesmal kam er ohne Probleme in die Hallen hinein. Als er seine VIP-Karte vorzeigte, wurde er sogar an einem Extra-Eingang an der Schlange der Wartenden vorbeigelassen. Trotzdem kam er in der Halle nur extrem langsam voran. Abertausende Besucher schoben sich durch die Gänge zwischen den Messeständen hindurch. Nach fünf Minuten hatte Bill schon dreizehn Mal Batman gesehen, eine der wenigen Comicfiguren, die er kannte. Nach weiteren fünf Minuten war er kaum hundert Meter vorangekommen. Genervt quetschte er sich an mehreren Kostümierten vorbei, wobei er einen von ihnen einen Flügel vom Kostüm abriss.

»Hey, Mann, was soll das? Ich habe Tage gebraucht, um den so hinzukriegen«, lamentierte ein Kerl nicht definierbaren Alters, während er sich nur mit Mühe zu Bill umdrehen konnte. Der Kerl trug ein Kostüm, das wohl eine Mischung aus Ritterrüstung und Engel darstellen sollte, wobei die Proportionen an der Rüstung lächerlich überdimensioniert erschienen. Genau wie das Pappmaché-Schwert, das der Verkleidete geschultert hatte und das mindestens zwei Meter lang war. Jetzt versuchte er vergebens, sich zu bücken, um den abgefallenen Engelsflügel wieder einzusammeln.

»Helfen Sie mir wenigstens beim Aufheben«, schimpfte der Kerl.

Bill hatte Mitleid, hob den Flügel auf, der ihm erstaunlich schwer erschien, und reichte ihn dem Ritter-Engel-Kerl. Dann ging er im Schneckentempo weiter durch die überfüllten Gänge. Es dauerte eine ganze Weile, bis er endlich sein Ziel erreichte, den Comic-Stand von Dan Doyle in Halle C. Um den Stand herum herrschte ein wahrer Belagerungszustand. Bill sah an der linken Ecke des Standes einen Mann - wahrscheinlich ein Comiczeichner - sitzen, der Hefte signierte und kleine Zeichnungen anfertigte. Dahinter war die große Stellwand aufgebaut, vor der die Blondine von gestern damit beschäftigt war, Bilder mit den ausschließlich männlichen Fans zu machen. Sie trug wieder ihren freizügigen Dress, in dem Bill sie auch schon gestern gesehen hatte, und hatte ein Dauerlächeln aufgesetzt, während sie sich mit den Horden fotografieren ließ.

Wahrscheinlich lauter pubertierende Jungs und untervögelte Erwachsene, dachte Bill, während er an der Schlange entlangging und die Blondine aus dem Augenwinkel beobachtete. Mit ihren wallenden blonden Haaren, den beiden melonengroßen Brüsten und ihren langen Beinen sah sie aus wie die ultimative, fleischgewordene Männerfantasie. Genau die Art Frau, nach der Bill sich in seinen Teenagerjahren verzehrt hatte. Jetzt jedoch sah er in ihr nur eine überstilisierte Kunstfigur, die nichts mit der Realität zu tun hatte.

Bill drehte den Kopf und hielt Ausschau nach Dan Doyle. Er entdeckte den Comichändler am anderen Ende des Stands, wo er damit beschäftigt war, wieder

Comics in seiner Auslage nachzulegen. Mit einiger Mühe und mit den Flüchen von anderen Besuchern bedacht, kämpfte Bill sich zu Doyle durch.

»Hallo Dan, erinnern Sie sich noch an mich?«, fragte Bill, als er schließlich vor dem Comichändler stand. Ganz offensichtlich erinnerte sich dieser noch, denn er wollte schnell nach hinten weggehen. Aber Bill reagierte schnell, beugte sich über den Verkaufstisch und packte Doyle am Oberarm.

»Hey Mann, was soll das? Sind Sie irre?«

»Sie haben mich gestern verarscht, Dan. So was kann ich gar nicht leiden. Sie sagten mir, ich müsste mich an Pauley wenden, wenn ich wirklich seltene und wertvolle Comics suche. Aber der Typ hat nur eine Wäscherei.«

»Die ist doch nur Tarnung«, entfuhr es Dan. »Es ist wirklich so, die Raritäten bekommen Sie bei Pauley, aber die verkauft er natürlich nicht an jeden. Sie müssen schon richtig nachfragen.« Doyle grinste ihn wissend an, als er sein blaues Auge bemerkte.

»Und wie wäre es richtig gewesen?« Dan Doyle sah auf Bills rechte Hand, mit der er seinen Oberarm festhielt. Er ließ ihn los. »Ich höre.«

Doyle beugte sich über den Verkaufstisch und flüsterte Bill ins Ohr: »Wenn man bei Pauley was wirklich Seltenes kaufen will, dann fragt man zuerst nach seiner Spezialreinigung für Capes.«

»Für Capes?«, wiederholte Bill laut.

»Leise! Ja, Mann. Capes, die Umhänge, die die Superhelden immer tragen. Wenn man danach fragt, dann zeigt Pauley einem seinen Ordner mit den aktuellen Heften im Angebot. Und die haben es wirklich in sich.«

»Was hat er noch so im Angebot?«

»Wie meinen Sie das?« Dan Doyle zog sich wieder zurück und blickte sich misstrauisch um.

»Er schien mir nicht der Typ zu sein, der ausschließlich mit Comics unter der Theke handelt. Sie schulden ihm ja auch noch Geld, nicht wahr?« Bill sah Doyle prüfend an. »Sie haben gehörig Angst vor ihm.«

»Die sollten Sie auch haben, Mann. Pauley ist nicht gerade zimperlich, das haben Sie wahrscheinlich auch schon gemerkt, oder?«

»Ach, Sie meinen wegen meinem Auge? Halb so wild, den Schläger von Pauley hat es schlimmer erwischt, der wird seine Suppe die nächsten Wochen nur durch einen Strohhalm schlürfen können.«

Dans Augen wurden groß. »Sie sind wohl wirklich lebensmüde. Mit Pauley legt man sich nicht an. Niemals.«

»Und mich verscheißert man besser auch nicht, Dan. Also, wie komme ich an Pauleys Spezialkatalog heran?«

»Gar nicht! Vergessen Sie es am besten wieder, wenn Ihnen noch etwas am Leben liegt.« Dan wandte seinen Blick von ihm ab und blickte hinüber zu der Blondine, die immer noch geduldig für Fotos posierte. »Ich kann Ihnen nicht helfen, wirklich nicht.« Er drehte den Kopf wieder zu Bill und sah ihn fast flehentlich an.

»Okay, Dan. Sie haben mir genug geholfen. Vielen Dank und noch viel Erfolg hier.« Der Comichändler nickte ihm zu und verschwand schnell hinter den Regalen seines Standes. Bill blickte hinüber zu der Blonden. Dann drängte er sich durch die Menge hindurch in ihre Richtung und ging an der Schlange der Wartenden, die sich vor dem Tisch des Comiczeichners aufgebaut hatte, vorbei zu ihr hin. Hinter Bill riefen einige der in der Schlange stehenden Leute empört ein paar unschöne Worte in seine Richtung. Die Blondine verabschiedete gerade einen Kerl, der mit ihr Fotos gemacht hatte.

»War schön mit dir, hab noch viel Spaß auf der Con«, säuselte sie dem Kerl zu, der in einem Superheldenkostüm steckte, das Bill ebenfalls bekannt vorkam. Ein Anzug in den Farben der amerikanischen Flagge, mit einem weißen Stern auf der Brust. Dazu passend hielt er einen kreisrunden Schild in der linken Hand. Captain America.

»Gibst du mir deine Nummer?«, fragte der Möchtegern-Superheld die Blondine.

»Ich bin wirklich geschmeichelt, aber nein«, antwortete die Männerfantasie freundlich lächelnd.

»Ach komm schon, du wirst es nicht bereuen«, drängte der Captain.

Ehe die Blonde etwas erwidern konnte, ging Bill dazwischen.

»Sie will nicht, ist das denn so schwer zu verstehen? Jetzt sieh zu, dass du Leine ziehst, Kumpel«, blaffte Bill den verdutzten Kerl an.

»Wer bist du denn, du Komiker? Du hast mir gar nichts zu sagen.«

»Oh doch. Und ich sage dir, zieh Leine. Ich muss etwas mit der Dame besprechen.«

»Mir egal, was du musst. Ich habe zwanzig Dollar bezahlt, um Bilder mit ihr zu machen und ich allein entscheide, wann ich fertig bin.«

»Scheint mir aber so, als ob sie dich gerade schon verabschiedet hat, oder? Also, gute Reise.« Bill hob die rechte Hand und machte eine Winkgeste.

Der Kostümierte blickte zur Blondine.

»Er hat recht. Ich wünsche dir noch einen schönen Tag«, sagte sie und wiederholte Bills Winkgestik.

Mit verärgertem Gesichtsausdruck drehte der Kerl sich um und murmelte etwas vor sich hin, was Bill an »Blöde Schlampe« erinnerte.

»Also, was möchtest du für ein Bild mit mir haben?«, fragte die Blondine ihn, nachdem der andere Typ endgültig vom Stand herunter war. »Brüste zusammengequetscht oder auf deinem Kopf abgelegt?«

»Kein Foto«, erwiderte Bill leicht irritiert. »Ich wollte Sie fragen, ob Sie mir behilflich sein können. Ich muss etwas von-«

»Hey, der Typ hat überhaupt nicht bezahlt«, rief eine Stimme hinter Bill.

»Genau, der hat sich einfach vorgedrängelt. Hau ab, du Arsch«, brüllte ein anderer Mann aus der Schlange. Jetzt drehte sich auch der Comiczeichner, ein asiatischer Typ mit Brille, zu ihnen um.

»Danielle, schick ihn besser weg, bevor es hier noch Stress gibt.«

»Keine Sorge, Jason, ich hab das im Griff«, erwiderte die Blonde und wandte sich wieder an Bill. »Also, wie wär's, wenn du jetzt gehst und uns hier in Ruhe weiterarbeiten lässt?«

»Ich verstehe, aber eventuell haben Sie nachher noch kurz Zeit. Ich gebe Ihnen hundert Dollar und ich will garantiert auch kein Foto dafür. Nur eine Auskunft.«

Die Blonde sondierte Bill mit ihrem Blick.

»Okay, dann komm doch am besten heute Abend um sechs hier vorbei, dann ist hier Schluss.«

»Alles klar, dann bis spä-«

Der Schlag traf Bill genau in den Rücken und ließ ihn nach vorne taumeln, genau auf die Stellwand mit der Coverzeichnung zu. Er krachte gegen die Pappwand und riss sie nieder.

»Leg dich nicht mit Captain America an, Arschloch«, rief ihm der verkleidete Kerl von eben zu.

Ehe Bill aufstehen konnte, war noch ein anderer Kerl neben ihm, ebenfalls verkleidet. Er hielt einen gewaltigen Hammer in den Händen und hatte einen Helm mit kleinen Flügelchen auf dem Kopf.

»Schönen Gruß vom Donnergott«, rief der und trat Bill so hart in die Seite, dass ihm die Luft aus den Lungen getrieben wurde. »Und jetzt noch eine mit dem Hammer!« Der Typ in der Thor-Verkleidung hob den Hammer über den Kopf. Aber ehe er ihn niedersausen lassen konnte, traf ihn ein Tritt mit einem schwarzen Lackstiefel auf der Brust. Beim Sturz nach hinten ließ er den Hammer los, der direkt auf seinem Kopf landete, als er auf dem Boden aufschlug. Zu seinem Glück bestand der gewaltige Hammer nur aus Schaumstoff.

»Hey, bist du nicht ganz dicht?«, schrie der Captain-America-Typ und sprang auf die Blondine los. Aber die war zu schnell für ihn. Sie drehte sich unerwartet um die eigene Achse weg und verpasste dem Heranstürmenden einen ordentlichen Tritt in den Arsch, wodurch dieser so viel Schwung bekam, dass er genau auf den Kerl im Thor-Kostüm stürzte. Applaus und lauter Jubel brandete auf. Als Bill von der Blondine wieder auf die Beine geholfen wurde, blickte er verdutzt auf die unzähligen Handys, die auf sie gerichtet waren. Die Menge drängte sich um den Stand, die meisten von ihnen hatten das Geschehen mit ihren Smartphones gefilmt oder Fotos gemacht. Der Comiczeichner saß mit offenem Mund an seinem Tisch und starrte fassungslos auf die zusammengekrachte Pappwand.

»Hey, was ist denn hier los?« Dan Doyle kam vom anderen Ende des Stands angelaufen. »Sie?« Er blickte Bill zornig an.

»Es ist nicht seine Schuld, Dan«, sagte die Blondine schnell. »Die beiden Idioten da vorne haben angefangen.« Sie zeigte auf die Kostümierten, die sich gerade vom Stand entfernen wollten, aber sofort vom Hallensicherheitsdienst festgehalten worden.

»Ultra-Barb hat den beiden den Arsch versohlt«, rief ein Junge aus der Menge.

»Danielle, bist du noch zu retten? Du kannst nicht einfach unsere Kunden verprügeln. Das reicht jetzt, du bist raus, ein für alle Mal!«

Laute Buh-Rufe aus der Menge folgten auf Dan Doyles Ansage.

»Dan, ich habe doch nur-«.

»Mir ist auch lieber, wenn sie geht«, pflichtete der Comiczeichner aus dem Hintergrund bei. »Ich habe eh kein gutes Gefühl bei ihr gehabt. Sie nimmt den Comic nicht ernst und macht schon die ganze Zeit dämliche Sprüche, in denen sie Ultra-Barb lächerlich macht.«

»Echt jetzt, Jason?«, fragte Danielle spöttisch. »Ich

mache deine tolle *Heldin* lächerlich? Die ganze Figur besteht doch nur aus ihren Titten! Das *ist* lächerlich.«

»Genug jetzt, Danielle. Es reicht. Verlass den Stand. Sofort«, sagte Dan ernst.

»Nichts lieber als das. Aber erst will ich das Geld haben, das du mir für gestern und heute schuldest.« Die Blondine stellte sich mit ausgestreckter Hand vor den Comichändler hin.

»Geld? Dafür, dass du mir den Stand ruiniert hast? Sei lieber froh, wenn ich dir nicht noch eine Rechnung schicke!«

Bill, der neben Dan Doyle stand, räusperte sich und blickte den Comichändler mit ernstem Gesicht an.

»Nun ... ich will mal nicht so sein«, sagte Doyle langsam und zog ein Bündel Geldscheine aus der Gesäßtasche. Dann streckte er der Blondine ein paar Scheine entgegen. »Aber mehr gibt's nicht. Und jetzt geh bitte!«

Unter lautem Gejohle der umstehenden Menge schnappte sich die Blondine ihren Rucksack, verließ den Stand und eilte durch die Halle in Richtung Ausgang. Bill folgte ihr, so schnell es die Menschenmassen zuließen. Kurz vor dem Ausgang holte er sie ein.

»Hey, warte mal bitte.« Er hielt sie an der Schulter fest.

»Finger weg«, zischte sie ihn böse an.

»Ho ho, alles gut. Beruhig dich erst einmal wieder.« Bill hob die Hände hoch und stellte sich in sicherer Entfernung von der Blonden hin. »Tut mir echt leid, dass du deinen Job verloren hast, aber vielleicht können wir dann jetzt gleich miteinander reden?«

Sie sah ihn mit verärgertem Blick an, der sich jedoch

schnell entspannte und schließlich in ein Lächeln verwandelte.

»Ach, warum nicht. Was hältst du davon, wenn du mich zum Essen einlädst? Ich habe einen Mordshunger.«

»Kein Problem. Ich kenne da einen Superladen, nicht weit von hier«, sagte Bill mit einem Grinsen im Gesicht.

Wenig später saßen sie gemeinsam an Bills Stammtisch in Earls Diner. Danielle sah sich skeptisch um.

»Superladen, wie? Ich bin hier schon öfter dran vorbeigegangen, jetzt weiß ich auch, warum.«

»Ich weiß, er macht zwar optisch nicht viel her, aber es gibt hier wirklich gutes Essen. Nicht wahr, Earl?«

Der angesprochene Dinerbesitzer kam hinter dem Tresen hervor an ihren Tisch. Zu Bills Überraschung reichte er ihnen zwei Speisekarten.

»Bitte sehr, meine Liebe. Ich hoffe, es gefällt Ihnen in meiner bescheidenen Lokalität«, sagte Earl und beugte sich leicht vor. Bill konnte seinem Blick gut nachverfolgen, der direkt in das Dekolleté der Blonden ging.

»Seit wann hast du eine verdammte Speisekarte?«, fragte Bill verwundert.

»Achte doch bitte auf deine Wortwahl, William. Diese Karte gibt es schon lange, nur für besondere Gäste.«

Danielle blickte noch skeptischer als zuvor zu Earl hoch und dann wieder zu Bill.

»Gibt es hier einen Waschraum, wo ich mich mal kurz umziehen könnte?«

»Aber sicher. Am Tresen entlang und dann die Tür rechts dahinter nehmen«, wies Earl ihr den Weg. Schnell sprang die Blondine auf und stöckelte mit ihren hochhackigen Lackstiefeln in Richtung des Waschraums.

»Okay, würdest du mir schon mal ein Bier bringen?«, fragte Bill und zündete sich eine Zigarette an.

»Aber sicher.« Earl schnappte sich mit einem schnellen Griff die Zigarette aus Bills Mundwinkel.

»Hey, was soll das denn?«, fragte er fassungslos.

»Hier ist Rauchverbot, Bill. Das weißt du doch.« Earl ging hinter den Tresen zurück und löschte die glimmende Zigarette im Waschbecken.

Mit einem Quietschen öffnete sich die Tür zu den Waschräumen und Danielle kam zurück. Ihr Outfit hatte sich nicht großartig geändert. Sie trug jetzt eine abgeschnittene Jeans und ein weißes, knallenges Top. Nur bei den Schuhen hatte sie jetzt auf hohe Absätze verzichtet und flache Sportschuhe angezogen. Aber sie wirkte jetzt deutlich normaler als in ihrer Kostümierung als Sexobjekt und obwohl ihre Silikonbrüste immer noch zu unnatürlich groß für ihren ansonsten zierlichen Körper wirkten, machte sie jetzt vielmehr den Eindruck des netten Mädchens von nebenan. Sie warf ihren Rucksack auf die Sitzbank und ließ sich daneben auf die Lederpolsterung fallen.

»Also, was kannst du mir hier empfehlen?«

»Die Cheeseburger sind ziemlich gut.«

»Okay, dann nehme ich zwei.«

»Earl, bitte vier Cheeseburger für die Dame und mich. Und zwei Bier«, rief Bill in Richtung des Dinerbesitzers.

»Für mich kein Bier, lieber eine Coke Zero«, fügte Danielle hinzu.

»Die zwei Bier sind auch nur für mich bestimmt«, sagte Bill.

»Oh. Hätte ich mir denken können.« Sie musterte Bill mit abschätzigem Blick.

»Denk, was du willst. Kommen wir jetzt lieber zum Grund, weswegen ich dich sprechen wollte ...« Bill stutzte, als Danielle ihm ihre rechte Hand entgegenstreckte und mit den Fingerspitzen eine auffordernde Geste machte.

»Erst will ich Geld sehen.«

Bill zog einen Hunderter aus seiner Hosentasche und legte ihn vor sich auf den Tisch. »Und ich möchte erst ein paar Antworten, bevor ich Geld bezahle.«

»Na gut. Was willst du wissen?«

»Wie gut kennst du Pauley Parisi?«

Danielle hielt einen Augenblick inne. »Gut genug«, antwortete sie schließlich schmallippig. »Hast du ihn auch schon kennengelernt?« Sie deutete auf Bills blaues Auge.

»Ach das, das war ein Missverständnis.«

»Solche Missverständnisse hat er aufgrund seines reizenden Charakters öfter«, sagte Earl, als er ihnen die Getränke an den Tisch brachte.

»Verstehe«, sagte Danielle und zwinkerte Earl zu, als der sich wieder hinter den Tresen zurückzog. »Und was genau willst du jetzt über Pauley wissen?«

»Dan Doyle hat mir erzählt, dass Pauley derjenige ist, an den man sich wendet, wenn man seltene Comichefte sucht.«

»Kann schon sein. Aber Dan ist ein Idiot. Pauley verdient sein Geld in erster Linie damit, dass er anderen Leuten *Schutz* bietet. Und sich dafür bezahlen lässt. Aber er hat vor ein paar Jahren tatsächlich damit angefangen, mit einigen seltenen Comics zu handeln, als er gemerkt hat, wie leicht sich damit Geld verdienen lässt. Auslöser war ein Kollege von Dan, der den Fehler gemacht hat, seine Schulden bei Pauley nicht zu bezahlen. Daraufhin hat Pauley dessen Geschäft übernommen. Und dabei ist er dann etwas auf den Geschmack gekommen.«

»Ist dir irgendwas bekannt davon, dass Pauley gerade ein besonders wertvolles Heft zum Verkauf anbietet?«, fragte Bill.

Danielle schüttelte den Kopf. »So läuft das nicht. Pauley geht nicht damit hausieren, was er für Hefte hat. Da musst du schon in seinen Katalog schauen.« Die Blondine nahm einen Schluck von ihrer Cola. »Dauert das noch lange mit den Burgern?«

»Sind gleich fertig«, rief Earl zurück.

»Gibt's irgendeine Möglichkeit, da ranzukommen?«

»Wieso habe ich nur den Verdacht, dass du das schon versucht hast, aber dabei nicht besonders viel Erfolg hattest?«, sagte Danielle süffisant. »Nur bei Pauley direkt ist das möglich, in seiner Wäscherei. Und wenn ihm irgendeine Nase nicht gefällt, dann hat man keine Chance. So einfach ist das.«

»Hier bitte, eure Burger.« Earl stellte ihnen die Teller auf den Tisch.

»Endlich, danke«, sagte Danielle und schnappte sich ausgehungert einen Cheeseburger. »Darf ich dich auch mal etwas fragen?«, fragte sie, nachdem sie die ersten Bissen hinuntergeschlungen hatte.

»Eigentlich nicht«, sagte Bill gedankenverloren und leerte die erste Dose Bier.

»Egal, ich mach's trotzdem. Hinter welchem Heft bist du eigentlich her? Und warum? Ich meine, du hast doch gar nichts mit Comics am Hut.«

»Woher willst du das wissen?«

»Ich bin schon seit über einem Jahrzehnt hier auf der Con unterwegs und habe in dieser Zeit alle möglichen und unmöglichen Typen kennengelernt. Glaub mir, ich erkenne, ob jemand echtes Interesse an Comics hat oder eben nur dafür bezahlt wird, so wie du.«

Bill öffnete die zweite Bierdose. Er sah Danielle genau in die Augen. Sie hatte etwas in ihrem Blick, dem er sich schwer entziehen konnte. Vor allem hatte sie dieselbe Augenfarbe wie Marie. Ein strahlendes Ultramarinblau.

»Du bist also quasi eine Expertin?«

»Könnte man sagen. Auf jeden Fall weiß ich mehr über Comics als du.« Danielle leckte sich die Fingerspitzen ab, nachdem der erste Cheeseburger erledigt war. Dann machte sie sich über den zweiten her.

»Wer außer Pauley handelt denn hier in San Diego noch mit wertvollen Comics?«

»Die Burger hier sind wirklich gut.« Danielle blickte zu Earl hinüber und zeigte ihm den Daumen nach oben. Dann blickte sie Bill wieder an. »Ich würde sagen ... deine hundert Dollar sind aufgebraucht.« Sie tickte mit dem Zeigefinger der linken Hand auf den Hunderter, der noch auf dem Tisch lag.

Bill seufzte, zog das Bündel Hunderter heraus, nahm einen zweiten Schein davon und legte ihn auf den Tisch. Er bemerkte den Blick der Blondine, als er das Geldbündel wieder wegsteckte.

»Also, ich höre«, sagte er und nahm noch einen Schluck Bier.

»Wow, wie viele Scheine hast du in der Tasche?«

»Genügend. Aber ich habe nicht vor, dir noch einen weiteren davon zu geben.«

Danielle war mit dem zweiten Burger fertig und wischte sich die Hände an der Serviette ab.

»Action Comics Nr. 1«, sagte sie plötzlich. »Deswegen fragst du. Das ist das Heft, das du suchst.«

»Wie kommst du darauf?«

»Hab's in der Zeitung gelesen. Es soll am Sonntag zum Abschluss der Con eine Ausgabe davon versteigert werden. Die hoffen auf richtig viel Geld. Aber was, wenn das Heft gar nicht mehr da ist? Vielleicht hat es jemand gestohlen und dann dich damit beauftragt, es zu finden.« Sie sah ihm ernst in die Augen und lachte dann. Aber sie verstummte, als sie merkte, dass Bill todernst blieb. »Echt jetzt? Stimmt das etwa?«

»Falls ja, wer außer Pauley hätte die Möglichkeit, dieses Heft zu verkaufen?«

»Was bekommst du, wenn du das Heft wiederbeschaffst?«

»Braucht dich nicht zu interessieren.«

»Tut es aber. Sehr sogar. Ich meine, ich habe mal irgendwo gelesen, dass Detektive, die für Museen Kunstwerke wiederbeschaffen ihre Bezahlung abhängig vom Wert bekommen. Das wäre in diesem Fall eine ganze

Menge Geld!« Sie sah Bill mit durchdringendem Blick an. »Ich sag dir was. Du beteiligst mich an deinem Honorar und ich helfe dir dabei, das Heft zu finden!«

Jetzt lachte Bill laut auf. »Du? Jetzt mach aber mal 'nen Punkt!«

»Ich weiß nicht, was es da zu lachen gibt«, sagte Danielle und verschränkte die Arme vor der gewaltigen Brust.

»Ich muss ihr zustimmen, Bill. Warum lässt du dir nicht von ihr helfen?«

»Halt du dich da raus, Earl«, sagte Bill. »Ich arbeite immer allein und werde jetzt ganz sicher nicht mit einer ...« Er biss sich auf die Unterlippe.

Danielle lehnte sich nach vorne auf den Tisch und funkelte ihn aus ihren blauen Augen an.

»Ich höre. Mit einer ... was? Mit einer blonden Tussi, deren Brüste größer sind als ihr Kopf? Mit einer operierten Dumpfbacke?« Ihre Stimme nahm an Schärfe zu.

»Hey, ganz ruhig. Das habe ich nicht gesagt.« Bill hob beschwichtigend die rechte Hand.

»Brauchst du auch nicht. Ich kenne das schon zu Genüge. Ihr Typen denkt doch alle das Gleiche.« Sie schnaubte verächtlich. »Aber wollen wir wetten, dass ich mehr auf dem Kasten habe als du?«

Bill konnte sich ein Grinsen nicht verkneifen, was aber nicht daran lag, was Danielle gesagt hatte. Er glaubte gerne, dass sie leicht unterschätzt wurde. Ihm gefiel vor allem, wie temperamentvoll sie ihrer Verärgerung Luft machte. Aber wollte er die Blondine wirklich tiefer in seine Nachforschungen einbinden?

Lass es, Bill. Du bist am stärksten, wenn du alleine arbeitest, meldete sich die Stimme der Vernunft in ihm. *Die Kleine wird dir nichts als Ärger einbringen.*

Mag sein. Aber sie kennt sich deutlich besser als ich in der Comicszene aus und sie kann bei Pauley nach dem Heft suchen.

Tu, was du nicht lassen kannst. Aber sag später nicht, ich hätte dich nicht gewarnt!

»Warum grinst du so dümmlich? Ich warte noch auf deine Antwort«, drängte Danielle.

»Okay, meinetwegen. Du kannst mir vielleicht wirklich helfen. Aber schlag dir das mit der Honorarbeteiligung gleich aus dem Kopf! Wenn du entscheidend dazu beiträgst, das Heft zu finden, gebe ich dir fünftausend Dollar. Abgemacht?« Er hielt der Blondine seine rechte Hand entgegen.

»Wenn Pauley in die Geschichte involviert ist, will ich zehntausend haben!« Sie sah ihm fest in die Augen. Im Hintergrund konnte Bill hören, wie Earl kicherte.

»Einverstanden.« Blitzschnell schlug Danielle ein.

»Deal! Also, was machen wir zuerst ... Partner?« Sie setzte ein selbstbewusstes Lächeln auf.

Bill wollte gerade zur Antwort ansetzen, als das Telefon des Diners klingelte. Earl nahm ab, meldete sich kurz und reichte den Hörer sofort über den Tresen.

»Es ist dieser Bennett.«

Schnell sprang Bill auf und griff sich den Telefonhörer.

»Stubbs hier.«

»Haben Sie schon etwas gefunden?« Bennetts Stimme klang zittrig.

»Nein, noch nicht. Aber es gibt eine heiße Spur, die ich-«

»Dann ist es zu spät. Sie sind bereits hier. Ich ... Ich muss weg, sonst-« Bill konnte im Hintergrund ein lautes Donnern hören. Offensichtlich schlug jemand gegen die Tür von Bennetts Präsidentensuite. Dann krachte es laut. Bennett musste den Hörer fallen gelassen haben.

»Bennett? Hören Sie mich?« Aber Bill bekam keine Antwort mehr. Er reichte Earl den Hörer zurück. »Ich muss sofort zum Omni.«

KAPITEL 6
MÄNNER IN SCHWARZ

Außer Atem lief Bill in die Lobby des großen Hotels und hastete weiter in Richtung der Aufzüge. Einer der Fahrstühle öffnete gerade die Türen und Bill sprang hinein und drückte die Taste zur Präsidentensuite. Danielle schlüpfte hinter ihm in den Aufzug. Er hatte versucht, die Blondine daran zu hindern, ihm zum Omni zu folgen, aber es war zwecklos.

»Meine Güte, wie kannst du von dem kurzen Stück laufen nur so außer Atem sein? Das waren doch nur ein paar hundert Meter. Du solltest weniger rauchen.« Sie wartete auf eine Antwort von ihm, aber er atmete nur tief durch. »Was wollen wir hier? Wer ist dieser Bennett?«

»Der ... Auftraggeber«, keuchte Bill. »Klang so, als ob er ungebetenen Besuch bekommen hat.«

»Pauleys Leute?«

Bill zuckte mit den Schultern. Mit einem lauten Ping öffneten sich die Fahrstuhltüren und sie waren im einundzwanzigsten Stockwerk des Hotels. Die Tür zur Präsidentensuite stand sperrangelweit offen.

»Du wartest hier im Flur«, sagte Bill zu Danielle und ging langsam in das Zimmer hinein. »Bennett? Ich bin's, William Stubbs.« Er sah sich in dem Raum um. Alles sah völlig normal aus.

»Scheint nicht da zu sein«, erklang Danielles Stimme direkt hinter ihm.

»Du sollst doch draußen warten.«

»Ach bitte, lass den Quatsch. Was soll schon passieren? Oh, wow. Was für eine Aussicht.« Danielle ging zum großen Panoramafenster und blickte auf die Stadt hinab.

Bill beachtete sie nicht weiter und ging in das Schlafzimmer, das sich hinter einer doppelflügligen Schiebetür befand. Aber auch hier war alles normal, keinerlei Unordnung oder Zeichen von Eindringlingen.

»Wie sah dieser Bennett aus?«, rief Danielle zu ihm rüber.

»Klein, so etwa ein Meter siebzig, lichtes Haar, Brillenträger, Anfang fünfzig«, antwortete Bill leicht genervt. »Warum?«

»Dann habe ich ihn gerade entdeckt.«

Sofort lief Bill hinüber zu Danielle, die immer noch am Fenster stand und hinausblickte. Sie zeigte mit ihrem Finger schräg hinunter. Bill folgte ihrem Fingerzeig und blickte auf das Baseballstadion der Stadt, den PETCO Park. Das Stadion war 2004 unmittelbar neben dem Omni errichtet worden. So dicht, dass es sogar eine direkte Verbindung zwischen den beiden Bauwerken gab. Einen *Skywalk*, eine lange Fußgängerbrücke, die sich in luftiger Höhe über die Hauptstraße hinweg vom

Hotel zum Stadion wand. Auf dieser Brücke konnte Bill gut einen kleinen Mann erkennen, der in Richtung des Stadions lief.

Bennett.

»Verdammt«, fluchte Bill und rannte eilig aus dem Zimmer zurück zum Fahrstuhl. Danielle sprang zeitgleich mit ihm in den Aufzug, obwohl sie später als er losgelaufen war. Sie drückte die Taste für das Stockwerk, wo sich der Ausgang zum Skywalk befand. Als die Türen sich öffneten, stürmte Bill als erster hinaus, orientierte sich kurz und lief dann nach rechts zu der Fußgängerbrücke. Von Bennett war nichts mehr zu sehen, er musste bereits im Stadion verschwunden sein. Es waren nur wenige Personen auf der Fußgängerquerung unterwegs, aber am Ende des Skywalk konnte Bill zwei Männer in schwarzen Anzügen sehen, die es überaus eilig zu haben schienen. Sofort rannte er los, schon nach wenigen Metern war Danielle wieder neben ihm.

»Wir müssen unbedingt an deiner Fitness arbeiten«, sagte sie locker, während sie neben ihm herlief. Dann beschleunigte sie ihre Schritte und war ihm im Handumdrehen zehn, zwanzig Meter voraus. Schnell war sie am Ende der Fußgängerbrücke angekommen und bog nach links ab. Bill bemühte sich, sie nicht aus den Augen zu verlieren. Als er ebenfalls das Ende des Skywalks erreichte, freute er sich über die schattige Kühle, die von der großen Betonkonstruktion des Stadions ausstrahlte. Er befand sich nun direkt unter dem Oberrang des Stadions und es war menschenleer. Was ihn noch mehr störte, war die Stille. Er lauschte angestrengt, aber er hörte nichts. Keine Schritte, keine Stimmen, keine Danielle. Doch dann erregte ein Geräusch seine Aufmerksamkeit. Ein Klatschen. Dem folgte ein Aufschrei. Bill hastete zwischen den Betonpfeilern entlang in die Richtung, aus der die Geräusche gekommen waren. Dann sah er plötzlich einen der Männer in den schwarzen Anzügen auf dem Boden liegen. Danielle hatte sich breitbeinig über ihm aufgebaut. Der Mann hielt sich die linke Wange und sah verstört zu der Blondine auf.

»Ach, schön, dass du auch mal kommst«, sagte Danielle, als sie ihn erblickte. »Einen der beiden Kerle habe ich erwischt. Keine Ahnung, wo der andere ist.«

»Gute Arbeit«, keuchte Bill, immer noch leicht um Luft ringend. Dann wandte er sich an den Mann, der am Boden lag und ihn nun verängstigt ansah.

»Was wollen Sie von mir? Hier, nehmen Sie und lassen Sie mich in Ruhe, nicht mehr schlagen, bitte.« Der Mann zog mit zitternder Hand seine Brieftasche hervor und hielt sie Bill entgegen.

»Wir wollen Ihr Geld nicht. Warum haben Sie und Ihr Kumpel Bennett verfolgt?«

»Alles gut, Mr. Stubbs«, hallte Bennetts Stimme plötzlich von den Betonwänden wider. Bill und Danielle drehten sich verwundert um. Sie sahen Bennett, in Begleitung des zweiten Mannes im schwarzen Anzug, auf sie zukommen. »Ich habe mich mit den Herren bereits unterhalten, es war ein Missverständnis.«

»Ein Missverständnis«, wiederholte Bill langsam. »Und deswegen dieses Drama am Telefon? Und Ihre Flucht?«

»Nun ja, ich bin etwas ... schreckhaft.« Bennett versuchte ein Lächeln, aber es gelang ihm nicht wirklich überzeugend. »Auf jeden Fall arbeiten die beiden Herren hier für Geoffrey Grandberg.«

»Für wen?«

»Geoffrey Grandberg. Besitzer der Playmountain Studios, dem einflussreichsten Filmstudio von Hollywood«, sagte der Mann, der immer noch vor Danielles Füßen lag und gerade seine Brieftasche wieder einsteckte. Dann stand er etwas unbeweglich auf und klopfte sich den Staub vom Anzug. »Mein Kollege Mr. White und ich arbeiten für Mr. Grandberg. Wir sind hier, um Mr. Bennett ein Angebot zu machen.«

»Mr. White?« Danielle lachte laut auf. »Und Sie sind wer? Etwa Mr. Pink?«

»Ich habe Ihrem Kollegen schon erklärt, dass es sinnlos ist, vor Beginn der Versteigerung Angebote abzugeben«, sagte Bennett an den Anzugträger gewandt. Dann sah er Bill an. »Das Heft wird nicht vor der geplanten Auktion verkauft. Mein Mitarbeiter Mr. Stubbs hat ein Auge darauf.« Er zwinkerte Bill verschwörerisch zu.

»Gut. Wenn das Ihre Antwort ist. Wir werden Mr. Grandberg davon in Kenntnis setzen.« Der Mann im schwarzen Anzug warf Danielle noch einen bösen Blick zu, bevor er sich mit seinem Kollegen auf den Weg zurück zum Skywalk machte. Bill wartete noch einen Moment, bevor er sich an Bennett wandte.

»Was sollte das? Warum machen Sie erst so einen Aufstand am Telefon und all das?«

»Ich dachte, die beiden Herren wären im Auftrag eines anderen zu mir geschickt worden. Deswegen ... ich konnte doch nicht ahnen-«

»Bennett. Beantworten Sie mir eine Frage. Wem gehört das Heft, das Sie verkaufen sollten?« Bill sah dem kleinen Mann direkt in die Augen. Er hatte plötzlich ein ganz mieses Gefühl bei der Sache.

»Giuseppe de Luca«, gab der leise zur Antwort.

Danielles Augen wurden groß. »Giuseppe der Fisch? Der Mafiaboss?«

»Welcher Fisch? Hat der was mit Pauley zu tun?«, fragte Bill verwirrt.

»Giuseppe de Luca ist hier in San Diego das Oberhaupt der größten Mafiafamilie an der Westküste. Er macht sein Geld offiziell vor allem mit dem Fischhandel und dem Betrieb einer riesigen Franchisekette von Fischrestaurants. Daher sein Spitzname«, erklärte Danielle ihm.

»Und was haben Sie mit dem zu schaffen?«, fragte Bill den immer kleiner werdenden Bennett.

»Lassen Sie uns zurück auf mein Zimmer gehen. Dann erzähle ich es Ihnen.«

Pauley zuckte am Telefon zusammen. Schweißperlen standen ihm auf der Stirn, obwohl er in seinem gut klimatisierten Büro in der Wäscherei saß. Aber er hatte Angst. Zum ersten Mal in den über zwanzig Jahren, die er nun schon für ihn arbeitete. Don Matteo di Maria. Der mächtigste Mafiapate San Franciscos.

»Entschuldige, Pauley, mein guter alter Freund. Ich wollte nicht so laut werden«, schnarrte die Stimme von Don Matteo an sein Ohr. »Aber ich hatte nicht erwartet, dass es bei diesem kleinen Gefallen, den ich von dir erbeten habe, zu solchen Schwierigkeiten kommen würde. Also, wo ist dieses Comicheft, das du versprochen hast, für mich zu besorgen?«

Pauley schluckte. Oder besser, er versuchte es, aber sein Hals war staubtrocken.

»Ich ... weiß es nicht, Don Matteo.«

Stille. Dann hörte Pauley ein Flüstern am anderen Ende der Leitung, wahrscheinlich war der Don nicht alleine und erteilte gerade Anweisungen an seine Leute.

»Wie kann das sein, Pauley?«, fragte der Mafiapate in großväterlicher Manier. »Ich habe dir gesagt, was du für mich tun sollst. Daraufhin hast du mir versprochen«, er betonte das letzte Wort besonders deutlich, »dass es keinerlei Probleme geben würde, weil dir der Leiter dieser merkwürdigen Comic-Ausstellung noch einen Gefallen schuldet. Es würde alles schnell ablaufen. Du würdest mir diesen Comic besorgen, mit dem ich endlich dem elenden Fisch die Gräten herausreißen kann.« Don Matteo machte eine Pause, Pauley wagte nicht zu sprechen. »Und jetzt sagst du mir, dass du dieses Heft noch gar nicht hast. Aber es ist weg. Also frage ich mich, wo ist es? Oder versuchst du, ein Spiel mit mir zu spielen, Pauley? Bist du gierig geworden? Möchtest du deinen alten Freund etwa noch mehr schröpfen?« Die Stimme des Paten bekam einen milden Klang. Ein Zeichen höchster Gefahr.

»Nein, nein. Niemals würde ich so etwas wagen, Don Matteo«, versicherte Pauley deshalb schnell. »Ich habe meine Leute darauf angesetzt, sie drehen jeden Stein in der Stadt um, auf der Suche nach diesem Heft. Und ...«

Pauley holte tief Luft, sprach sich selber Mut zu und fuhr fort. »Und da ist noch eine Sache.«

»Was für eine Sache?«, fragte Don Matteo scharf.

»Gestern war jemand bei mir und hat gefragt, ob ich seltene Comichefte handele.«

»Pauley, *porca miseria!*« Pauley konnte förmlich spüren, wie der Pate rot vor Zorn im Gesicht wurde. Der Pate verfiel nur ins Italienische, wenn er die Beherrschung verlor. »Es interessiert mich einen verdammten Dreck, wer bei dir in den Laden kommt und dich nach irgendetwas fragt, mich interessiert nur-«

»Es war William Stubbs«, stieß Pauley hastig hervor.

Wieder war Stille am anderen Ende der Leitung. Diesmal totale Stille.

»Wiederhole das«, flüsterte Don Matteo beinahe.

»William Stubbs war gestern bei mir im Laden und hat-«

»*Pezzo di merda!* Dieser gottverdammte Kunstdetektiv? Was um alles in der Welt macht der in San Diego?« Die Stimme von Don Matteo grollte wie ein Gewitter in seinem Ohr.

»Ich ... Ich weiß es nicht. Aber anscheinend soll er für irgendjemanden ein wertvolles Comicheft finden und-«

»Hast du ihn getötet?«, fragte der Don mit eiskalter Stimme.

»N-nein. Ich wusste ja nicht, ob er wirklich nach unserem Heft sucht und ich wollte keine Aufmerksamkeit erregen.«

»*Bischero*! Du weißt, dass dieser Kerl uns schon

einmal ein großes Geschäft versaut hat, damals in New York ...«

Pauley schluckte, ungeachtet seines ausgedörrten Halses. Er zwang sich dazu. »Ich weiß, Don Matteo. Aber diesmal wird es nicht dazu kommen, weil-«

»Ich schicke dir Solver«, sagte Don Matteo knapp und bestimmt. »Er wird dafür Sorge tragen, dass es keine weiteren Probleme gibt!«

»A-aber das ist nicht nötig. Wir haben hier alles im Griff.« Pauley lief der Schweiß jetzt in Strömen den Nacken hinunter. Lautes Lachen ertönte aus dem Telefonhörer.

»Alles im Griff? Pauley, sei froh, dass ich Solver nicht deinetwegen schicke, sondern nur, um dir zu helfen. Aber sei dir sicher, wenn du mir dieses Heft nicht beschaffst, dann ...« Der Pate legte auf.

Pauley saß noch eine Weile wie erstarrt auf seinem Stuhl, dann legte auch er den Hörer auf. Langsam erhob er sich von seinem Stuhl und ging hinüber in den Maschinenraum, wo sich die Trommeln der großen Industriewaschmaschinen unablässig drehten. Er zog sich sein völlig durchgeschwitztes Hemd aus und warf es in einen der Wäschekörbe. Dann schnappte er sich ein Handtuch und rieb sich damit trocken, ehe er sich eines der Wechselhemden anzog. Sein Sohn, Pauley Junior, betrat den Raum und sah ihn verwundert an.

»Ist alles in Ordnung, Pa'?«

»Nein, gar nichts ist in Ordnung«, schrie er seinen Sohn so an, dass dieser erschrocken zusammenzuckte und einen Schritt zurückwich. »Ruf alle zusammen.

Sofort. Wir müssen dieses verdammte Heft finden. Don Matteo schickt uns Solver auf den Hals.«

Pauley Junior wurde bleich. »Pa', es ... es heißt, wenn der Solver in die Stadt kommt, dann ...«

»Ich weiß selbst, was es bedeutet«, blaffte er seinen verängstigt dreinblickenden Sohn an. »Ich bin lange genug dabei. Aber wir werden dem Don beweisen, dass wir unsere Dinge alleine geregelt bekommen. Wir präsentieren Solver den Comic und er wird zufrieden abreisen.«

»Und wenn wir ihn nicht finden?«, fragte Junior zaghaft nach.

»Dann lässt du dir besser Kiemen wachsen.«

»Also, Bennett. Dann erzählen Sie mal. Ich bin ganz Ohr«, sagte Bill, während er sich den Inhalt der Zimmerbar der Präsidentensuite genau ansah. Er lächelte, als er entdeckte, dass eine Flasche des Whiskeys, McCleary's Blended Scotch, den er gestern schon mitgenommen hatte, wieder nachgefüllt worden war. Zufrieden nahm er die Flasche, griff sich ein Glas und ging damit hinüber zu den Sofas, wo Bennett und Danielle bereits Platz genommen hatten. Die Blondine warf ihm einen vorwurfsvollen Blick zu, als er sich einen McClearey's einschenkte.

»Oh, entschuldige. Möchtest du auch einen?«, fragte Bill sie und hielt ihr die Flasche entgegen.

»Nein, vielen Dank. Findest du, dass jetzt ein guter Zeitpunkt zum Trinken ist?«

»Soweit es mich betrifft, ist jeder Zeitpunkt der richtige. Oder, Bennett, was meinen Sie?«

»Ich trinke nie«, erwiderte der kleine Mann mit der Buchhalterbrille nervös.

»Auch gut. Aber jetzt fangen Sie mal an, uns zu erklären, was dieser Giuseppe mit dem Comicheft zu tun hat.«

Bennett setzte seine Brille ab, legte sie auf den Tisch vor sich und rieb sich die Augen.

»Er hat mich vor einigen Wochen kontaktiert. Ich hatte ihm vor einigen Jahren mal ein Gemälde verkauft. Aber diesmal wollte er nichts kaufen. Er wollte, dass ich etwas für ihn verkaufe. Ein altes Comicheft. Er hat nicht gesagt, wo er es herhatte, aber ich sollte es zum bestmöglichen Preis für ihn verkaufen. Kurz danach bekam ich mit, dass Mr. Quezada plante, zum Abschluss der diesjährigen Comic Con eine Versteigerung abzuhalten. Ich rief ihn an und erzählte ihm, dass ich für einen Klienten Action Comics Nr. 1 zum Verkauf anbieten sollte. Tja, natürlich war er hellauf begeistert davon.«

»Er hat keine Fragen gestellt, wo das Heft herkam oder wem es gehörte?«, Bill dachte an seine Unterhaltung mit Quezada und wie misstrauisch dieser gegenüber plötzlich auftauchenden, alten Comicheften war.

»Nein, aber er bestand darauf, dass ich ihm das Heft vorab überlasse, damit er sich persönlich von der Echtheit überzeugen konnte.«

»Verständlich. Und weiß Giuseppe schon, dass sein Heft gestohlen wurde?«, fragte Bill.

»Nein, ich habe ihm noch nichts gesagt. Wenn er es rauskriegt, dann wird er ... mich töten lassen.« Bennett vergrub seinen Kopf in seinen Händen. Danielle sah ihn mitleidig an.

»Machen Sie sich keine Sorgen, Mr. Bennett«, sagte sie. »Mein Partner und ich werden das Heft schon rechtzeitig finden.«

Bennett hob den Kopf und sah die Blondine dankbar lächelnd an.

»Vielen Dank.«

Bill warf Danielle einen überraschten Blick zu.

»Ach wirklich? Werden wir das?«

»Ich habe Sie dafür bezahlt, Mr. Stubbs«, sagte Bennett plötzlich mit ernster Stimme.

»Ja, richtig. Sie haben mir vorab Geld gegeben – welches ich übrigens in jedem Fall behalten darf – damit ich nach dem Heft suche. Aber Sie haben leider vergessen zu erwähnen, dass dieses Heft einem Mafiaboss gehört.« Er nahm einen Schluck von dem Whiskey. »Ich habe jedenfalls nicht vor, für die Mafia zu arbeiten.«

»Aber ... aber das tun Sie doch auch nicht. Sie arbeiten für mich!« Bennetts Stimme verfiel wieder in den panischen Tonfall. »Die werden mich töten, wenn ich das Heft nicht wiederbekomme! Ich bitte Sie, machen Sie weiter. Ich ... ich werde Ihr Honorar auch verdoppeln!«

Bill trank den letzten Inhalt des Glases in einem Zug aus. Er sah Bennett genau an. Vor seinen Augen verwandelte sich der kleine Mann mit dem schütteren Haar und dem ängstlichen Gesicht in etwas verdammt Attraktives:

In einen großen Geldsack. Ein Geldsack mit fetten Dollarzeichen darauf.

Verdammt, er will verdoppeln! Das sind zweihunderttausend, Bill. Das kannst du dir nicht entgehen lassen!

Aber die Mafia hängt da mit drin, gab sein vernünftiges Ich zu bedenken. *Ach, scheiß drauf. So viel Kohle bekommst du nie wieder, Bill. Greif zu!*

»Mr. Stubbs? Alles in Ordnung?«, fragte Bennett ihn.

»Also gut. Das Doppelte.« Er stellte sein leeres Whiskeyglas auf den Tisch und griff sich die Flasche. »Wir werden sofort weitersuchen.« Dann ging er aus der Suite hinaus. Danielle eilte ihm hinterher.

»Das heißt dann wohl, mein Anteil hat sich auch gerade verdoppelt auf zwanzigtausend?«, fragte Danielle ihn, als sie auf den Aufzug warteten.

Bill sah die Blondine genau an.

»Ja, das heißt es.«

»Super.« Sie umarmte ihn spontan. »Also, wo suchen wir weiter?«

»Ich will noch mal zu dem Chef der Comic Con, Quezada. Aus seinem Tresor wurde das Heft entwendet. Irgendwas an der ganzen Geschichte macht mir Bauchschmerzen. Und wenn mein Bauch mir Schmerzen macht, ist das ein untrügliches Zeichen, dass etwas faul ist bei der Sache.«

»Wirklich? Ich hätte drauf getippt, dein Bauch rebelliert, weil er zuviel mit Burgern und Alkohol zu tun hat. Außerdem könntest du ruhig etwas abnehmen.« Danielle klopfte ihm gegen seinen Bauch.

»Hey, Hände weg. Lass meinen Bauch mal meine Sorge sein.«

Ein hoher Signalton verkündete die Ankunft des Fahrstuhls. Die Türen fuhren auf, ein Mann stand im

Aufzug und wollte aussteigen. Bill machte einen Schritt zur Seite, damit der Mann an ihm vorbeikonnte, aber Danielle blieb wie angewurzelt stehen und starrte den Kerl im Aufzug an.

»Oh. Mein. Gott. Sie sind Cary Hudson, der Schauspieler«, stieß sie schließlich begeistert hervor.

Der Angesprochene blieb im Fahrstuhl stehen und lächelte sie an.

»Sie haben mich erwischt«, erwiderte der Kerl und ließ seine schneeweißen Zähne aufblitzen. Die Fahrstuhltüren schlossen sich langsam wieder, aber Bill hielt sie mit seiner Hand auf. Schnell trat der Schauspieler aus dem Aufzug heraus. Jetzt erkannte Bill ihn auch. Ein Kerl, der aussah, als ob er aus einem Felsen heraus gemeißelt worden wäre, wie eine griechische Statue. In seiner verwaschenen Jeans und dem karierten Hemd, dessen obere zwei Knöpfe geöffnet waren und einen Blick auf seine trainierte, braungebrannte haarlose Brust und einen Teil eines Tattoos freigaben, wirkte er nicht ganz so glamourös wie auf den Bildern in den Hochglanzmagazinen. Aber sein Gesicht hatte diesen leicht melancholischen Ausdruck, der alle Frauen dahinschmelzen ließ, wenn er sie erst einmal mit seinen braunen Augen anschmachtete. Bill hatte diesen Typen schon auf etlichen Filmplakaten gesehen. Angefangen hatte er mit billigen Actionreißern, wie der *Blood Fight*-Trilogie. Danach versuchte er vermehrt, auch in ernsthaften Produktionen zu punkten. Was ihm auch gelang. Zur Zeit war Cary Hudson der Topstar in Tinseltown.

»Was machen Sie hier? Lauern Sie mir etwa vor

meinem Zimmer auf?«, fragte der Filmstar und sah skeptisch zu Bill.

»Ihr Zimmer? Nein, wir haben gerade ... einen Freund hier besucht«, antwortete Danielle. Und schmachtete den großgewachsenen, durchtrainierten Schauspieler dabei an.

»Oh, Sie haben recht. Ich habe wohl auf die falsche Taste gedrückt, meine Suite liegt im zwanzigsten Stock. Wollen wir gemeinsam runterfahren?«

»Wo immer Sie möchten, Cary«, sagte Danielle wie unter Hypnose. Bill verdrehte die Augen.

»Okay, dann alle einsteigen«, sagte er barsch. »Wir haben heute noch etwas vor.«

»Natürlich. Sind Sie der Vater dieser bezaubernden Dame?«

Danielle konnte sich ein lautes Lachen nicht verkneifen, während Bill den Schauspieler böse ansah.

»Nein, ich bin nicht ihr Vater. Sparen Sie sich Ihre blöden Sprüche für Ihre miesen Filme auf.«

»Autsch. Sie mögen meine Filme nicht? Na ja, wahrscheinlich mögen Sie nichts, wo ein bisschen Kunstverstand gefordert wird«, erwiderte Cary Hudson mit einem selbstgefälligen Grinsen.

»Beachten Sie ihn einfach nicht, Cary. Wäre es möglich, dass Sie mir ein Autogramm geben?« Danielle blickte den Schauspieler mit großen Augen an. Dessen Blick haftete hingegen nur an Danielles Brüsten, wie Bill missbilligend feststellte.

»Aber gerne doch. Sie könnten doch kurz mit zu mir ins Zimmer kommen und ich gebe Ihnen eine von meinen Autogrammkarten.« Er zwinkerte Danielle vielsagend zu.

»So viel Zeit haben wir leider nicht, vielleicht ein anderes Mal«, sagte Bill, als der Fahrstuhl ein Stockwerk tiefer anhielt und die Türen auffuhren.

»Zu schade. Es hat mich sehr gefreut, meine Liebe.« Cary Hudson ergriff Danielles Hand und hauchte ihr einen Kuss auf den Handrücken. »Vielleicht sehen wir uns mal wieder.«

»Ja, sicher. Noch einen schönen Tag.« Bill schob den Schauspieler aus dem Aufzug und drückte auf den Knopf zum Türenschließen.

»Er hat mir einen Handkuss gegeben«, sagte Danielle ganz entrückt, als sie mit dem Fahrstuhl weiter nach unten fuhren. »Das hat noch nie jemand bei mir gemacht.«

»Ist doch auch besser so. So was ist doch ganz schön eklig. Wer weiß, was der Kerl vorher mit seinen Lippen gemacht hat.«

»Zumindest keinen Whiskey getrunken, wie gewisse andere Anwesende«, gab Danielle schnippisch zurück. »Und er hat Manieren.«

»Du kannst gerne wieder nach oben fahren«, entgegnete Bill. »Aber dann sag Adios zu deinen zwanzigtausend.«

»Das würde dir wohl so passen. Außerdem«, sagte sie mit einem leicht spöttischen Gesichtsausdruck, »würdest du ohne mich wahrscheinlich keine Chance haben, das Heft zu finden.« Der Fahrstuhl stoppte im Erdgeschoss. Danielle ging als Erste hinaus, während Bill ihr mit finsterem Gesicht folgte.

KAPITEL 7
TEAM UP

Bill versuchte, sich seine Verärgerung nicht anmerken zu lassen. Aber Danielle hatte ihn ziemlich schnell durchschaut.

»Hey Stubbs, jetzt guck doch nicht so miesepetrig. Das gibt nur Falten. Obwohl, ein paar mehr oder weniger machen bei dir ja auch keinen Unterschied mehr«, amüsierte sich die Blondine, während sie durch die Hallen des Convention Centers liefen. »Wie alt bist du eigentlich? Ich meine, Cary Hudson hat schon ein wenig übertrieben, als er dich für meinen Vater gehalten hat. Also, wie alt?«

Bill gab keine Antwort. Er blickte sich suchend um. Quezada war nicht in seinem Büro gewesen, als sie ihn dort aufsuchen wollten. Seine Sekretärin hatte gesagt, er wäre in Halle G unterwegs, bei der Sonderausstellung der Filmfahrzeuge.

»Du willst es mir nicht sagen? Okay, dann tippe ich. Erster Versuch: Fünfzig!«

Ohne eine Reaktion zu zeigen, ging Bill weiter durch die Gänge, die eine Stunde vor Schließung immer noch völlig überfüllt waren.

»Nicht richtig? Okay, Versuch Nummer zwei: Fünfundfünfzig!«

»Echt jetzt?« Bill blieb stehen und sah Danielle in die Augen. »Du findest, ich sehe aus wie fünfundfünfzig? Warte, ich schätze dein Alter auch mal, soweit das unter dieser dicken Make-up-Schicht möglich ist. Hm, leichte Grübchen an den Augen, der Hals hat auch schon leichte Anzeichen von Falten ... Du bist vierunddreißig!«

Danielles fröhliches Gesicht verschwand schlagartig.

»Mit dir macht dieses Spiel keinen Spaß.« Sie schob sich an ihm vorbei und ging den Gang weiter. Jetzt kam Bills gute Laune langsam zurück.

»Ich habe also recht? Na ja, wenn es dich tröstet, du würdest bestimmt auch noch als zweiunddreißig durchgehen.«

Abrupt blieb die Blondine stehen, drehte sich um und stemmte die Hände in die Hüfte.

»Ach wirklich? Und du würdest auch noch als ... als ... ach, vergiss es einfach.«

»Hey, jetzt sei doch nicht so miesepetrig. Das gibt nur Falten, habe ich gehört.«

Jetzt starrte Danielle ihn mit richtig finsterer Miene an, die sich jedoch nach einer Weile langsam in ein freundliches Gesicht wandelte. Sie seufzte.

»Ich gebe mich geschlagen. Du hast gewonnen. Ich bin tatsächlich vierunddreißig, aber erst seit zwei Wochen«, betonte sie. »Und du, wie alt bist du, Stubbs?«

»Fünfund ... vierzig. Echt«, fügte er schnell noch

hinzu. »Aber mag sein, dass mich der Bart tatsächlich etwas älter aussehen lässt.«

»Ja, das tut er in der Tat. Der ist ja auch mehr grau als schwarz. Du solltest ihn abrasieren, steht dir bestimmt besser.«

»Dasselbe hat meine Exfrau auch immer gesagt, deswegen war ich früher immer glatt rasiert.«

»Du warst mal verheiratet? Kaum vorstellbar«, sagte Danielle. Sie gingen den Gang zusammen weiter. Bill konnte schon die ersten Fahrzeuge erkennen. Er hob den Kopf an und suchte nach Quezada.

»Die Ehe hielt auch nicht besonders lange«, sagte er beiläufig zu Danielle.

»Was hast du gemacht?«

»Wie kommst du darauf, dass ich etwas gemacht habe?«

»Weil es immer ihr Kerle seid, die es versauen.«

Bill lachte heiser.

»Tut mir leid, wenn ich dich enttäuschen muss, aber ich bin unschuldig. Sie hat mich mit meinem besten Freund betrogen. Die beiden sind jetzt zusammen.«

»Autsch. So eine dumme Schlampe«, sagte Danielle. »Hast du dem Kerl wenigstens ordentlich eine verpasst?«

»Das hatte ich vor, aber leider hatte ich auch beruflich das ein oder andere Problem und er war einer meiner Hauptauftraggeber. Das Ende vom Lied war, Job weg, Frau weg und Selbstachtung weg. Da habe ich einen Strich gezogen und New York den Rücken gekehrt.«

»Da kann ich dich nur beglückwünschen. Manchmal ist es besser, alles aufzugeben und nochmal völlig neu anzufangen.« Danielles Stimme klang etwas melancholisch. »Ich meine, was denken sich diese Leute eigentlich? Dass sie mit dir machen können, was sie wollen, auf dir rumtrampeln und dich einfach nur benutzen wie ein Spielzeug, an dem sie irgendwann das Interesse verlieren?«

Bill musste sich bemühen, mit der Blondine Schritt zu halten, er musste mehrmals einen Bogen um ein paar kostümierte Besucher machen. Als er wieder direkt neben ihr war, sah er sie eindringlich an.

»Reden wir noch über mich oder eher über dich?«

»Tut mir leid, es ist nur ... Ich kenne diese Art von Geschichte. Mir ist es schon ähnlich ergangen.« Sie sah ihn mit traurigem Ausdruck in ihren eisblauen Augen an. »Willkommen in San Diego, der Stadt der gebrochenen Herzen.«

»Hey, kein Grund, Trübsal zu blasen. Denk einfach an die Dollars, die uns erwarten.«

»Das tue ich. Hoffentlich klappt das auch.«

»Keine Angst. Ich bin ... war mal ziemlich gut in meinem Job.« Bill zwinkerte ihr zu. »Da vorne ist Mr. Quezada.« Er deutete auf den Direktor, der auf der Ausstellungsfläche zwischen verschiedenen Filmautos stand und gerade ein Interview gab. Er hatte die Hände lässig in den Hosentaschen seines ziemlich teuer aussehenden Anzugs vergraben, das Jackett trug er offen. Dann nahm er die linke Hand aus der Tasche und klopfte dem Wagen, neben dem er gerade stand, aufs Dach. Es war ein DeLorean DMC-12. Bill erinnerte sich, dass dieser Wagen in einem Film aus den Achtzigern eine Rolle spielte, aber ihm fiel der Titel nicht ein. Sie warteten noch einen Moment, dann verabschiedete Quezada den Reporter und knöpfte sich sein Jackett zu. Er blickte Bill überrascht an, als er sich vor ihn stellte.

»Mr. Stubbs? Haben Sie schon etwas herausgefunden?«

»Ja ... und nein. Ich habe herausgefunden, wem das Comicheft gehörte, das aus Ihrem Safe verschwunden ist. Das Heft selber habe ich noch nicht, aber ich habe eine heiße Spur.«

»Oh, sehr schön. Aber warum sind Sie jetzt wieder hier?«

»Wollen Sie denn gar nicht wissen, wem der Comic gehört?«, fragte Bill.

»Nein. Ich habe Mr. Bennett gefragt und er meinte, es wäre besser, wenn ich dies nicht wüsste.«

Bill musterte den Messedirektor eingehend. Er schien etwas nervös zu sein.

»Haben Sie schon etwas von der Polizei gehört? Haben die schon eine Spur?«

Quezada schüttelte seinen Kopf.

»Vielleicht sollte ich mal mit der Polizei sprechen. Die würden sich bestimmt dafür interessieren, wessen Heft es ist, das sie da suchen.« Bill wandte sich zu Danielle um. »Komm, lass uns zum Polizeirevier gehen.«

»Mr. Stubbs! Warten Sie doch bitte kurz«, rief Quezada ihm hinterher. Bill stoppte und grinste Danielle an. Dann drehte er sich mit ernster Miene wieder zu Quezada herum. »Kommen Sie bitte, ich möchte mit Ihnen noch etwas besprechen. Allein«, fügte er mit Blick auf Danielle hinzu. »Setzen wir uns am besten hier hinein.« Er legte eine Hand auf Bills Schulter und führte ihn zu einem weiteren Filmauto. Der Aston Martin DB5, den Sean Connery in *Goldfinger* gefahren hatte. »Bitte, steigen Sie ein, Mr. Stubbs.«

Bill stieg auf der Fahrerseite ein und setzte sich hinter das Lenkrad, während Quezada auf dem Beifahrersitz Platz nahm.

»Also, ich bin ganz Ohr«, sagte Bill und lehnte sich entspannt in den bequemen Sitz zurück.

»Es ist ... etwas kompliziert«, Quezada räusperte sich. »Ich habe den Diebstahl der Polizei nicht angezeigt.«

Bill war nicht überrascht über diese Auskunft. Er hatte es bereits vermutet. Er nickte Quezada zu.

»Weil Sie wissen, von wem dieses Heft stammt. Giuseppe, der Fisch.«

Der Direktor sah ihn erschrocken an.

»Es gehört Giuseppe?« Er drehte den Kopf nach vorne und blickte mit leerem Blick durch die Frontscheibe. »Ich bin so gut wie tot«, murmelte er leise vor sich hin. »Nein, ich bin bereits tot.«

»Sie wussten nicht, dass es sein Heft war?«

»Nein, ich ... ich dachte, Bennett hätte es aus irgendeiner dubiosen anderen Quelle bekommen. Es war mir nicht so wichtig. Das Heft war echt, das war sicher und ich habe mit Bennett schon öfter Geschäfte gemacht, daher war es mir egal, als er sagte, er könnte den Namen des Besitzers nicht preisgeben.«

»Aber warum haben Sie den Diebstahl dann nicht der Polizei angezeigt?« Bill versuchte, Quezada in die Augen zu blicken, aber der starrte immer noch geradeaus. Er dachte noch einen Moment nach, dann fuhr er fort. »Weil es gar nicht gestohlen wurde. Sie haben es weggegeben.«

Quezada nickte zaghaft.

»Nur einen Tag, nachdem ich das Heft von Bennett erhalten hatte, bekam ich einen Anruf von jemandem, dem ich noch einen Gefallen schulde. Die Art von Leuten, denen man aber besser nichts schuldig bleibt.« Der Direktor drehte den Kopf zu Bill. »Ich hatte keine Wahl.«

»Wem haben Sie das Heft gegeben?«

»Niemandem. Ich habe nur den Tresor offengelassen. Es war vereinbart, dass er sich den Comic selber holen sollte. Ich hatte anfangs gedacht, ich könnte das Heft tatsächlich als gestohlen melden. Aber er legte mir dann nahe, diesen Gedanken schnell zu vergessen.«

»Wer?«, wollte Bill wissen.

»Jemand, der mindestens genauso gefährlich ist wie Giuseppe de Luca.«

»Ich brauche einen Namen«, sagte Bill.

»Ich ... ich kann nicht«, stammelte Quezada. »Die bringen mich um.«

Bill sah sich in dem Auto um, sein Blick blieb auf dem Schaltknüppel hängen. Er legte seine Hand darauf und klappte die geheime Abdeckung nach oben. Ein roter Knopf kam zum Vorschein.

»Das ist wohl der Knopf für den Schleudersitz«, sagte Bill wissend. »Ob der noch funktioniert?«

»Ich bitte Sie, Mr. Stubbs. Der Wagen hier ist nur Requisite.«

»Sagen Sie mir den Namen.« Bill ließ seinen Daumen

über den Knopf schweben. »Ich kann Ihnen helfen, aber nur, wenn ich weiß, wer das Heft jetzt hat.«

Quezada sah ihn zweifelnd an. Schließlich sackte er etwas in sich zusammen und starrte wieder nach vorne.

»Sein Name ist Pauley Parisi.«

»Sehen Sie, war doch gar nicht so schwer«, sagte Bill zufrieden und drückte auf den Knopf. Nichts geschah.

»Sie sollten sich nicht mit Parisi anlegen, Mr. Stubbs. Der Mann ist gefährlich.«

»Zu spät«, antwortete Bill. »Was glauben Sie, wem ich mein buntes Auge verdanke?«

»Aber, was haben Sie jetzt vor?«

»Ich werde Pauley noch einen Besuch abstatten. Soll ich ihn von Ihnen grüßen?« Bill grinste.

»Ich wünschte, der Schleudersitz hätte funktioniert«, erwiderte Quezada mit blassem Gesicht.

»Ja, ich auch. Eine Sache verstehe ich allerdings nicht, Mr. Quezada«, sagte Bill nachdenklich. »Sie sagten mir gestern, dass neben dem Comicheft auch fünftausend Dollar aus Ihrem Safe gestohlen wurden. Stimmte das?«

»Ja, das ist die Wahrheit.«

»Warum sollte Parisi Ihnen das Geld stehlen, wenn er doch nur den Comic haben wollte?«

»Ich weiß es nicht«, erwiderte Quezada schulterzuckend. »Aber ich hielt es für klüger, nicht mit Mr. Parisi darüber zu diskutieren. Wahrscheinlich hat einer seiner Männer das Geld gesehen und einfach für sich eingesteckt.«

Lachend stieg Bill aus dem Aston Martin aus und suchte Danielle, die er schließlich auf einem anderen

Stand auf der anderen Seite der Halle entdeckte. Er eilte zu ihr hinüber. »Wir müssen zu Pauley.«

Pauley Junior wartete noch einen Moment, bis der Privatdetektiv in der Menschenmenge verschwunden war. Dann ging er mit schnellen Schritten auf das silberne Auto zu, bei dem sich die Beifahrertür gerade öffnete. Er drückte mit einer Hand gegen die Tür. Quezada blickte nach oben und zuckte zusammen, als er ihn erkannte.

»Sitzen bleiben«, schnauzte Pauley Junior ihn an. Dann schmetterte er die Tür wieder zu, ging um den Wagen herum und setzte sich hinein. »Was wollte dieser Schnüffler von Ihnen?«

»Er ... er ist beauftragt worden, den Comic zu finden. Ich habe ihm eine Liste der potentiellen Käufer gegeben. Das wird ihn eine Weile beschäftigen.«

»Gut. Dann sagen Sie mir jetzt, warum das Heft nicht bei meinem Vater ist.«

»Ich verstehe nicht, wieso-«

»Ich stelle hier die Fragen! Wo ist der verdammte Comic?«

»Aber, er ist weg. Er ist vorgestern aus meinem Safe verschwunden, wie besprochen. Ich bin davon ausgegangen, ihr hättet ihn geholt.«

»Hören Sie auf, mich zu verscheißern! Das kann ich gar nicht leiden. Wer hat das Heft? Der Fisch?«

»Ich weiß es nicht! Ihr solltet es haben. Da Pauley

sich nicht bei mir gemeldet hat, dachte ich, es wäre alles nach Plan gelaufen.«

»Verflucht.« Pauley Junior hämmerte mit der Hand auf das Armaturenbrett. »Du sitzt jetzt ganz schön in der Scheiße, weißt du das? Wenn dir dein Leben lieb ist, solltest du besser alles daran setzen, dass dieses Heft schnell wieder auftaucht. Verstanden?«

Quezada schluckte und nickte ihm zu. Wütend stieg Pauley Junior aus dem Auto aus und schlug die Tür heftig hinter sich zu. Dann zückte er sein Handy und rief seinen Vater an.

»Fehlanzeige«, erzählte er. »Quezada dachte, wir hätten das Heft geholt.«

»Dann mischt noch eine Partei mit«, schnarrte Pauleys Stimme. »Aber darum kümmern wir uns später. Solver wird bald hier sein. Ich habe schon Vorkehrungen getroffen. Du fährst jetzt zu Jimmy und holst etwas für mich bei ihm ab. Dann komm wieder zur Wäscherei.«

KAPITEL 8
REIZENDE DANIELLE

Auf einer Bank in einiger Entfernung zur Wäscherei hatten sie sich hingesetzt und warteten. Bill hatte sich eine Zeitung gekauft, den San Diego Reader. Aber seine Befürchtung hatte sich bestätigt, dieses Revolverblatt konnte nicht mit der Times mithalten. Der Großteil der Berichterstattung drehte sich um die Comic Convention und all die Berühmtheiten, die in deren Dunstkreis gerade in der Stadt waren. Quezada hatte recht. Es schien wirklich nur noch um Fernsehserien oder große Hollywoodproduktionen zu gehen. Die Comics waren nur eine Randnotiz. Sogar der Schauspieler Cary Hudson wurde erwähnt. Bill schnaubte verächtlich, als er ein Bild von ihm in der Zeitung sah.

»Also, worauf warten wir noch?«, fragte Danielle ungeduldig.

»Da ist noch ein Kunde drin. Sobald der raus ist,

gehst du rein.« Bill warf Danielle einen skeptischen Blick zu. »Meinst du wirklich, du schaffst das?«

»Natürlich. Ich gehe da einfach rein und sage: ›*Hey Pauley, zeig mir doch mal dein Comicheft, das einige Millionen wert ist.*‹, dann schnappe ich mir das Heft und komme wieder zu dir.« Sie zwinkerte ihm zu.

»Ernsthaft, bitte. Der Kerl versteht keinen Spaß. Halt dich bitte an unseren Plan. Sobald dir irgendwas komisch vorkommt, haust du ab, verstanden?«

»Keine Angst, ich kriege das hin. Ich mache das wie geplant.« Sie klopfte auf ihren Rucksack, in dem sie ein Kleid verstaut hatte, das sie zur Ablenkung bei Pauley zur Reinigung abgeben sollte. »Ehrlich. Aber sag mal, machst du dir etwa Sorgen um mich?«

»Ich mache mir nur Sorgen um meine Bezahlung. Wenn du das Heft nicht bekommst, dann war's das.«

»Apropos Bezahlung, wenn ich das hier machen soll, dann habe ich einen größeren Anteil verdient, als nur zwanzigtausend. Quasi als Gefahrenzulage. Findest du nicht auch?«

Bill sah sie skeptisch an. »Okay. Wie viel?«

»Vierzigtausend.«

»Abgemacht.« Er hielt ihr die rechte Hand hin.

»Das war einfach. Freut mich, mit dir Geschäfte zu machen, Stubbs.« Danielle ergriff seine Hand. »So, ich werde dann jetzt mal reingehen.« Sie machte eine leichte Bewegung mit dem Kopf. Bill sah, dass gerade der Kunde aus der Wäscherei herauskam.

»Okay. Sei vorsichtig.«

»Wird schon schiefgehen«, sagte Danielle lachend, schnappte sich ihren Rucksack und ging los. Sie überquerte die Straße und schlenderte dann völlig entspannt zur Wäscherei.

Das Mädel hat echt Mumm, dachte Bill.

Nur das?, fragte seine Vernunft in spöttischem Tonfall.

Halt die Klappe!

Bill zog eine Red Apple aus der Schachtel und zündete sich die Zigarette an.

Vor dem Schaufenster der Wäscherei blieb Danielle kurz stehen und betrachtete ihr Spiegelbild darin. Schnell richtete sie sich die Haare. Dann atmete sie tief durch und betrat die Wäscherei. Wie erwartet war niemand hier, außer dem Mann hinter dem Tresen. Pauley Parisi. Er hob den Kopf, als die Türglocke schellte.

»Guten Tag«, sagte Danielle fröhlich. »Ich möchte hier gerne ein paar sündhaft teure Comichefte kaufen.«

Mit misstrauischem Blick musterte der Wäschereibesitzer sie. Dann hellte sich seine Miene auf und seine Mundwinkel bogen sich nach oben, als er sie erkannte.

»Danielle! Mein Goldstück. Wie schön, dich hier mal wieder zu sehen.« Schnell eilte der kleine Mann um den Tresen herum und kam mit ausgebreiteten Armen auf sie zu. Sie beugte sich ein wenig zu ihm herunter und ließ sich von ihm in den Arm nehmen.

Zum Glück sieht Stubbs das jetzt nicht, dachte Danielle. *Dann wären meine vierzigtausend wohl Geschichte. Ich hätte ihm ja schlecht sagen können, dass ich Pauley gut kenne.*

»Hallo Pauley. Wie geht es dir?« Sie löste sich aus seiner Umarmung.

»Jetzt wo ich dich sehe, wieder besser. Was treibt dich in diese Gegend?«

Danielle nahm ihren Rucksack von der Schulter und klopfte ein paar Mal darauf.

»Arbeit. Eines meiner Lieblingskleider ist versaut und ich hatte gehofft, du würdest es wieder hinkriegen.«

»Na, dann zeig mal her, das gute Stück.« Pauley griff sich ihren Rucksack und ging hinter den Tresen zurück. Dann öffnete er den Reißverschluss und zog ein weiß-blaues Abendkleid, das zusätzlich mit Pailletten besetzt war, heraus. Auf der Vorderseite war ein unschöner, rotbrauner Fleck zu sehen. »Hast du jemanden hierin ermordet, Danielle?« Pauley lachte.

»Nein. Eine *Bloody Mary* hat mich attackiert.« Das stimmte sogar. Es war nun schon einige Wochen her, als Danielle mit diesem Kleid bei einer Veranstaltung in Las Vegas war. Leider wurde einer der Gäste ihr gegenüber unangenehm vertraulich und sie musste ihm eine scheuern. Dafür bekam sie im Gegenzug den Cocktail übers Kleid geschüttet. Was aber schlimmer war, ihr Honorar als Escort fiel für diesen Abend auch ins Wasser.

»Ist schon ein bisschen älter, der Fleck.« Pauley rieb mit seinen Fingern am Kleid herum. »Aber keine Sorge, das kriegen wir schon wieder hin.« Er lächelte ihr aufmunternd zu und drehte sich dann nach hinten um und rief, markerschütternd laut: »GENO!«

Schnell raschelte es zwischen den Wäscheständern in Pauleys Rücken und der hünenhafte Mitarbeiter kam heraus. Danielle erschrak, als sie ihn sah.

»Oh nein, Geno, was ist denn mit dir passiert?«

Der Hüne trug eine Halskrause. Seine rechte

Gesichtshälfte schimmerte bläulich und er hatte ein Pflaster auf der Wange kleben. Um seinen Unterkiefer herum war eine Metallkonstruktion angelegt.

»'allo Da'ielle. Esch war ei' klei'er U'fall«, antwortete Geno mühsam. Speichel lief ihm dabei aus dem Mundwinkel heraus.

»Unfall?« Pauley schnaubte verächtlich. »Unser Riesenbaby hat einfach seinen Job nicht ordentlich gemacht. Wir hatten gestern unangenehmen Besuch hier.«

Stubbs, schoss es Danielle durch den Kopf.

»Armer Geno, das tut bestimmt höllisch weh«, sagte sie mitfühlend.

Der Hüne grunzte leise und winkte ab.

»Ischt hal' so schlimm wie's ausschieht.«

»Tja, lass dir das fürs nächste Mal eine Lehre sein«, sagte Pauley und drückte Geno Danielles Kleid in die Hand. »Einmal Fleckenentfernung Spezial für unsere besten Kunden.« Geno verschwand mit dem Kleid in der Hand wieder nach hinten. »Also Danielle, erzähl mal, wie ist es dir ergangen, seit ...« Er senkte den Blick auf den Tresen und hielt kurz inne. »Seit du meinem Sohn das Herz gebrochen hast.«

Danielle schluckte. Sie hatte gewusst, dass dies zur Sprache kommen würde.

»Pauley, ich ... es ging einfach nicht mehr. Junior und ich, das ... es hat einfach nicht funktioniert.«

»Du brauchst dich nicht zu rechtfertigen, Liebes. Ich weiß doch selbst, was für einen Hornochsen ich da großgezogen habe. Es gibt Momente, da würde ich ihm auch am liebsten eine scheuern, aber das würde seiner

Mutter, Gott hab sie selig, nicht gefallen.« Pauley seufzte. »Ich habe ihm damals immer gesagt, er soll das mit dir nicht versauen. Du warst das Beste, was meinem verblödeten Sohn je passiert ist, und er hat das nicht zu schätzen gewusst.«

»Sei nicht so hart mit Junior, Pauley. Er hat immer versucht, es dir recht zu machen.«

»Ja, das ist wahr. Aber warum hat er es bei dir nicht versucht? Der Junge hat gar nicht begriffen, was für einen Glücksgriff er mit dir getan hatte.«

»Alter Schmeichler«, lachte Danielle. Sie war erleichtert, dass Pauley über die alte Geschichte zwischen Junior und ihr so dachte. *Da ist die Gefahrenzulage doch wirklich sehr einfach verdient.*

Bill rutschte unruhig auf der Bank hin und her. Er schnippte die vierte Kippe hintereinander fort. Dann warf er einen Blick auf seine Armbanduhr. Danielle war nun schon vor einer Viertelstunde in die Wäscherei verschwunden. Mit aufschreiendem Motor kam ein Auto die Straße langgerast, bremste scharf vor der Wäscherei ab und fuhr auf einen der Kundenparkplätze. Ein schneeweißer Lamborghini, wenn Bill richtig sah. Den Mann, der aus dem Wagen ausstieg, kannte Bill. Es war die junge Version von Pauley Parisi, der Kerl, der ihn gestern so freundlich am Tresen bedient hatte. Mit einem großen braunen Umschlag unter dem Arm ging der junge Mann in die Wäscherei.

Verdammt, Danielle! Beeil dich bloß.

Bill stand von der Bank auf und bewegte sich langsam auf die Wäscherei zu.

Danielle erstarrte für einen Augenblick, als Pauley Junior den Waschsalon betrat. Auch Pauleys Sohn war sichtlich von ihrer Anwesenheit überrascht.

»Hallo Junior«, sagte Danielle und hob unsicher die Hand zur Begrüßung.

»Was willst du hier?«, fragte Junior ziemlich barsch.

»Sei gefälligst etwas höflicher zu ihr«, ermahnte Pauley seinen Sohn. »Gib mir lieber erstmal den Umschlag.« Er streckte fordernd seinen rechten Arm über den Tresen. Seinen Blick nicht von Danielle abwendend, ging Junior langsam zum Tresen und reichte seinem Vater den großen braunen Umschlag, den er dabeihatte. Hastig entriss Pauley ihm das Kuvert und öffnete es. Junior starrte derweil unentwegt zu Danielle.

»Was machst du hier?«, fragte er, diesmal etwas beherrschter.

»Eines meiner Kleider musste dringend gereinigt werden und eure Wäscherei ist die beste, die ich kenne, daher ...« Sie versuchte, ein nettes Lächeln aufzusetzen, um Junior etwas zu bezirzen.

»Aha«, sagte der bloß knurrig und ging an ihr vorbei und stellte sich neben seinen Vater hinter den Tresen. »Was sagst du? Ist es gut?«

Pauley hatte etwas aus dem Umschlag herausgezogen, das er nun mit einem zufriedenen Gesicht begutachtete. Danielle konnte nicht sehen, was es war, weil er es direkt auf den Umschlag gelegt hatte und so hielt, dass sie nur dessen Rückseite sehen konnte.

»Perfekt. Jimmy hat sich wieder mal selbst übertroffen.« Pauley schob das Objekt schnell wieder zurück in den braunen Umschlag und legte ihn vor sich auf den Tresen ab. »Jetzt sei so gut und sieh hinten nach, wie weit Geno mit der Reinigung von Danielles Kleid ist.«

Missgestimmt sah Junior zu Danielle, ging dann aber nach hinten. Danielle atmete durch, als er weg war. Sie fixierte jetzt den Umschlag, der vor Pauley auf dem Tresen lag.

»Sag mal Pauley, meinst du, ich könnte vielleicht ein Wasser bekommen? Ich hab ziemlichen Durst.«

»Aber sicher doch. Warte kurz, ich bin gleich wieder da. Sobald Pauley hinter seinen Wäscheständern verschwunden war, ging Danielle zum Tresen, nahm den Umschlag und griff hinein. Sie zog eine ziemlich feste Klarsichthülle heraus. Die Hülle war so steif und fest, wie Danielle es nur von ganz bestimmten Sammlerhüllen für wertvolle Comics kannte. Ein weißes Stück Pappe steckte darin. Danielle drehte die Hülle herum und blickte auf das Titelbild von Action Comics Nr. 1. Ihr Herz schlug jetzt schneller.

Die Tür der Wäscherei öffnete sich.

»Danielle«, rief Bill ihr zu, als er vorsichtig seinen Kopf in den Waschsalon hineinsteckte. »Alles in Ordnung?«

»Sag du es mir«, antwortete sie und hielt ihm strahlend das Comicheft entgegen.

»Du hast es? Dann nichts wie raus hier.« Bill öffnete die Tür ganz, was die Glocke laut erklingen ließ.

»Danielle, bist du noch da?«, hörte sie Pauleys Stimme rufen.

»Ja, ich bin noch hier. Es ist nur ein Kunde hereingekommen.« Sie winkte Stubbs zu sich heran, der sie verwundert ansah. »Nimm es mit. Ich komme gleich nach.« Sie hielt ihm den Comic entgegen.

»Aber, was-«

»Gib mir eine Ohrfeige«, forderte sie ihn auf.

Bill sah sie begriffsstutzig an, aber nahm ihr endlich den Comic aus der Hand.

»Sofort. Du musst mir eine knallen.«

»Kannst du mir vielleicht mal erklären-«

»Pauley«, schrie sie laut. »Hilfe!« Was Bill nun völlig konsterniert gucken ließ. »Jetzt gib mir schon die verdammte Ohrfeige«, zischte sie ihn an.

Das Rascheln zwischen den Wäscheständern kündigte Pauley an. Danielle sah verängstigt dahin, als sie der Schlag im Gesicht traf.

»Autsch!« Sie rieb sich die Wange und lächelte Bill an. »Und jetzt: Lauf!« Dann sprang sie mit Schwung auf den Tresen und hämmerte mit ihren Händen darauf. Im selben Augenblick kamen Pauley und sein Sohn nach vorne gestürmt.

»Danielle, was ist ...« Pauley erstarrte in der Bewegung, als er Bill erblickte. »Stubbs!«

Bill machte auf dem Absatz kehrt und rannte aus der Wäscherei auf die Straße hinaus.

KAPITEL 9
LAUF, STUBBS, LAUF!

Sein erster Gedanke, nämlich zur Straßenbahn zu gelangen, erwies sich als falsch. Zwei Kerle in den weißen T-Shirts von Pauleys Wäscherei kamen aus dem Hinterhof angelaufen und schnitten ihm den Weg ab. Er stoppte ab und rannte nach links über die Straße. Reifen quietschten und mehrere Autos hupten, als Bill über die stark befahrene Hauptstraße lief. Ein Blick über die Schulter zeigte ihm, dass noch weitere Männer aus dem Waschsalon die Verfolgung aufgenommen hatten. Unter anderen konnte Bill Pauleys Sohn und den Hünen, der ihn gestern angegriffen hatte, zwischen ihnen erkennen. Schwer atmend rannte er die Straße weiter entlang bis zur nächsten Kreuzung. Dort bog er nach rechts ab, in Richtung der Hafenpromenade. Hinter sich hörte er die Verfolger schnell näher kommen.

»Schnapp ihn dir, Pete«, hörte er eine Stimme rufen.

Abrupt bremste Bill ab, drehte sich herum und

schlug seine rechte Faust mit voller Wucht dem heranstürmenden Mann ins Gesicht. Sein Schlag erwischte den Kerl völlig unvorbereitet und mit solcher Heftigkeit, dass dieser von den Beinen gerissen wurde und mit blutender Nase bewusstlos auf dem Bürgersteig liegen blieb. Eine ältere Dame, die gerade aus einem Geschäft herauskam, blickte Bill ängstlich an. Aber ihm blieb keine Zeit, etwas zu erklären, die anderen Verfolger kamen immer näher. Er hastete weiter, bis er an den breiten Pacific Highway kam, der parallel zur Hafenpromenade verlief. Die Autos rasten hier mit teilweise siebzig Meilen pro Stunde die sechsspurige Straße entlang, obwohl nur fünfzig erlaubt waren. Die Ampel, die er direkt vor sich sah, zeigte Rot, aber darauf achtete Bill nicht. Er rannte weiter. Als er die Mitte der Straße erreicht hatte, kreischten Bremsen auf und ein schriller Dauerhupton erklang. Instinktiv sprang Bill hoch. Das bewahrte ihn davor, dass seine Beine vom Kühlergrill des heranschlingernden Pontiacs weggerissen wurden. Trotzdem krachte er recht schmerzhaft mit seiner linken Seite auf die Windschutzscheibe des schwarzen Cabrios. Die Scheibe hielt dem Aufprall stand, aber trotzdem zeichneten sich mehrere durchgehende Risse von oben nach unten verlaufend auf ihr ab. Bill rollte sich von dem Auto hinunter und fiel wie ein nasser Sack auf die Straße.

»Bist du nicht ganz dicht, du Idiot?«, brüllte ihn der Fahrer des Pontiacs an.

Leicht schwankend kam Bill wieder auf die Beine und stützte sich mit der linken Hand auf der Motorhaube des Wagens ab.

Der Comic! Wo ist der verdammte Comic?

Sofort blickte er sich suchend um. Das Comicheft lag mitten auf der geborstenen Windschutzscheibe des Pontiacs. Er wollte gerade danach greifen, als ihn eine Hand an der Schulter packte und herumriss. Ein harter Schlag traf ihn in die Magengrube und er sackte auf die Knie.

»Ja, verpass diesem Wichser ordentlich eine. Von mir auch noch eine mit!«, feuerte der Fahrer den Schläger aus der Wäscherei an. Der ließ sich nicht lange bitten und verpasste Bill einen heftigen Tritt gegen die Brust, der ihn auf den Rücken warf. Sein Kopf lag nun genau neben der Fahrertür des Pontiacs. »Das geschieht dir recht, Arschloch«, rief der Fahrer lächelnd zu ihm hinunter.

Bill drehte sich stöhnend nach links weg und versuchte wieder auf die Beine zu kommen. Der Kerl, der ihn niedergestreckt hatte, nahm sich jetzt den Comic von der Windschutzscheibe und hielt ihn hoch über seinen Kopf.

»Ich habe ihn«, rief er den anderen zu, die noch am Straßenrand standen und den Verkehr abwarteten. Dadurch, dass der Pontiac die mittlere Fahrspur blockierte und Bill auf der linken Spur lag, fuhren alle Autos nun rechts vorbei. Keiner hielt es für nötig, anzuhalten. Alle fluchten nur am Lenkrad vor sich hin und warfen böse Blicke zu ihnen hinüber. Langsam kam Bill wieder auf die Beine.

»So, Freundchen. Jetzt reden wir zwei mal über den Schaden, den du bezahlen darfst.« Der Fahrer des

Pontiacs öffnete die Tür. Und auch der Handlanger von Pauley kam auf ihn zu.

»Vergiss es, der Typ gehört mir«, motzte er den Fahrer an.

»Von wegen. Erst bezahlt er mir den Schaden an meinem Wagen«, gab der zurück.

Bill war immer noch etwas benommen, aber er erkannte sofort seinen Vorteil in dieser Situation. Er machte einen Schritt auf das Auto zu, griff sich die halbgeöffnete Tür und riss sie mit Schwung völlig auf. Die Tür donnerte gegen den Schläger und beförderte ihn zu Boden.

»Bist du nicht mehr ganz dicht?« Der Fahrer des Pontiacs wollte aussteigen, aber Bill packte sich die zurückfedernde Tür und schleuderte sie zu. Der Fahrer wurde zurück in den Wagen gestoßen und landete halb auf dem Beifahrersitz.

Das Comicheft lag neben Pauleys Handlanger auf der Straße. Sofort schnappte Bill sich das Heft und lief weiter. Er schaffte es ohne weitere Zusammenstöße auf die andere Straßenseite. Ein kurzer Blick zurück zeigte ihm, dass er jetzt einen größeren Vorsprung vor den Verfolgern hatte, die immer noch auf der anderen Seite des Highways festsaßen. Aber jetzt stürmte einer von ihnen auf die Straße. Bill erkannte den Hünen von gestern, der jetzt anscheinend eine Halskrause trug und irgendeine Art Gestell im Gesicht hatte. Leider war er zu langsam und zu unaufmerksam. Ähnlich wie eben bei Bill kreischten Bremsen auf und Reifen qualmten, als ein Autofahrer versuchte, den Zusammenprall zu vermeiden. Vergebens. Das Fahrzeug erwischte den Hünen voll. Bill konnte sehen, wie seine Beine wie Streichhölzer umknickten und der Riese dann mehrere Meter durch die Luft flog, um dann krachend auf dem Asphalt zu landen. Jetzt kam der Verkehr auf dem Highway völlig zum Erliegen. Pauleys Sohn und die anderen drei Kerle, die bei ihm waren, nutzten das und liefen los. Sie verschwendeten keinen Blick an ihren verletzten Komplizen, der regungslos auf der Straße lag, sondern hielten geradewegs auf Bill zu. Er rannte, so schnell es seine Beine zuließen, zum Hafen hinunter. Als er an der Promenade ankam, blickte er sich orientierungssuchend um. Hinter einem der Gebäude links von ihm sah er etwas Hohes aufragen. Eine Schiffsbrücke.

Der Flugzeugträger, schoss es Bill durch den Kopf.

Er rannte weiter in Richtung des Museumsschiffes und gleich hinter dem nächsten Gebäude erreichte er den Liegeplatz des ausgemusterten Flugzeugträgers USS Midway. Das fast dreihundert Meter lange Schiff ragte majestätisch vor ihm auf. Hier waren auch deutlich mehr Menschen unterwegs, darunter viele Touristen. Am Heck des Schiffes konnte Bill das Restaurant erkennen, das sich dort befand. Er lief locker weiter in Richtung der Gangway des Museumsschiffes. In den sieben Monaten, die er nun schon in San Diego war, hatte er es noch nicht geschafft, den außer Dienst gestellten Flugzeugträger zu besichtigen. Jetzt war ein guter Zeitpunkt, um das nachzuholen. Schnell gelangte er an die Kasse, kaufte sich eine Karte und ging dann die Gangway hinauf. Als er noch zurückblickte, konnte er seine Verfolger gut in ihren schneeweißen T-Shirts erkennen. Sie hatten ihn gesehen, aber das machte nichts. Das

Gute an diesem Museumsschiff waren zum einen der Metalldetektor am Eingangsbereich, der es unmöglich machte, Waffen mit sich zu führen, und zum anderen die schiere Größe des Flugzeugträgers. Bill hoffte, hier die Verfolger abschütteln zu können. Sie würden ihm bestimmt gleich folgen. Es war das Heft, das sie haben wollten, und sie konnten sicher nicht riskieren, so lange auf ihn zu warten, bis er irgendwann wieder von Bord kam. Als Bill das Zwischendeck betrat, konnte er sehen, wie sich die weißen T-Shirts ebenfalls in Richtung der Kasse bewegten. Nun musste er schnell sein. Er befand sich jetzt ziemlich mittig im Flugzeugträger. Alle Räume hier waren zu Ausstellungsräumen umgebaut worden. Ausgestellt wurde vornehmlich alles, was mit der Navy, ihren Einsätzen und ihrer Ausrüstung zu tun hatte. Da die Midway aus den vierziger Jahren des letzten Jahrhunderts stammte und beinahe fünfzig Jahre im Dienst war, gab es hier etliche Exponate zu präsentieren. Aber dafür hatte Bill keine Augen. Er suchte einen Aufgang zum Oberdeck und fand ihn relativ schnell. Es waren etliche Treppen, die er hochsteigen musste, aber schließlich gelangte er ganz nach oben, auf das Flugdeck. Sein Hemd klebte ihm am Oberkörper fest, er schwitzte wie schon lange nicht mehr. Auch hier waren viele Menschen unterwegs, was sich aber auf der ungeheuren Fläche sehr gut verlief. Das Deck war fünfundsiebzig Meter breit, bei einer Länge von knapp dreihundert Metern. Außerdem waren hier noch zahlreiche Flugzeuge und Hubschrauber aufgebaut, die für die Besucher von besonderem Interesse waren. Bill rannte in Richtung eines Kampfjets, bei dem sich gerade niemand aufhielt.

Als er die Maschine erreichte, stutzte er kurz. Eine alte, fast verloren geglaubte Erinnerung kam wieder zurück. Er kannte diesen Flugzeugtyp. Eine Vought F-8 Crusader. Das Flugzeug, mit dem sein Vater damals seinen Dienst verrichtet hatte. Bill konnte sich auf einmal gut an die alten Geschichten seines verstorbenen Vaters erinnern. Besonders an ein Detail daraus. Ein Geheimfach im Cockpit. Eigentlich war es das Kartenfach, aber sein Vater hatte dort immer Playboy-Ausgaben oder Zigaretten versteckt. Aber, da war Bill sich sicher, für ein Comicheft wäre dort auch genügend Platz. Er ging näher an die Maschine heran, die ein sehr charakteristisches Gesicht hatte. Unterhalb des Cockpits war ein Auge aufgemalt und darunter, auf dem großen Lufteinlass unter dem Bug, ein aufgerissenes Maul mit vielen spitzen Zähnen. Die Bemalung gab dem Jet ein noch gefährlicheres Aussehen, beinahe wie ein fliegender Hai. Ein Schild vor der Maschine verkündete die technischen Daten des Jets, aber auch, dass niemand das Cockpit betreten durfte. Bill sah sich um. Außer ihm war gerade niemand hier. Das einzige Problem war, dass es keine Leiter gab und das Cockpit des Flugzeugs ziemlich weit oben lag.

Vielleicht kann ich über den Flügel zum Cockpit klettern, überlegte Bill.

Er wollte gerade dazu ansetzen, auf den Flügel zu steigen, als er hinter sich eine Stimme hörte.

»Wo willst du denn hin? Wegfliegen?« Höhnisch lachte eine Männerstimme.

Bill ließ den Comic auf der Tragfläche liegen und drehte sich herum. Ein bulliger Typ in dem weißen T-

Shirt mit dem Wäscherei-Logo hatte sich breitbeinig vor ihm aufgebaut. Hastig blickte Bill sich um. Niemand anderes war zu sehen. Der Kerl war anscheinend alleine.

»Mach dir keine Hoffnungen«, sagte der breitschultrige Mann, der Bills Blick richtig gedeutet hatte. »Ich werde auch alleine mit dir fertig. Ich bin mehrfacher Meister im Collegeboxen.« Der Kerl, der nur wenig größer als Bill war, nahm Kampfhaltung an.

»Collegeboxen? Ich dachte, das war nur was für Mädchen? Aber zu mehr als einen Job in der Wäscherei hat es ja nicht gereicht. Von daher passt es ja ganz gut zu dir.«

Bills Provokation hatte den erwünschten Effekt. Mit einem Schrei griff ihn der Schläger an. Brutal und einfallslos. Er versuchte, ihn mit einer rechten Geraden zu treffen, aber Bill tauchte unter dem Schlag zur Seite weg und rammte dem Mann seinen Ellenbogen in die Seite. Mit einem Aufschrei taumelte der Angreifer nach links weg und stieß gegen das Flugzeug. Dann schüttelte er sich kurz und sprang erneut auf Bill los. Aber wieder war Bill reaktionsschneller. Er erwischte den heranstürmenden Kerl direkt mit einem harten Schlag im Gesicht.

Knochen brachen.

Leider waren es Bills Finger, die beim Aufschlag auf den Wangenknochen des Kerls in Stücke gingen. Der Ringfinger und der kleine Finger seiner rechten Hand waren hinüber und pochten schmerzhaft. Bill hielt die Hand dicht an seinen Körper. Sein Angreifer schüttelte sich nur kurz und grinste ihn dann bösartig an.

»Mach dir nichts draus, das ist schon einigen passiert.«

Dann schlug er zu und traf Bill mitten im Gesicht. Er konnte spüren, wie der Knochen seiner Nase weit nach links gedrückt wurde und schließlich brach. Ein zweiter Schlag folgte und erwischte ihn an der Schläfe, es wurde dunkel vor seinen Augen. Als er noch einen weiteren Schlag abbekam, fiel er schließlich wie ein gefällter Baum gerade nach hinten und landete hart auf dem Flugdeck. Bill zwinkerte mehrmals und versuchte, schnell wieder klar zu werden. Mit der linken Hand fasste er sich an die blutende Nase und zog sie mit einem raschen Griff wieder gerade. Pauleys Handlanger ging derweil seelenruhig zur Tragfläche und nahm sich das Comicheft herunter.

»So, und jetzt wirst du mich zurück zur Wäscherei begleiten, ohne Ärger zu machen. Hast du verstanden?«

Bill nickte und stand langsam auf.

»Ich muss meine Meinung bezüglich des Collegeboxens revidieren«, sagte er, als er wieder auf seinen Beinen stand.

»Ach wirklich? Gut für dich.«

»Ja. Bei Mädchen hätte das nicht funktioniert.«

Ehe der Kerl reagieren konnte, trat Bill ihm mit voller Wucht den rechten Fuß in die Weichteile. Das Comicheft fiel zu Boden und der Mann krümmte sich vor Schmerz, fiel aber nicht. Bill packte ihn am Kragen, zog ihn einen Schritt zum Flugzeug hin und hämmerte den Kopf des Kerls gegen die Innenseite des Lufteinlasses. Dort ließ Bill ihn kopfüber mit herunterhängenden Armen stehen. Nun sah es so aus, als würde der Jet den Typen mit seinem aufgerissenen Maul verspeisen. Bill hob das Comicheft auf und ging wieder in Richtung der Treppe.

Er ging die Stufen der Treppe hinab in den Hangar, der unter dem Flugdeck lag. Bill blickte sich suchend um und entdeckte schnell die Waschräume, wo er sich eilig hinbegab. Dort leerte er den Handtuchspender und wischte sich das Blut aus dem Gesicht. Sein Hawaiihemd war auch ziemlich besudelt, aber durch das grelle, bunte Muster fielen die Blutflecken nicht auf den ersten Blick auf. Er ging zum Waschbecken und ließ das Wasser laufen. Mit der linken Hand klatschte er sich mehrere Hände voll Wasser ins Gesicht. Als er den Kopf hob und in den Spiegel blickte, erschrak er.

»Na, tut's weh?«

Dann packte der Typ im weißen T-Shirt hinter ihm seinen Kopf und hämmerte ihn so hart gegen den Spiegel, dass dieser in tausend Stücke zersprang. Bill schlug mit seinen Armen wild nach hinten weg, traf allerdings nur mit den gebrochenen Fingern seiner rechten Hand und schrie auf. Ein harter Schlag traf ihn in die Nieren und ließ ihn in die Knie sacken. Verzweifelt klammerte er sich am Rand des Waschbeckens fest.

»Das ist für Geno«, sagte der Kerl und trat ihm mit voller Wucht gegen den Oberkörper. Bill wurde die Luft aus den Lungen getrieben. Er kippte nach hinten weg, klammerte sich aber weiterhin an den Rand das Waschbeckens. Knirschend löste sich dieses aus der Verankerung in der Wand und riss schließlich komplett heraus. Bill stürzte mit dem Becken in der Hand auf den Rücken. Eine Wasserfontäne spritzte quer durch den Raum und traf seinen Angreifer. Dieser wurde dadurch einige Schritte zurückgetrieben, was Bill Zeit verschaffte, um wieder auf die Beine zu kommen. Er stand gebeugt da, das Waschbecken immer noch mit seinen Händen am Rand umklammert.

»Jetzt mach ich dich fertig!«

Angriffslustig kam sein Gegner durch die Wasserfontäne hindurch auf ihn zugelaufen. Bill riss das Waschbecken hoch und schwang es ihm entgegen. Er traf ihn direkt am Kopf. Das Porzellan des Beckens brach entzwei. Der Kerl taumelte nach links weg, krachte mit dem Kopf voran durch eine der Klotüren und stürzte auf die Kloschüssel, wo er schließlich mit dem Kopf stecken blieb.

Schwer atmend ließ Bill die Einzelteile des Waschbeckens fallen. Die Wasserfontäne hatte an Kraft verloren und es kam nur noch schwallweise etwas Wasser aus der zerstörten Leitung in der Wand. Bill sah sich suchend um und entdeckte das Comicheft in einer großen Pfütze am Boden schwimmend. Schnell nahm er es da heraus. Die feste Plastikhülle schien wasserdicht zu sein, das Heft machte jedenfalls einen trockenen Eindruck. Er warf noch einen Blick zu dem bewusstlos im Klo hängenden Kerl.

Zwei erledigt, bleibt nur noch einer. Pauleys Sohn.

Bill verließ den Waschraum und bemühte sich, möglichst nicht aufzufallen, in seiner durchnässten Kleidung und dem lädierten Gesicht. Schnell durchquerte er den Hangar und ging die Treppenstufen wieder hinab, bis zum Ausgangsbereich. Nirgendwo war ein weißes Wäscherei-T-Shirt zu sehen. Er atmete tief durch und ging langsam die Gangway hinunter.

»Einen schönen Tag noch«, wünschte ihm eine der Mitarbeiterinnen des Museumsschiffs.

Bill legte zwei Finger an die Schläfe und grüßte kurz, dann eilte er weiter. Auf der Kaianlage und der anschließenden Promenade war niemand zu sehen, der Weiß trug. Bill atmete tief aus. Wahrscheinlich irrte Pauleys Sohn noch durch die Midway, auf der Suche nach ihm. Entspannt zog er seine Schachtel Red Apple aus der Tasche. Verärgert musste er erkennen, dass die Zigaretten darin in mehrere Stücke zerbrochen waren.

Verdammter Mist.

Er nahm sich das größte noch erhaltene Stück und zündete es an. Dann nahm er einen tiefen Zug. Er wollte gerade wieder ausatmen, als sich ihm etwas Hartes in den Rücken bohrte.

»Wir gehen jetzt ganz ruhig ein Stückchen zusammen«, hörte er die Stimme von Pauleys Sohn an seinem Ohr.

Bill drehte den Kopf über die Schulter. Pauleys Sohn trug jetzt kein weißes T-Shirt mehr. Er hatte ein navyblaues Shirt mit großem Midway-Aufdruck an und eine Baseballkappe mit demselben Logo auf den Kopf.

»Mir wurde langweilig, während ich auf dich gewartet habe. Da dachte ich, ich gönne mir mal ein neues Outfit.«

»Steht dir gut«, sagte Bill und schnippte die Zigarette weg.

»Ich weiß. Jetzt geh. Mein Vater kann es sicherlich kaum erwarten, dich zu sehen.«

KAPITEL 10
BETONSCHUHE

Danielle hockte auf dem Tresen und hielt sich einen Eisbeutel an die Wange. Pauley tigerte unterdessen unruhig hin und her. Sie hatten die lauten Sirenen des Krankenwagens gehört, nur wenige Minuten, nachdem Bill geflüchtet war und Junior und die anderen seine Verfolgung aufgenommen hatten. Sie legte den Eisbeutel, den sie sowieso nicht brauchte, weil Bill sie nicht richtig geschlagen, sondern eher nur getätschelt hatte, zur Seite und sprang vom Tresen hinunter.

»Was war das für ein Typ, Pauley? Hast du wieder Ärger mit Giuseppe?«, fragte sie ihn unbedarft.

»Indirekt. Aber der Kerl war keiner von Giuseppes Leuten. Das war nur eine nervige Schabe, die ich unbedingt noch zertreten muss.« Pauley starrte verbissen aus dem Schaufenster.

»Was meinst du, was die Sirenen zu bedeuten hatten?«, fragte Danielle besorgt.

»Keine Ahnung. Aber wenn sie ihn zu fassen bekommen hätten, wären sie schon wieder hierher zurückgekommen.«

Danielle hoffte, dass Pauley recht hatte und es Stubbs gelungen war zu entkommen. Sie hatte ein schlechtes Gewissen, weil sie dem Privatdetektiv nicht die Wahrheit über ihre Beziehung zu Pauley erzählt hatte.

Aber solange es Junior nicht gelingt, Stubbs zu schnappen, kann nichts passieren. Falls sie ihn allerdings doch schnappen, dann ...

Die Tür der Wäscherei wurde schwungvoll aufgestoßen, die Türglocke läutete schrill. Bill Stubbs betrat den Waschsalon. Er sah ziemlich mitgenommen und lädiert aus. An seiner Nase war getrocknetes Blut zu sehen und sie war dick geschwollen. Hinter ihm folgten Junior und drei weitere von Pauleys Männer. Die drei Kerle waren noch deutlich schlimmer zugerichtet als Stubbs. Danielle sah besorgt zu Bill hinüber, der sich nichts anmerken ließ und mit festem Blick Pauley anvisierte. Der letzte der Männer, die hereinkamen, schloss die Tür und drehte das Schild, das in der Scheibe hing, auf *›geschlossen‹*.

»Mr. Stubbs, wer hätte gedacht, dass wir uns so schnell wiedersehen? Ich kann Ihnen aber versichern, dass ich diesmal nicht so nachsichtig mit Ihnen sein werde.« Pauley wandte sich an seinen Sohn. »Habt ihr es?«

Junior reichte seinem Vater ein in eine feste Klarsichthülle verpacktes Comicheft. Danielle konnte es genau erkennen. Action Comics Nr. 1, gut und sicher in eine spezielle Sammlerhülle verpackt, zum Schutz vor Schmutz und UV-Strahlung.

»Wo ist Geno?«, fragte Pauley.

»Auf dem Weg ins Krankenhaus«, sagte einer der anderen Männer, die neben Junior standen. »Der Idiot ist direkt vor ein Auto gelaufen. Hat ihn durch die Luft geschleudert. Sah nicht gut aus.«

»Und dann stehst du noch hier?«, fragte Pauley scharf. »Sieh zu, dass du herausfindest, in welches Krankenhaus er gebracht wurde, und dann fahr hin!«

Der Mann, dessen Gesicht ziemlich verbeult aussah, nickte grimmig und verschwand dann in den hinteren Teil der Wäscherei.

»Was machen wir jetzt mit ihm?«, fragte Junior und deutete auf Bill.

»Gute Frage«, lobte Pauley. »Was soll ich jetzt mit Ihnen machen, Mr. Stubbs?«

Bill starrte Pauley an, ohne etwas zu erwidern. Danielle spürte, wie sich ihr Hals zuzog. Sie wusste, dass Pauley bei Dingen, die seine Geschäfte betrafen, skrupellos und eiskalt war. Einer der Gründe, warum sie die Beziehung zu seinem Sohn damals beendet hatte.

»Ich bin dafür, wir verpassen ihm neue Schuhe«, sagte Junior grimmig.

Pauley musterte Bill einen Augenblick lang.

»Gute Idee. Kümmer dich darum. Nicht mehr lange und es wird dunkel werden. Solver wird in einer Stunde hier eintreffen. Das heißt, wir haben alles erledigt, er kann sofort wieder in den Flieger steigen und wir haben unsere Ruhe.«

»Was ist mit ihr?« Junior zeigte auf Danielle.

»Was soll mit ihr sein? Danielle ist ein gutes Mädchen, nicht wahr?« Pauley sah ihr ernst in die Augen. »Es wird am besten sein, du nimmst jetzt dein Kleid und gehst. Vergiss, was du heute hier miterlebt hast.«

Sie nickte Pauley zu und ging zum Tresen, wo ihr gereinigtes Kleid lag. Sie nahm es und ihren Rucksack und ging an Bill und Junior vorbei zum Ausgang. Junior hielt sie am Arm fest, als sie an ihm vorbeiging.

»Einen Augenblick«, sagte er. »Meinst du wirklich, dass es Zufall ist, dass diese Schlampe gerade heute hier auftaucht, wo dieser Schnüffler hier rumschleicht?«

»Lass mich los.« Danielle riss sich von Juniors Umklammerung frei. »Du warst schon immer ein misstrauischer, blöder Idiot. Ein Wunder, wie ich das so lange mit dir aushalten konnte.« Sie marschierte weiter zum Ausgang.

»Bleib stehen, du-«

»Junior, das reicht jetzt«, donnerte Pauley mit lauter Stimme durch die Wäscherei.

Danielle drehte sich an der Tür noch einmal um.

»Auf Wiedersehen«, sagte sie leise und warf Bill noch einen Blick zu, bevor sie hinausging.

Als Danielle den Waschsalon verlassen hatte, wandte sich Pauley an den Mann, der neben seinem Sohn stand.

»Folge ihr unauffällig, Pete. Wenn sie Dummheiten macht, kümmere dich um sie.«

»Geht klar, Boss.«

»Und du fährst jetzt mit Mr. Stubbs an unsere Lieblingsstelle, Junior.« Pauley machte einen Schritt auf Bill zu. »Es wird einige Leute sehr glücklich machen, Mr. Stubbs, dass Sie bald als Fischfutter enden werden. Damals war unser Syndikat so gnädig, Sie zu verschonen, als Sie uns das Bild wieder abgenommen haben, aber jetzt wird es keine Nachsicht mehr geben.«

»Sie waren das damals? Sie haben den Rembrandt gestohlen?« Bill sah Pauley Parisi erstaunt an.

»Nicht direkt. Ich habe es organisiert und zwei meiner Männer darauf angesetzt. Leider haben sie versagt. Wie sagten Sie doch gestern so schön? Es waren wahrscheinlich Amateure.« Pauley lachte kehlig. »Nun, ich bin kein Amateur, Mr. Stubbs. Leben Sie wohl.« Er nickte seinem Sohn zu, der Bill die Pistole in die Seite drückte und ihn nach hinten schob.

»Geh schon«, zischte er ihm ins Ohr.

Danielle atmete erleichtert aus, als sie die Wäscherei hinter sich gelassen hatte. Sie ging rechts die Straße hinunter und beschleunigte ihre Schritte immer mehr, bis sie schließlich kurz davor war zu rennen. Sie zwang sich dazu, langsamer zu gehen. Ihr Herz schlug ihr bis zum Hals.

Ganz ruhig. Dir wird Pauley nichts tun. Er will nur Stubbs verschwinden lassen.

Beim Gedanken daran zog sich ihr Magen zusammen. Sie konnte es nicht zulassen, dass Pauley dem

Detektiv etwas antat. Es ging immerhin um vierzigtausend Dollar für sie. Außerdem war Stubbs ein netter Kerl, trotz seines griesgrämigen Gebarens ihr gegenüber. Danielle blieb stehen und sah zum Waschsalon - und drehte sich schnell wieder um, als sie den Mann erspähte, der gerade aus der Tür trat und sich suchend umblickte.

Hätte ich mir denken können, dass Pauley mir nicht wirklich traut. Jetzt schickt er mir einen seiner Gorillas hinterher, um sicherzugehen, dass ich keine Dummheiten mache.

Sie überlegte fieberhaft, was sie jetzt tun konnte. Es begann bereits zu dämmern, nicht mehr lange und Junior würde sich um Bill kümmern. Sie war sich sicher, wo er es tun würde, denn schließlich kannte sie den Ort genau. Junior hatte sie früher immer dorthin gebracht, weil er es dort so romantisch fand. Erst später hatte er ihr eröffnet, was er dort noch so trieb. Wahrscheinlich, um ihr Angst zu machen. Aber da hatte er sich getäuscht.

Ich brauche ein Auto, schoss es ihr durch den Kopf. *Aber woher bekomme ich jetzt eins?*

Danielle hörte die Straßenbahn näherkommen. Kurzentschlossen lief sie los und stieg in den Trolley-Wagen ein. Die Green Line würde sie direkt ins Gas Lamp Quarter bringen.

Bill wurde auf der Ladefläche des Lieferwagens, wo er mit den Händen auf den Rücken gefesselt zwischen großen Wäschesäcken am Boden lag, ordentlich durchgeschüttelt. Sie waren noch nicht lange unterwegs, seit Junior und zwei andere Kerle mit ihm die Wäscherei verlassen hatten. Bill schätzte ungefähr eine Viertelstunde. Nun verlangsamte sich die Geschwindigkeit des Lieferwagens spürbar und das Gerumpel nahm immer mehr zu. Schließlich kam der Wagen vollends zum Stehen und der Motor erstarb. Die vorderen Türen wurden geöffnet und wieder zugeschlagen, kurz danach ging auch die Heckklappe auf und Bill wurde unsanft von der Ladefläche gezerrt. Er landete mit dem Kopf voran auf dem harten Asphaltboden.

»Upps, hat das etwa wehgetan?«, hörte Bill die höhnische Stimme von Pauleys Sohn. »Aber keine Sorge, gleich wird dein Kopf nicht mehr wehtun.«

Ein heftiger Tritt in die Rippen ließ Bill aufstöhnen.

»Siehst du. Schon sind die Kopfschmerzen vergessen.«

Auch die anderen beiden Männer lachten dreckig, während sie Bill wieder auf die Beine stellten.

»Vorwärts«, sagte einer der beiden schroff und verpasste ihm dann einen Stoß in den Rücken. Bill taumelte nach vorne. Mittlerweile war die Sonne untergegangen und es war beinahe dunkel. Aber vereinzelt gab es an diesem Ort Licht. Große Laternenmasten standen in regelmäßigen Abständen auf diesem großen Platz. Er sah sich um, es gab nur eine Sache zu sehen. Autos. Unzählige Autos standen um ihn herum. Es war der größte Parkplatz, den er jemals gesehen hatte. So weit sein Blick reichte, konnte er nichts anderes sehen.

Als er versuchte, sich umzudrehen, bekam er einen weiteren harten Stoß in den Rücken.

»Schau nur nach vorne, du Wichser. Für dich gibt es hier nichts Interessantes zu sehen.«

Aber Bill musste sich gar nicht mehr umdrehen, um zu wissen, wo er war. Vor ihm in der Dunkelheit sah er plötzlich die Positionslaternen eines riesigen Containerschiffs, das in den Port of San Diego einlief.

Der Frachthafen. Die haben mich zur South Bay gebracht.

Abrupt endeten die Reihen von Autos, durch die sie gingen. Aus dem Dunkel schälten sich langsam die Umrisse von großen Containern heraus. Pauleys Leute führten ihn durch die Containerreihen hindurch, bis es nicht mehr weiterging. Sie standen an einer Kaimauer. Direkt an einem Anlegeplatz für Containerschiffe, der jetzt aber unbelegt war.

»Schön hier«, sagte Bill. »Seeluft ist so gesund. Wusstet ihr, dass die gute Luft der Grund war, warum ich nach San Diego gezogen bin? In New York hatte ich immer Atemprobleme, aber seit ich hier bin, kann ich ohne Probleme wieder eine Schachtel Red Apple am Tag rauchen.« Bill lachte.

»Lach nur, solange du noch kannst«, sagte Pauleys Sohn zu ihm. »Kyle, hol unser Schuhzeug.«

Bill konnte hören, wie sich einer der Männer entfernte. Kurz danach quietschte eine Containertür. Dann kam Kyle wieder und stellte neben Bill einen schwarzen Kunststoff-Bottich ab, in dem ein Sack Zement stand. Von der schnellabbindenden Sorte, wie

Bill feststellte. Pete riss den Sack auf und kippte den gesamten Inhalt in den Kübel. Sein Kumpan hatte in der Zwischenzeit einen Eimer an einem Seil die Kaimauer hinabgelassen und zog diesen vollgefüllt wieder nach oben.

»Hey, Jungs, das soll doch wohl nicht euer Ernst sein, oder?«, fragte Bill. Aber die beide Kerle antworteten nicht, sondern rührten das Wasser mit einer Holzlatte in den Zement hinein. Als sie damit fertig waren, stellte sich Pauleys Sohn mit der Waffe in der Hand direkt neben ihn.

»Los. Steig in den Kübel.«

Bill gehorchte. Der weiche Zement war eiskalt, als er die Füße hineinsteckte.

»Schade um meine Schuhe. Das war mein bestes Paar.«

»Ich lach später«, erwiderte Pauley Junior und zündete sich eine Zigarette an. »Du hast noch fünf Minuten, bevor wir dich zu den Fischen schicken.« Er blies Bill den Zigarettenrauch ins Gesicht.

»Krieg ich auch eine?«, fragte Bill und sah Junior fest in die Augen. »Komm schon, das kannst du einem sterbenden Mann nicht verwehren.«

»Meinetwegen. Kyle, gib dem Kerl eine Kippe.«

Pauleys Handlanger steckte Bill eine Zigarette in den Mund und zündete sie an. Bill nahm einen kräftigen Zug und ließ den Rauch über die Nase wieder entweichen.

»Mmhh, Morley. Nicht so gut wie eine Red Apple, aber immerhin.« Er spürte, wie der Druck auf seine Füße immer mehr zunahm, als der Zement sich langsam verhärtete. Während er rauchte, dachte er an Danielle.

Die Blondine hatte ihn nach Strich und Faden verarscht. Von wegen Gefahrenzulage. Sie kannte Pauley. Sogar so gut, dass dieser sie gehen ließ, obwohl sie quasi Zeugin wurde, wie dieser ihn zum Tode verurteilte. Aber trotzdem war sie jetzt Bills einzige Hoffnung.

Sie musste nicht lange suchen. Den großen Lieferwagen der Wäscherei erkannte sie schon von weitem. Junior hatte ihn direkt unter einen der großen Lichtmasten abgestellt. Danielle lenkte den Wagen an dem Lieferwagen vorbei und stellte ihn vor einer großen Halle des Frachtterminals ab. Es hatte etwas gedauert, bis sie Earl, den Diner-Besitzer, dazu überredet hatte, ihr seinen Wagen zu leihen. Aber der Hinweis, dass es hier für Bill um Leben und Tod ging, hatte ihn schließlich überzeugt. Bei der anderen Sache wollte er ihr nicht helfen, aber es blieb ihm keine Wahl mehr, nachdem Danielle das Diner betreten hatte. Danielle tat es leid, dass sie dem alten Mann so etwas abverlangen musste, aber sie hatte keine andere Möglichkeit, wenn sie Bill Stubbs helfen wollte. Sie würde sich später überlegen, wie sie dieses Problem lösen würde. Jetzt musste sie sich beeilen. Sie stieg aus und lief im Dunkeln zur Halle hinüber.

Bill spuckte die Zigarette nach vorne weg, als er sie bis auf den Filter abgeraucht hatte. Der Zement in dem Kübel war nun beinahe vollständig ausgehärtet. Pauleys

Sohn hatte wohl denselben Gedanken und kniete sich neben ihn hin, um den Zement mit der Hand abzutasten. Dann stand er wieder auf.

»Okay, es ist so weit. Zeit, um Abschied zu nehmen.«

»Wirklich? Ich hatte mich gerade an euch Jungs gewöhnt, ehrlich. Wollen wir nicht noch eine zusammen rauchen und über Baseball quatschen?«

Kyle und der andere Mann zogen den Kübel, in dem Bill festzementiert stand, langsam bis an den Rand der Kaimauer.

»Hey, PJ, hast du was dagegen, wenn ich die Uhr von dem Kerl nehme?«, fragte Kyle und fummelte an Bills Handgelenk herum.

»Zeig mal her.«

Die Uhr wurde von seinem Handgelenk entfernt.

»Eine Rolex. Sogar eine echte. Nicht schlecht für so einen abgehalfterten Kerl wie dich, Stubbs«, sagte Pauleys Sohn. »Du kannst sie behalten, Kyle.«

»Ja, behalt sie ruhig. Kein Problem«, sagte Bill. »Ich habe zu Hause noch mehr davon, also, wenn ihr mich frei lasst, kann ich euch-«

»Schnauze!«

»Schon gut. Also keine Rolex mehr. Aber was ist mit Baseball? Oder, wenn euch Baseball nicht gefällt, vielleicht doch eher Football?«, sagte Bill hastig. »Ach nein, San Diego hat ja kein ordentliches Team mehr, seit die Chargers nach L.A. gezogen sind.«

»Du kannst den anderen da unten davon erzählen, vielleicht interessiert die das mehr als mich. Adieu.«

Bill spürte, wie der Bottich langsam immer weiter in Richtung der Kante geschoben wurde.

Das war's dann also.

Er sog noch einmal tief die kühle Abendluft ein und füllte seine Lungen mit Sauerstoff. Sein letzter Atemzug vor dem Tod. Dann riss es ihn in die schwarze Tiefe hinab und das Wasser schlug klatschend über seinem Kopf zusammen.

Danielle sah von ihrem Versteck aus, wie Bill ins Wasser stürzte. Jetzt blieb ihr nicht mehr viel Zeit. Aber noch standen Junior und seine Handlanger an der Kaimauer und blickten nach unten. Sie konnte die Männer lachen hören. Dann sah sie ein helles Licht aufleuchten, als Junior sein Smartphone herausholte, wohl um seinen Vater anzurufen. Die Männer entfernten sich von der Kaimauer und verschwanden schließlich zwischen den Containern. Schnell zog Danielle ihre Schuhe aus und lief zur Kaimauer hinüber.

Er hielt die Augen geöffnet. Aber ebenso gut hätte er sie geschlossen halten können, denn er konnte nichts sehen. Nur Dunkelheit umgab ihn. Eisige Dunkelheit. Wie lange hielt er jetzt schon die Luft an? Dreißig Sekunden? Zwei Minuten, fünf Minuten? Es war egal wie lange, denn am Ende würde er doch ertrinken, selbst wenn er einen neuen Rekord im Apnoe-Tauchen aufstellen würde. Ein leichtes Stechen in seiner Brust signalisierte ihm, dass es nicht mehr lange dauern würde. Seine

Lungen gierten bereits nach Luft. Der Reiz zu atmen wurde immer übermächtiger. Er presste seinen Kiefer zusammen, fest entschlossen, noch durchzuhalten. Einige Luftblasen kamen aus seiner Nase. Sein Brustkorb schnürte sich immer mehr zusammen. Gleich würde es soweit sein. Dann würde er den Mund öffnen und versuchen unter Wasser zu atmen. Bill hatte schon öfter gelesen, dass Ertrinken eine der qualvollsten Todesarten überhaupt war. In wenigen Sekunden konnte er diese Erfahrung selbst machen. Aber plötzlich tauchte links ein Lichtkegel auf und zerriss die Schwärze um ihn herum. Eine Berührung an seiner Wange ließ ihn nach links blicken. Ein Totenschädel grinste ihn gehässig an.

»Wird Zeit für dich, zu gehen, Kumpel«, schien der Schädel mit ihm zu sprechen.

Bill blickte wieder nach vorne, der Lichtkegel wurde größer. Er kniff die Augen zusammen. Jetzt sah er dort eine Meerjungfrau schwimmen, die ihm fröhlich zuwinkte. Wahrscheinlich wollte sie ihn in ihr Unterwasserreich mitnehmen. Das Brennen in seinen Lungen wurde unerträglich. Gerade in dem Moment, als er nach der Meerjungfrau rufen wollte, tauchte sie plötzlich ganz nah bei ihm auf. Ein blonder Engel. Sie presste ihm etwas auf den Mund. Erschrocken zog Bill Luft ein. Wasser lief in seinen Mund, er schluckte es und hustete und ... atmete. Er holte tief Luft, ein wunderbares Gefühl. Das Licht vor seinen Augen tanzte auf und ab, bis er erkannte, dass es eine Taschenlampe war, die jemand vor seinen Augen hin- und herbewegte. Aber es war keine Meerjungfrau, sondern Danielle. Sie trug eine Taucherbrille und lächelte ihn an. Dann umklammerte sie seine Beine mit ihren und hielt sich eng an ihn gepresst. Hiernach machte sie ein Zeichen und nahm den Atemregler von seinem Mund. Bill hielt erneut die Luft an, während die Blondine sich den Lungenautomaten in den Mund steckte und sich an seinen Beinen hinab zu seinen Füßen zog. Kurz darauf erschütterte ein Schlag seinen Körper. Bill blickte nach unten, wo Danielle mit einer Metallstange auf den Beton, in dem seinen Füße steckten, einschlug. Das machte sie noch weitere viermal, bevor sie wieder zu seinem Gesicht hochkam, den Atemregler aus dem Mund nahm und ihm in den Mund steckte. Er sog dreimal lange Luft ein, diesmal ohne vorher Wasser zu schlucken, bevor Danielle den Regler wieder entfernte und sich wieder um den Betonbottich kümmerte. Nach einigen harten Schlägen spürte Bill, wie plötzlich ein großes Gewicht von seinen Füßen abfiel. Er blickte an sich herunter und sah den Betonklotz in mehrere Stücke geborsten. Seine Hände waren immer noch auf den Rücken gefesselt, aber Danielle packte ihn, gab ihm wieder den Atemregler in den Mund und zog ihn langsam nach rechts zur Seite mit sich. Jetzt sah Bill auch, dass noch weitere Skelette neben ihm auf dem Grund des Hafens standen. An einigen dieser unwirklich scheinenden Knochenmännern schwebten noch Reste ihrer Kleidung herum. Aber alle steckten mit ihren Füßen in Betonklötzen fest. Aber Danielle leuchtete mit ihrer Taschenlampe schnell in eine andere Richtung. Sie nahm Bill das Mundstück wieder heraus und zeigte dann mit ihren Daumen nach oben. Bill nickte. Er gab sich alle Mühe, beim Aufstieg so gut wie möglich mitzuhelfen, aber den Hauptteil der Arbeit musste die

Blondine übernehmen, da seine Hände auf den Rücken gefesselt waren. Schließlich erreichten sie eine Metallsprosse, die in die Kaimauer eingelassen war. Danielle hielt sich daran fest und zog Bill mit sich nach oben. Jetzt ging es schneller voran, da immer mehr Metallsprossen kamen. Als Bill letztendlich mit seinem Kopf durch die Wasseroberfläche stieß, füllte er seinen Lungen begierig mit frischem Sauerstoff. Danielle kletterte die Metalltreppe hinauf und zog ihn stöhnend mit sich. Unter Aufwendung all ihrer Kraft gelang es ihr zu guter Letzt, ihn über die Kaimauer an Land zu ziehen. Eine Weile lagen sie beide schweratmend nebeneinander.

»Warum hat das so lange gedauert?«, fragte Bill schließlich mit matter Stimme.

»Ich ... musste vorher noch was essen«, gab Danielle keuchend zurück, während sie sich langsam aufsetzte. »Verdammt, Stubbs, wie schwer bist du eigentlich? Drei Zentner?«

»Würde es dir was ausmachen, mir die Fesseln zu lösen, damit ich dich erwürgen kann?«

»Komische Art, Danke zu sagen, hast du«, erwiderte Danielle. Sie robbte zu ihm hinüber. Bill konnte ein Messer aufschnappen hören und kurz danach waren seine Hände wieder frei.

»Danke«, sagte er und rieb sich die Handgelenke. »Und jetzt würde ich gerne eine Erklärung von dir haben.«

»Später, Stubbs. Jetzt sollten wir zusehen, dass wir von hier wegkommen.«

Sie half ihm auf die Beine und führte ihn zu dem zurück, was Bill vorhin fälschlicherweise für einen Parkplatz gehalten hatte. Sie gingen über die große Fläche für die Exportautos bis zu einer großen Halle, wo Danielle auf einen blauen Camaro zuging.

»Hey, ich kenne diesen Wagen. Wie um alles in der Welt hast du Earl dazu gebracht, ihn dir zu leihen?«

»Charme«, sagte Danielle lächelnd und stieg ein.

KAPITEL 11
SOLVER

Zufrieden thronte Pauley an seinem Schreibtisch in seinem Büro und blickte auf das Comicheft in seiner Hand. Er war kein Experte, auch wenn er nun schon seit ein paar Jahren mit den wertvollen Schundheftchen handelte. Aber an diesem Heft, das er nun vorsichtig durchblätterte, mit seinen feinen weißen Stoffhandschuhen, sah alles absolut echt aus. und nicht nur das, auch der Geruch war perfekt. Genauso musste ein fast achtzig Jahre altes Heft aus billigem Papier riechen. Es war jeden der zehntausend Dollar wert, die Pauley dafür an Jimmy bezahlt hatte. Jimmy war der beste Fälscher an der Westküste, wenn es um Bücher, Comics und Fotos ging. Vorsichtig steckte Pauley das Heft zurück in die stabile Klarsichthülle und verschloss diese sorgfältig. Dann zog er seine Handschuhe aus und legte sie in die Schublade seines Schreibtisches.

Don Matteo wird zufrieden mit mir sein. Diese Kopie wird

mir die nötige Zeit verschaffen, um das Original zu suchen. Obwohl das vielleicht gar nicht nötig sein wird, wenn die Auktion am Sonntag erst gelaufen sein wird.

Er lehnte sich gelassen in seinem Stuhl zurück, faltete die Hände vor dem Bauch zusammen und schloss die Augen. Ein leises Klopfen an der Bürotür ließ ihn wieder eine gerade Sitzposition einnehmen.

Es ist soweit. Cool bleiben, Pauley.

»Herein«, rief er laut und entschlossen. Die Bürotür wurde von einem seiner Mitarbeiter geöffnet, für den Mann, der hinter ihm stand. Mit gemächlichen Schritten betrat ein großgewachsener, dunkelhaariger Mann sein Büro. Er trug einen dunkelblauen Anzug und darunter ein Hemd mit einem leichten Rosa-Stich, dazu eine knallrote Krawatte. Aber das Auffälligste an ihm waren die dunkelbraunen Lederhandschuhe, die er angelegt hatte, obwohl in der Stadt Hochsommer herrschte. Die weit auseinanderstehenden, braunen Augen des Mannes schienen das gesamte Büro abzuscannen, erst danach legte er seinen Blick auf Pauley. Ein gnadenloser Blick. Pauley wusste von den Geschichten, die man sich hinter vorgehaltener Hand in Frisco erzählte. Alleine der Blick des Mannes vor ihm sollte ausreichen, um auch die härtesten Kerle weichzukochen und sie zum Reden zu bringen. Angeblich hatte sich schon mal jemand die Pulsadern aufgeschnitten, nachdem er dreißig Minuten diesem Blick ausgesetzt gewesen war. Pauley gab nicht viel auf derlei Geschwätz. Er selbst arbeitete seit über dreißig Jahren für Don Matteo. Und er kannte den Mann, der sein Büro betreten hatte und nun vor ihm stand, ganz genau.

Solver. Der Problemlöser für Don Matteo und seine Nummer eins. Seit nunmehr zwanzig Jahren sorgte dieser Mann an der Westküste für Angst und Schrecken durch seine Brutalität und Skrupellosigkeit.

Natürlich wusste Pauley, wie gefährlich er war. Aber er hatte nichts vor ihm zu befürchten. Er hatte seine Hausaufgaben gemacht.

»Herzlich willkommen in San Diego, Nicolo. Ich hoffe, du hattest einen guten Flug. Nimm doch Platz bitte.« Pauley bot seinem Gast den Stuhl vor seinem Schreibtisch an.

»Pauley.« Nicolo Maranzano, der von allen nur mit seinem Titel als *Solver* angesprochen wurde, sah ihn grimmig an, knöpfte sich dann sein Jackett auf und setzte sich auf den Stuhl. Jeder in der Organisation wusste, wenn der Solver auf Geheiß von Don Matteo San Francisco verließ und in eine andere Stadt kam, bedeutete dies nie etwas Gutes. Er wurde gerne auch als Don Matteos Todesengel bezeichnet.

»Möchtest du etwas trinken, Nicolo?« Pauley war einer der wenigen, die den Solver mit seinem Vornamen ansprechen durften. Trotzdem waren sie keine Freunde. Es war mehrere Jahre her, dass sie sich zuletzt getroffen hatten, und Pauley war nicht traurig darüber.

»Danke, nein. Du weißt, warum ich hier bin. Was ist passiert, Pauley? Wirst du auf deine alten Tage nachlässig?« Hohn lag in der Stimme des Solvers.

Pauley nahm sich eine Flasche Grappa von dem Tablett, das am rechten Rand seines Schreibtisches stand, und schenkte sich ein Glas voll ein.

»Natürlich weiß ich, warum du hier bist. Und es tut

mir sehr leid, dass du deine Zeit mit so etwas Unbedeutendem verschwenden musst. Du hast sicherlich Besseres zu tun. Aber ich habe meinen Laden hier im Griff. Wir haben unsere kleinen Schwierigkeiten beseitigt. Mein Sohn, Pauley Junior, ist gerade jetzt, wo wir miteinander reden, dabei, eine lästige Plage in der South Bay zu versenken.« Pauley trank seinen Grappa in einem Zug leer, während Nicolo ihn mit teilnahmslosem Blick ansah.

»Zeig es mir.«

Pauley schob die Klarsichthülle, in der sich das Comicheft befand, in Solvers Richtung. Der nahm die Hülle in die behandschuhte Hand und begutachtete es eingehend.

»Woher kommt es so plötzlich? Du hast Don Matteo gesagt, du wüsstest nicht, wo es ist.«

»Der Detektiv hat es gefunden«, log Pauley. »Und wir haben den Detektiv gefunden.«

»William Stubbs?«

»Genau der. Dieser Mistkerl, der uns schon einmal fünfzig Millionen Dollar gekostet hat. Vor zehn Jahren in New York, der Rembrandt, du erinnerst dich?«

»Schwach«, antwortete Nicolo gelangweilt. »Ich weiß nur noch, dass es damals deine Operation war und sie furchtbar schiefgegangen ist, weil du diese zwei Idioten angeheuert hast, anstatt jemanden von unseren Leuten aus Frisco dafür zu schicken.«

Pauleys linkes Auge begann zu zucken, wie immer, wenn er wütend wurde.

»Auf jeden Fall wird Stubbs uns nie wieder in die Quere kommen können. Mein Junge versenkt ihn gerade im Hafen«, sagte Pauley mit stolzer Stimme. »Wir haben das Heft, Stubbs ist tot – ich würde sagen, dein Auftrag ist erledigt, bevor er begonnen hat. Soll ich dir ein gutes Hotelzimmer mit Gesellschaft buchen, damit du noch eine schöne Nacht verbringen kannst, bevor du morgen wieder zurück nach Frisco fliegst?« In seinem Hochgefühl beging Pauley einen Fehler. Er lachte. Und jeder wusste, dass der Solver es nicht mochte, wenn gelacht wurde. Schon gar nicht, wenn der Scherz auf seine Kosten ging.

Mit aufreizender Lässigkeit zog sich Nicolo Maranzano die Handschuhe aus und legte sie vor sich auf die Tischplatte.

»Es freut mich, dass du so guter Laune bist, Pauley. Wirklich. Nach Don Matteos Erzählung hatte ich erwartet, hier einen alten, nichtsnutzigen Sack vorzufinden, der mir die Ohren vollheult. Von daher ist es schön, dass du deine Eier wiedergefunden hast. Aber ...« Solver sah ihm fest in die Augen, für einen unendlich langen Moment. »Auf dem Weg hierher bekam ich einen Anruf von Don Matteo. Kannst du dir denken warum, Pauley?«

Er spürte, wie seine Kehle trocken wurde. Trotzdem bewahrte er die Fassung und schüttelte stumm den Kopf.

»Giuseppe de Luca hat vor wenigen Stunden bei Don Matteo angerufen und gefragt, warum deine Leute sich einfach in sein Gebiet begeben haben, ohne vorher um Erlaubnis zu fragen.«

»Was ... Wie ... Ich verstehe nicht?« Pauley stammelte nun wie ein hinfälliger Achtzigjähriger, dessen Pflegerin seine Sammlung von Pornoheften unter dem Bett gefunden hatte.

»Der Fisch und Don Matteo haben eine Abmachung getroffen, wie du weißt. Sie dulden die Geschäfte des anderen und achten die Gebietsgrenzen. Sollte es einmal nötig sein, das Territorium des anderen zu betreten, so passiert das nur nach vorheriger Absprache.«

»Denkst du, das weiß ich nicht?«, zischte Pauley böse. »Das ist meine Stadt! Ich habe diese Regeln selbst mit aufgestellt. Ich -«

»Warum zur Hölle hältst du dich dann nicht daran?« Solver war von seinem Stuhl aufgesprungen, so schnell, dass dieser nach hinten zu Boden fiel, und donnerte mit der rechten Faust so hart auf Pauleys Schreibtisch, dass sein leeres Grappaglas umfiel. »Deine verblödeten Idioten haben heute Nachmittag die Reviergrenzen verletzt. Gerade jetzt, wo wir den Fisch an seinen Eiern haben. Nur wenige Tage, bevor wir ihn vielleicht endgültig in die Knie zwingen könnten, machst du so einen Bullshit. Bist du denn ein völlig seniles Stück Scheiße?« Solvers Stimme hallte von seinen Bürowänden wider. Die Bürotür wurde aufgerissen und einer seiner Männer kam hereingestürmt.

»Alles in Ordnung, Boss?«

»Raus mit dir«, schrie Pauley mit zittriger Stimme. »Sofort raus!« Dann erhob er sich langsam aus seinem Bürostuhl, stützte sich auf seinen Schreibtisch und starrte Nicolo Maranzano fest entschlossen ins Gesicht. »Niemand redet in meiner Stadt so mit mir. NIEMAND. Hast du das verstanden, du kleines, elendiges Arsch-«

Weiter kam Pauley nicht. Der Solver packte seinen Schädel mit beiden Händen und schleuderte ihn mit Schwung auf die Schreibtischplatte. Pauley federte zurück, torkelte vom Schreibtisch weg und krachte mit dem Rücken gegen die Wand. Dort sackte er langsam zu Boden. Er spürte, wie Blut von seiner Stirn über sein Gesicht hinablief. Solver kam langsam um den Schreibtisch herum und stellte sich vor ihm auf.

»Keine Angst, Pauley. Ich werde dich nicht töten. Don Matteo ist ein wenig sentimental und er trennt sich ungern von seinen alten Besitztümern. Egal, wie nutzlos sie mittlerweile sind. Aber eine kleine Lektion muss sein.« Ein harter Tritt traf Pauley in den Bauch. Gefolgt von einer ganzen Serie von Tritten. Bevor er bewusstlos wurde, spürte Pauley noch, wie sein Mageninhalt sich die Speiseröhre hinaufzwängte.

Als Pauley seine Augen wieder öffnete, lag sein Kopf in seinem eigenen Erbrochenen. Stöhnend stemmte er seinen Oberkörper hoch, eine Woge des Schmerzes durchzuckte seinen Bauch. Mit einem Aufschrei ließ er sich nach hinten gegen die Wand fallen, zog sein Hemd hoch und betrachtete seinen Bauch, der mit mehreren Hämatomen übersät war. Dann blickte er hoch zu Nicolo Maranzano, der in seinem Stuhl Platz genommen hatte und sich gerade einen Grappa einschenkte.

»Du Dreckskerl, du mieser, kleiner Dreckskerl«, presste Pauley hervor.

Nicolo hob die Hand und bedeutete Pauley zu schweigen.

»Genug der Nettigkeiten, Pauley. Ich denke, ich habe meinen und Don Matteos Standpunkt klargemacht. Die Schuld dafür trägst du ganz allein. Nun lass uns das vergessen.« Der Solver trank seinen Grappa aus. »Da du so stolz angemerkt hast, dass mein ursprünglicher Auftrag schon erledigt worden ist, kann ich mich nun um den nächsten kümmern.«

»Und welcher wäre das?«, fragte Pauley misstrauisch.

»Dafür zu sorgen, dass der Fisch in den nächsten zwei Tagen nichts Unüberlegtes tut. Er darf nicht merken, dass wir seinen wertvollen Comic haben. Ihm steht das Wasser bis zum Hals. Seine Organisation steht kurz vor dem finanziellen Kollaps. Wenn er das Geld, das er den fünf Familien schuldet, nicht zurückzahlen kann, werden die den Fisch für uns entgräten.« Solvers Augen leuchteten bei den letzten Worten auf.

»Das weiß ich doch alles«, stöhnte Pauley, während er sich vorsichtig wieder auf die Beine stellte. Er betrachtete Nicolo hasserfüllt, als dieser sich noch einen Grappa einschenkte.

»Gut. Wir werden Giuseppe nämlich einen Besuch abstatten und uns wegen dieser Gebietsverletzung erklären müssen. Damit wir die nächsten Tage Ruhe in der Stadt haben.«

»Wir sollen bei diesem Mistkerl zu Kreuze kriechen?«

»Nicht wir«, erwiderte der Solver lächelnd. »Du.«

Ehe Pauley darauf mit einer Schimpftirade antworten konnte, klopfte es an der Tür. Auf Pauleys Ruf hin wurde sie geöffnet und sein Sohn betrat das Büro. Er rümpfte sofort die Nase.

»Puh, was stinkt denn hier so?«

»Ihrem Vater ging es vorhin nicht gut. Hat sich wohl den Magen verdorben«, sagte der Solver maliziös grinsend. Dann stand er auf, ging um den Schreibtisch herum und streckte Pauley Junior die rechte Hand entgegen. »Du musst Pauleys Sohn sein. Es ist eine Weile her, aber wir haben uns schon mal getroffen.«

Mit großen Augen betrachtete Junior den Solver und ergriff nach kurzem Zögern schließlich dessen Hand.

»Ja. Das muss Ende der Neunziger gewesen sein. In Frisco, bei Don Matteos Geburtstag.«

»Richtig. Du hast ein gutes Gedächtnis. Dein Vater schwärmt in den höchsten Tönen von dir, Junior. Ich darf doch Junior sagen, oder?« Der Solver lachte herzlich und fuhr fort. »Pauley hat mir erzählt, dass du dich gerade eines Problems angenommen hast. Ist es aus der Welt?«

Junior sah am Solver vorbei und suchte Pauleys Blick, aber da schnellte Nicolos rechte Hand nach oben und packte Junior am Kiefer.

»Hey, ich habe dich was gefragt. Du musst nicht zu deinem Vater sehen, wenn ich dich etwas frage. Das ist sehr unhöflich. Also?«

»Es ist erledigt«, stieß Junior hervor und wollte die Hand des Solvers aus seinem Gesicht wegdrücken. Aber der hielt noch einen Augenblick lang fest, bevor er Junior dann aus seinem Griff entließ.

»Guter Junge«, sagte Nicolo mit einem spöttischen Unterton. Er drehte sich um und ging zum Schreibtisch zurück. Dort trank er genüsslich den Grappa aus und fuhr sich mit der Zunge über die Lippen. Dann nahm er sich seine Handschuhe und wandte sich an Pauley. »Ich fahre jetzt in mein Hotel. Zimmer 458 im Omni. Sorge dafür, dass ich dort in genau neunzig Minuten Gesellschaft bekomme. Du kennst meinen Typ. Und dann sehen wir uns morgen früh um zehn Uhr hier wieder.

Gute Nacht, Pauley.« Nicolo Maranzano verließ das Büro mit leichtem Schritt und zog die Tür hinter sich zu.

»Verdammter Mistkerl«, fauchte Junior, einige Sekunden, nachdem der Solver gegangen war. »Was hat er gemacht, Pa'?«

Pauley ging langsam zu seinem Sohn und stellte sich vor ihm auf. Die Schmerzen unterdrückend, gelang es ihm, den Oberkörper gerade aufzurichten. Dann holte er aus und verpasste Junior eine schallende Ohrfeige. Der starrte ihn verdattert an und rieb sich die Wange.

»Wofür war die? Ich habe doch alles erledigt, wie du es wolltest?«

Pauley schlug wild auf seinen Sohn ein, der die Hände schützend vors Gesicht hielt und einige Schritte zurückmachte, bis Pauley von ihm abließ.

»Ihr habt heute das Territorium vom Fisch betreten. Der hat sich schon mit Don Matteo in Verbindung gesetzt. Solver hat jetzt einen neuen Auftrag und er wird länger in der Stadt bleiben. Ist dir klar, was das bedeutet?«

»Aber ... ich wollte doch nur ... Stubbs ist schuld, er-«

»Stubbs ist hoffentlich jetzt schon tot. Aber du hättest wissen müssen, dass ihr nicht so einfach in das Gebiet vom Fisch eindringen könnt. Wo zum Teufel wart ihr?«

»Auf dem Flugzeugträger«, sagte Junior konsterniert. »Es tut mir leid.«

»Himmelherrgott. Ich habe dir doch schon vor Jahren eingebläut, dass wir nie, niemals, diesen verfluchten Flugzeugträger betreten dürfen.« Pauley ging zu seinem Schreibtisch zurück, nahm sich den Grappa und trank direkt aus der Flasche. »Jetzt muss ich morgen zu Giuseppe gehen und mich dafür entschuldigen.«

»Was? Aber das darfst du nicht tun, Pa'. Der Fisch wird Wiedergutmachung verlangen.«

»Ich muss. Solver besteht darauf.«

»Zum Teufel mit ihm. Am besten, wir schicken ihm keine Nutte, sondern einen Killer ins Hotel, der kann sich um ihn kümmern.«

Pauley schüttelte den Kopf.

»Hörst du den Blödsinn, den du verzapfst, eigentlich selbst? Wir werden nichts dergleichen tun. Genauso gut könnte ich mir gleich die Pulsadern aufschneiden.«

»Was willst du dann machen? Etwa das, was dieser Mistkerl von dir verlangt?«

»Doch, genau das. Und du wirst es ebenfalls tun.«

Es klopfte erneut an der Bürotür.

»Herein«, rief Pauley.

Pete öffnete die Tür und betrat das Büro mit hängendem Kopf.

»Boss, die Blondine hat mich abgehängt. Sie ist in einem Diner im Gaslamp Quarter verschwunden, dort hat sie mich niedergeschlagen und in die Besenkammer gesperrt. Ich konnte mich dort gerade befreien.«

»Idioten. Ich bin von Idioten umgeben!«, schrie Pauley entsetzt. Er nahm noch einen langen Schluck aus der Grappaflasche, bis sein Magen sich zusammenzog. »Vergiss Danielle. Wir kümmern uns später um sie. Wir haben jetzt dringendere Probleme.«

KAPITEL 12
KRIEGSRAT

Zu dritt hatten sie sich an Bills Stammtisch in Earls Diner gesetzt. Der Wirt saß Danielle und ihm mit bedröppelter Miene gegenüber.

»Tut mir wirklich leid, aber ich habe dir gleich gesagt, für so etwas bin ich nicht gemacht«, sagte Earl entschuldigend zu Danielle. »Der Kerl hat die Tür aufgebrochen und ist dann aus dem Diner gestürmt.«

»Schon gut«, sagte Danielle. »Es war sowieso eine blöde Idee von mir, ihn hier einzusperren. Aber ich hatte etwas Zeitdruck«, sagte sie mit Seitenblick zu Bill.

Bill nahm noch einen Zug von seiner Red Apple und warf den Stummel dann in die leere Bierdose vor sich. Er fasste sich vorsichtig an die beiden gebrochenen Finger seiner rechten Hand, die er notdürftig geschient und dann beide mit Klebeband zusammengebunden hatte.

»Es wäre eh nur noch eine Frage der Zeit gewesen, bis Pauley sich um dich gekümmert hätte«, sagte Bill zur Blondine.

»Ach, super. Das baut mich jetzt aber auf. Ich habe das alles nur riskiert, um dir das Leben zu retten, Stubbs.«

»Ja, nachdem du mich verarscht hast.«

»Hey, ich habe dir gesagt, du sollst laufen. Nicht meine Schuld, wenn du dich von denen fangen lässt.«

»Ha! Ich hoffe, dir ist klar, dass du dir das Geld abschminken kannst. Keinen müden Cent werde ich dir geben.« Bill starrte Danielle feindselig an.

»Wofür? Dafür, dass ich dein lausiges Leben gerettet habe? Das ist sowieso keinen Pfifferling wert. Aber den Comic hatten wir doch schon beinahe in Händen. Und es ist deine Schuld, dass mein Anteil passé ist.«

»Hey, jetzt hört auf damit!« Earl schlug mit der flachen Hand auf den Tisch. Bill und Danielle sahen ihn verwundert an. »Ihr beiden habt auch mich mit in diese Scheiße hineingezogen. Wenn der Kerl, den Danielle vorhin in meine Besenkammer eingesperrt hat, wirklich für Parisi arbeitet, bin ich ebenfalls schon so gut wie tot!«

Bill sah mit betroffener Miene zu Earl hinüber.

»Du hast recht, Earl. Tut mir sehr leid, dass sie dich da mit reingezogen hat.«

»Aha, jetzt versuchst du wieder, mir die alleinige Schuld zu geben«, fauchte Danielle. »Hätte ich dich doch bloß am Meeresgrund gelassen.«

Seelenruhig schüttelte sich Bill eine weitere Zigarette aus der Schachtel und zündete sie an.

»So wie ich das sehe«, setzte er mit einem Grinsen im Gesicht an, während er den Zigarettenrauch ausblies, »bin ich momentan fein raus. Parisi denkt, dass ich tot bin. Wenn überhaupt, hat er es jetzt auf euch beide abgesehen.«

Danielle starrte ihn mit aufgerissenem Mund und großen Augen an.

»Earl, gib mir ein Messer. Ich bringe diesen Kerl jetzt auf der Stelle um«, sagte sie.

»Gerne. Ich halte ihn fest«, erwiderte der Diner-Besitzer mit ernster Mimik.

»Halt, halt«, lachte Bill. »Ich war doch noch nicht fertig. Das ist doch unsere Chance. Parisi rechnet nicht mehr mit mir. Und wir haben immer noch Zeit, uns den Comic zu holen und bei Bennett abzukassieren. Vertraut mir, keiner wird euch beiden auch nur ein Haar krümmen.«

Danielle sah ihn skeptisch an und wandte sich dann wieder zu Earl.

»Gib mir lieber das Messer. Das ist sicherer.«

»Vertraut ihr mir etwa nicht?«, fragte Bill. »Hey, das wird klappen. Pauley hat das Heft und wir werden es ihm wieder abknöpfen.«

»Ach, wirklich? Dir ist aber schon klar, dass du vor einer Stunde noch auf dem Grund des Hafens standest und beinahe ertrunken wärst.« Danielle sah Bill finster in die Augen. »Was glaubst du, was Pauley mit mir machen wird, wenn er mich erwischt?«

Bill nahm einen Zug von seiner Zigarette. »Ich weiß nicht? Vielleicht gibt er seiner kleinen Danielle einen Klaps auf den Po oder-«

Mit einem lauten Klatschen hinterließ Danielles rechte Hand einen roten Abdruck auf Bills Wange. Auch

Earl zuckte erschrocken zusammen. Danielle blickte Bill mit bebender Unterlippe an.

»Jetzt halt endlich die Klappe! Du hast doch überhaupt keine Ahnung, Stubbs.« Sie drehte sich von ihm weg und sah betroffen auf die Tischplatte hinab. »Zum letzten Mal: Es tut mir leid, dass ich dir nicht die Wahrheit gesagt habe über Pauley. Dass ich ihn gut kenne, weil ich mit seinem Sohn zusammen war. Aber wenn er mich jetzt in die Finger kriegt, dann wird das keine Rolle mehr spielen.«

Er nahm einen letzten Zug von der Zigarette und stopfte sie dann ebenfalls in die leere Bierdose hinein. Dann legte Bill seine Hand auf Danielles rechten Unterarm.

»Entschuldigung akzeptiert. Ich verspreche dir, dass Pauley dich nicht in die Finger bekommt. Wir werden uns den Comic von ihm holen, du bekommst dein Geld und dann kannst du die Stadt verlassen, wenn du willst.«

Danielle hob den Kopf und blickte Bill mit einem Tränenschimmer in den Augen an.

»Danke.« Sie wischte sich einmal mit der Hand über die Augen. »Gut, dann machen wir es.«

»Hey, denkt ihr vielleicht auch mal an mich?«, empörte sich Earl. »Ich bin ab jetzt auch in der Schusslinie. Die wissen, wo mein Laden ist. Das heißt, die werden bald herkommen und mich auseinandernehmen, weil ich unserer Freundin hier geholfen habe. Aber wahrscheinlich bin ich euch egal, ich bin hier ja nur der Quotenschwarze.«

»Immer mit der Ruhe, Earl. Erstens habe ich dich nicht vergessen. Zweitens wirst auch du deinen Anteil von der Belohnung bekommen und drittens kennst du dich doch mit dem Sterben aus. Nicht wahr, Bob?« Bill lächelte den Diner-Besitzer an. Der verdrehte die Augen.

»Oh nein. Warum hast du ihn nicht auf dem Meeresgrund gelassen?«, fragte er an Danielle gewandt.

»Okay, also sind alle an Bord«, sagte Bill zufrieden. »Folgenden Plan habe ich mir überlegt …«

Als Bill mit seinen Ausführungen geendet hatte, sahen sich Earl und Danielle skeptisch in die Augen.

»Das wird nie funktionieren, du verrückter Hund«, sagte Earl.

»Oh doch, das wird es«, sagte Bill grinsend.

KAPITEL 13
TERRITORIALE MARKIERUNGEN

FREITAG, 21. JULI 2017

Mit verschränkten Armen stand Pauley im großen Maschinenraum seiner Wäscherei. Fast alle seine Leute waren versammelt, mit Ausnahme von Geno, der auf längere Zeit an sein Krankenhausbett gefesselt sein würde. Seine Männer schauten interessiert und teilweise verängstigt auf den Mann, der gerade angekommen war und sich neben Pauley gestellt hatte. Nicolo Maranzano, der Solver.

Er trug heute einen schlichten, dunkelgrauen Anzug und darunter ein schwarzes Hemd mit der roten Krawatte vom Vortag. Nicolo hatte seine Hände in den Taschen seiner Anzughose gesteckt und stand lässig vor seinen Leuten, in deren Mitte auch Junior stand. Pauley hoffte, sein Sohn würde sich nicht zu unbedachten Äußerungen hinreißen lassen.

»Die meisten von euch kennen mich«, sagte Nicolo mit ruhiger Stimme. »Ich möchte, dass ihr wisst, dass wir in Frisco sehr zufrieden mit eurer Arbeit hier sind.« Er ging ein paar Schritte von Pauley weg. »Umso trauriger ist es, dass ich heute hier sein muss, weil gestern einige von euch unbedachterweise in das Territorium von Giuseppe de Luca eingedrungen sind und damit gegen die Abmachung verstoßen haben, die der Fisch mit unserem Don getroffen hat.« Der Solver sah den anwesenden Männern in die Gesichter und ließ seine Worte eine Weile wirken, bevor er fortfuhr. »Deswegen bin ich hier, um mich heute persönlich beim Fisch dafür zu entschuldigen. Pauley Parisi wird mich begleiten, und einer von euch, die gestern diese Dummheit begangen haben.«

Gemurmel wurde laut und Pauleys Männer blickten einander unsicher an.

»Keine Angst, es wird niemand alleine die Schuld tragen müssen. Aber ich möchte einen der Beteiligten dabeihaben, damit Giuseppe aus erster Hand von ihm erfährt, wie es zu diesem unangenehmen Zwischenfall kommen konnte.«

Junior trat einen Schritt aus der Gruppe hervor.

»Ich trage die Verantwortung. Es war mein Fehler, dass wir den Flugzeugträger betreten haben.«

»Sehr ehrenwert von dir«, sagte Solver und nickte Junior zu. »Aber ich weiß, dass du nicht an Bord warst. Ich brauche einen von den zweien, die gestern an Bord der Midway waren.«

Eine Hand ging zaghaft in die Höhe.

»Ich war dabei«, sagte Kyle. Er hatte ein dick zugeschwollenes Auge und einige Schrammen im Gesicht.

»Gut. Dann begleitest du Pauley und mich zu de Luca.« Nicolo wandte sich an Pauley. »Okay für dich?

Können wir los? Ich komme ungern zu spät zu einem Termin.«

Pauley nickte dem Solver zu. Der ging daraufhin zufrieden dreinblickend hinaus, gefolgt von Kyle. Als Pauley ebenfalls hinterhergehen wollte, hielt Junior ihn am Arm fest.

»Pa‘, findest du, das ist eine gute Idee, vor de Luca zu kriechen?«

»Keine Sorge, Junior. Das ist nur eine kleine Kröte, die wir schlucken müssen, bevor wir den Kerl bald endgültig aus der Stadt treiben. Du wartest hier, bis ich wieder zurück bin, verstanden?« Junior nickte ihm zu.

Bevor Pauley zu Solver in den Wagen stieg, ging seine Hand zu seinem Hosenbund am Rücken und er vergewisserte sich, dass sein .38er Colt geladen war.

Mit einem flauen Gefühl im Magen sah Junior seinem Vater hinterher, als dieser mit dem Solver und Kyle vom Hof fuhr.

An dieser Scheiße ist nur dieser Stubbs schuld. Hätte ich den Mistkerl doch wenigstens vorher noch gefoltert und nicht einfach so ersäuft.

Die Glocke der Ladentür klingelte und unterbrach seinen Ärger über den Toten.

»Geht mal bitte einer von euch nach vorne und kümmert sich um den Kunden«, rief Junior genervt.

Während einer der Männer nach vorne ging, nahm Junior Pete beiseite.

»Du erzählst mir jetzt erstmal ganz genau, was gestern passiert ist, als du Danielle gefolgt bist.«

»Da gibt es nicht so viel zu erzählen. Sie ist in die Straßenbahn gestiegen, die Green Line, und ist im Gaslamp Quarter wieder ausgestiegen. Dort ist sie in ein heruntergekommenes Diner gegangen.« Pete verstummte.

»Und weiter?«, fragte Junior ungeduldig.

»Ich bin hinterher in den Laden, aber ich konnte sie nicht entdecken. Ich habe den Koch gefragt, der hat mir gesagt, eine Blondine wäre in seinen Waschraum gestürmt. Ich bin also dahin gegangen und dann hat mir jemand von hinten einen über den Schädel gehauen«, sagte Pete zerknirscht. »Als ich wieder zu mir kam, war ich in einer Besenkammer oder so eingeschlossen. Nach einer Weile habe ich es dann geschafft, mich daraus zu befreien. Im Diner war niemand mehr, also bin ich hierher zurückgekommen.«

»Wohin ist die blöde Schlampe nur verschwunden?«, fragte Junior mehr sich selbst als Pete.

»Hey, PJ, kannst du bitte mal nach vorne kommen?«, rief der Mann, der eben nach vorne gegangen war, um sich um die Kundschaft zu kümmern. »Da fragt einer nach der Spezialreinigung für Capes.«

Junior sah Pete mit hochgezogenen Augenbrauen an und ging dann nach vorne. Als er sah, wer da vor dem Tresen stand, traute er seinen Augen zunächst nicht. Der Mann, der dort wartete, sah aus wie eine alte Version von Bob Marley. Seine Dreadlocks waren grau und sein Gesicht wies schon einige tiefe Furchen auf. Aber der Kleidungsstil war unverändert. Als ob immer noch die späten Siebziger wären. Auf seinem Kopf trug er eine gehäkelte Mütze in jamaikanischen Farben. In seinem rechten Mundwinkel hing ein Joint. Seine Augen hatte er hinter einer verspiegelten Sonnenbrille mit goldenem Gestell verborgen.

»Hey, Mann«, begrüßte der alte Rastamann ihn, »bist du hier der Obermotz?«

Junior atmete tief durch.

»Hör zu, Opa, für so einen Scheiß habe ich keine Zeit. Verschwinde.«

»Bleib locker, Junge. Ich bin wegen der Capes hier, die Spezialreinigung, du verstehst? Meinem Boss wurde zugetragen, dass ihr hier den besten Stoff unter dem Tresen habt.« Der alte Rastafari lachte laut auf.

»Und wer ist dein Boss? Bob Marley?«, fragte Junior genervt.

»Nein, Mann! Mein Boss ist Mr. Geoffrey Grandberg. Du hast bestimmt schon mal von ihm gehört.«

»Grandberg? Der Filmfuzzi? Was hat der denn mit Comics am Hut?«

»Mr. Grandberg besitzt eine der umfangreichsten Comicsammlungen weltweit und er ist immer auf der Suche nach bestimmten Raritäten. Und wir haben erfahren, dass es hier eine ganz besondere Rarität geben soll.«

»Ach wirklich? Und wer hat euch das geflüstert?«

»Ich kann mich nicht mehr richtig an den Namen erinnern, mein Gedächtnis ist nicht mehr, was es war, aber ich glaube, der Typ hieß Quesadilla oder so ähnlich.«

»Quezada?«

»Genau, der war es. Quezada. Hat irgendwas mit

dieser Comicmesse zu tun. Mein Boss hat direkt mit ihm gesprochen und er meinte, wir sollten hierherfahren. Hat mich auch gewundert, ist ja schließlich eine Wäscherei hier. Das fand ich schon-«

»Okay, es reicht. Jetzt halt mal kurz dein Maul. Ich muss kurz telefonieren. Du wartest hier.«

»Okidokee.«

Junior ging zwischen den Wäscheständern hindurch nach hinten, direkt zum Büro seines Vaters. Dort nahm er das Telefon und wählte als Erstes die Nummer von Quezada. Der Direktor der Comic Con bestätigte die Geschichte des Rastamanns, Geoffrey Grandberg, der Chef eines der größten Filmstudios der Welt, war tatsächlich an Action Comics Nr. 1 interessiert. Kurzentschlossen wählte Junior die Nummer vom Mobiltelefon seines Vaters. Der war immer noch auf dem Weg zu de Luca. In knappen Worten erzählte Junior ihm von der Situation.

»Halte ihn hin. Sag ihm, er soll nächste Woche am Montag wiederkommen. Dann sehen wir weiter«, sagte sein Vater und legte auf. Junior war sich sicher, er wollte vermeiden, dass der Solver etwas mitbekam. Er verließ das Büro und ging zurück zu dem wartenden Kerl.

»Ihre Geschichte scheint zu stimmen. Wir können gerne über einen Verkauf des Heftes reden, aber erst nächste Woche.«

»Das ist kein Problem. Aber ich möchte von Ihnen zwei Dinge: Erstens die Zusicherung, dass Mr. Grandberg den Erstzugriff auf dieses Heft erhält und zweitens möchte ich vorher einmal sehen, ob sich das Warten auch wirklich lohnt.«

»Du hast hier gar nichts zu wollen, Alter. Komm Montag wieder oder lass es«, gab Junior grimmig zurück.

Der Alte nahm die verspiegelte Sonnenbrille ab. Mit seinen tiefschwarzen, dunklen Augen sah er Junior ernst an.

»Pass mal auf. Wenn ihr ein paar Millionen verdienen wollt, dann sind das ganz angemessene Forderungen. Es wäre nett, wenn du das ein wenig höflicher zur Kenntnis nimmst. Jetzt zeig mir das Heft wenigstens kurz, damit ich einmal prüfen kann, ob ich mir den erneuten Weg am Montag sparen kann oder ob ich einen Koffer voller Geld mitbringen sollte.«

Junior musterte den Schwarzen mit den grauen Dreadlocks eingehend. Der verzog keine Miene.

»Okay. Ich glaube, das ist fair. Warte hier. Ich bin gleich zurück.«

Die schwarze Limousine, mit der Solver unterwegs war, hielt in Oldtown vor einem beliebten Restaurant. Pauley kam sonst nie in den ältesten Stadtteil von San Diego, es war eines der Gebiete von Giuseppe de Luca und dementsprechend hatte er schon seit Jahren keinen Fuß mehr hierher gesetzt. In Oldtown gab es zweiunddreißig Restaurants und fast alle gehörten sie Giuseppe de Luca. Ironischerweise gab es von seiner großen Fischrestaurant-Franchisekette hier keine einzige Dependance. Stattdessen parkten sie jetzt vor einem mexikanischen Restaurant, das gleichzeitig als Hauptquartier des Fischs fungierte. Untergebracht war es in einem alten Holzhaus, das schon im 18. Jahrhundert erbaut worden war. In seiner Fantasie hatte Pauley das Gebäude schon mehrfach bis auf die Grundmauern niedergebrannt.

»Worauf warten wir noch?«

»Wir haben noch drei Minuten, bis unser Termin beginnt«, sagte der Solver mit einem Blick auf seine Armbanduhr. »Ich möchte, dass er auf uns wartet, nicht dass er noch denkt, wir hätten es eilig, zu ihm zu kommen.« Er sah Pauley ernst an, dann blickte er zu Kyle hinüber. »Du bleibst ruhig und sprichst nur, wenn ich es dir erlaube, klar? Wenn de Luca dich anspricht, bleibst du stumm wie ein Fisch.« Nicolo lachte. »Und übrigens, schöne Uhr, die du da hast.«

Pauley blickte auf Kyles linkes Handgelenk und bemerkte erst jetzt die Rolex, die er trug.

»Woher hast du die Uhr?«

»Gehörte dem Privatschnüffler. Junior hat gesagt, ich darf sie behalten.«

Pauley antwortete nicht darauf, sondern blickte aus dem Fenster auf das Restaurant, in dem er gleich vor dem Fisch kriechen musste. Er hoffte, dass alles schnell vorbei sein würde.

»Ich würde sagen, es ist so weit. Gehen wir rein«, sagte Nicolo vergnügt.

Als sie vor der Eingangstür des Restaurants waren, hielt Pauley den Solver kurz am Arm fest und flüsterte ihm ins Ohr. »Egal was du da drinnen machst, nenne Giuseppe auf gar keinen Fall *Fisch*, er hasst diesen Spitznamen.«

»Ich weiß. Bleib locker, Pauley.«

Sie wurden bereits erwartet. Zwei Männer mit grimmigen Gesichtern nahmen sie in Empfang und geleiteten sie in die hinteren Räume des Gebäudes, wo Giuseppe de Luca in einem großen Salon an einem runden Tisch saß und mit zusammengefalteten Händen wartete. Sie setzten sich ihm gegenüber. Nicolo saß in der Mitte, Kyle zu seiner Linken und Pauley zu seiner Rechten. Giuseppe de Luca wandte sich zuerst an Pauley.

»Es ist lange her. Die letzten Jahre verliefen doch recht erfreulich – für uns beide, oder nicht?« De Luca seufzte kurz. Er war noch einmal deutlich älter als Pauley. Seine wenigen Haare, die ihm noch geblieben waren, schimmerten silbrig auf seinem Kopf. Sein linkes Auge hatte sich stark eingetrübt. Grauer Star, wenn man den Gerüchten auf der Straße Glauben schenken wollte. Wie er jetzt vor Pauley saß, machte Giuseppe de Luca den Eindruck eines freundlichen, alten Mannes, der sicherlich ein hervorragender Großvater war. Aber Pauley wusste es besser. Hinter dieser Fassade lauerte einer der kaltblütigsten Männer, die er jemals kennengelernt hatte. Insgeheim bewunderte er de Luca dafür sogar. »Also, Pauley, was ist da gestern los gewesen? Ich hätte nichts gesagt, wenn deine Männer kurz einen Ausflug auf den Flugzeugträger gemacht hätten, sich die Ausstellung angesehen und dann wieder gegangen wären. Aber sie haben für reichlich Unruhe an Bord gesorgt. Ein Waschraum wurde völlig demoliert, der unglücklicherweise direkt neben dem Restaurant liegt, das ich an Bord betreibe.«

Pauley wollte gerade ansetzen, die Frage zu beantworten, aber Nicolo Maranzano kam ihm zuvor.

»Es tut uns allen sehr leid, dass dies geschehen ist.

Don Matteo versichert Ihnen, dass so was nie wieder passieren wird.«

Giuseppe de Luca sah Pauley mit seinem rechten Auge verwundert an und blickte dann ins Gesicht des Solvers.

»Und wer sagt mir das?«

Ein Lächeln ging über das Gesicht von Maranzano.

»Mein Name ist Nicolo Maranzano. Ich bin die rechte Hand von Don Matteo und normalerweise nur in Frisco tätig. Aber diese besondere Situation hat den Don veranlasst, mich hierher zu entsenden, um bei Ihnen persönlich in aller Form um Entschuldigung zu bitten.« Er drehte seinen Kopf zur Seite und sah Kyle an. »Dies ist einer der Männer, die gestern auf der Midway waren und dort in diesen unseligen Zwischenfall verwickelt waren. Deine Uhr, Kyle.«

Der Angesprochene blickte irritiert zu Maranzano und dann zu Pauley. Der nickte ihm zu. Daraufhin löste Kyle die Rolex von seinem Handgelenk und gab dem Solver die Armbanduhr.

»Um zu zeigen, wie leid es ihm tut, möchte er Ihnen seine Uhr überreichen.« Nicolo schob die Uhr in die Tischmitte.

De Luca gab einem seiner Männer ein Zeichen, der infolgedessen an den Tisch kam und die Uhr zu de Luca weiterschob. Der Fisch warf nur einen kurzen Blick auf die Uhr.

»Ich frage mich, was Sie hiermit bezwecken, Nicolo Maranzano. Oder soll ich Sie lieber Solver nennen? Das ist doch die geläufige Bezeichnung für Sie, nicht wahr? Oh ja, ich habe die Geschichten über Sie gehört. Aber die passen nicht zu dem hier.« De Luca warf die Rolex verächtlich wieder auf den Tisch, wo sie in Richtung von Kyle schlitterte. »Sie missverstehen den Ernst der Lage. Ich bin auf dem Flugzeugträger Mieter der US Navy. Es hat mich einiges gekostet, dort mein Restaurant eröffnen zu können, aber es hat sich gelohnt. Trotzdem stehe ich natürlich unter genauer Beobachtung. Und so ein Zwischenfall fällt natürlich auch auf mich zurück und erschwert mir mein Geschäft.«

»Völlig verständlich. Ich weiß, welche Unannehmlichkeiten das für Sie bedeutet, *Fisch*.« Pauley erschrak kurz, als Maranzano de Luca so ansprach. Auch dessen Männer sahen sich verwundert an. »Aber seien Sie sich sicher, die Geschichten, die man über mich erzählt, sind alle wahr.«

Aus dem Augenwinkel sah Pauley die Klinge eines Messers aus dem linken Jackettärmel des Solvers hervorschnellen. Die Männer von de Luca sprangen zum Tisch, aber der Solver war schneller. Er rammte die Messerklinge tief in den Hals des Mannes links neben ihm. Kyle riss seine Augen weit auf, als die Klinge in seiner Kehle steckte. Er versuchte zu schreien, aber der Solver drehte die Schneide herum und zog sie mit einem Ruck zu sich heran. Der Hals von Kyle war nun weit geöffnet und ein Schwall von Blut ergoss sich dort heraus. Pauley konnte die zerschnittenen Stimmbänder von Kyle sehen. Mit entsetztem Blick sah dieser zu ihm herüber und wollte etwas zu ihm sagen, brachte aber nur ein vom Blut ersticktes Röcheln zustande. Solver zog das Messer mit einem Ruck wieder aus dem Hals heraus, jedoch nur, um es Kyle erneut mit voller

Wucht in dessen linke Augenhöhle zu stoßen. Eine Mischung aus Blut und Augenflüssigkeit quoll aus dem zerstörten Augapfel hervor. Kyle zuckte noch ein wenig, aber schnell erschlafften seine Bewegungen und sein Kopf kippte schlaff zur Seite weg. Nicolo zog das Messer aus dem Auge heraus und wischte es seelenruhig mit einem Tuch sauber. Dann legte er es vor sich auf den Tisch ab.

»Wie ich schon sagte, wir entschuldigen uns hiermit in aller Form. Es wird nicht noch einmal vorkommen.«

~

»Hier ist es. Action Comics Nr. 1 in tadellosem Zustand.« Junior legte das Comicheft in der Hülle auf dem Tresen ab. Der Alte mit der Jamaikakappe trat näher an den Tresen heran und betrachtete das Heft ganz genau.

»Darf ich kurz?«, fragte er und zeigte auf das Heft. Junior nickte ihm zu, behielt den Alten aber genau im Blick.

Dann gab es einen gewaltigen Knall. Instinktiv ging Junior hinter den Tresen in Deckung. Aber schnell erholte er sich von dem Schreck und richtete sich wieder auf. Er sah sich um, der Alte hockte gebückt vor dem Tresen.

»Hey, alles in Ordnung?« Der alte Mann nickte. Jetzt sah Junior, was den Knall verursacht hatte. Die große Scheibe der Wäscherei war zersprungen und von spinnennetzartigen Rissen durchzogen. Offensichtlich hatte jemand einen Stein gegen die Scheibe geschleudert. Junior lief um den Tresen herum und rannte schnell auf den Gehweg. Aber es war niemand zu sehen, außer einer geschockt dreinblickenden Frau.

»Es war eines dieser verkleideten Kinder. Er hat plötzlich einen großen Stein genommen und gegen ihr Geschäft geworfen, dann ist er schnell weggelaufen, da hinten um die Ecke lang.« Die Frau zeigte in Richtung des Hafens, wo sie gestern auch schon Bill Stubbs verfolgt hatten.

»Vielen Dank für die Information«, sagte Junior zu der Frau und besah sich den Schaden dann genauer. Zum Glück war es eine doppelt verglaste Scheibe, ansonsten wäre der schwere Stein wohl durch die Scheibe durchgeflogen. Er hob den Stein auf und ging damit in die Wäscherei zurück, wo der ebenfalls geschockte Rastamann immer noch am Tresen stand, das Comicheft in der Hand. Junior hielt ihm den Stein entgegen.

»Ein ziemlich übler Kinderstreich.«

»Das kann man wohl sagen. Mein Herz ist beinahe stehengeblieben. Tut mir leid um Ihre Scheibe.«

»Ach, wir haben eine gute Versicherung. Die regelt das schon.« Junior zuckte mit den Schultern und legte den Stein auf den Tresen ab. »Was sagen Sie jetzt zu dem Heft? Genügt es den Ansprüchen Ihres Chefs?«

»Absolut. Es ist wirklich in einem außergewöhnlichen Zustand. Aber wir werden trotzdem nicht um eine Expertise herumkommen, wenn ich am Montag wiederkomme. Ist das in Ordnung für Sie?«

»Meinetwegen. Melden Sie sich vorher unter dieser Nummer bei mir. Wir besprechen dann alles Weitere.« Junior gab dem Mann eine seiner Visitenkarten und nahm das Comicheft dann wieder in die Hand. »Guten Tag.«

»Auf Wiedersehen«, sagte der Mann und verließ die Wäscherei. Junior wartete noch einen Moment, dann brachte er das Comicheft zurück in das Büro seines Vaters.

Pauley starrte immer noch fassungslos und angewidert auf Kyle, dessen toter Körper immer noch auf dem Stuhl neben dem Solver lag. Er drehte den Kopf langsam zu Giuseppe de Luca herum, der ihn ebenso geschockt ansah. De Lucas Männer hatten ihre Pistolen gezogen und richteten sie auf Nicolo Maranzano und auf Pauley.

»Steckt die Waffen weg und kümmert euch lieber schnell um diese Sauerei, ehe der mir noch den ganzen Teppich vollblutet«, wies de Luca seine Männer jedoch an. Dann wandte er sich an den Solver. »Eine merkwürdige Art der Entschuldigung haben Sie gewählt.« Giuseppe de Luca blickte etwas nervös auf den ihm gegenübersitzenden Solver. Pauley hielt den Atem an. Er befürchtete das Schlimmste und ließ seine rechte Hand langsam an seinen Rücken wandern.

»Ich weiß, es war etwas … drastisch. Aber ich wollte, dass Sie zwei Dinge wissen: Wir halten uns an unsere Abmachungen und bestrafen ausnahmslos jeden unserer Leute, der diese missachtet.« Maranzanos Blick streifte kurz zu Pauley herüber. »Aber wir werden uns deswegen auf gar keinen Fall in irgendwelche Territorial-Kämpfe verwickeln lassen. Alles bleibt so, wie es ist.«

Giuseppe de Luca wartete einen Augenblick, ehe er antwortete. Der alte Mafiaboss hatte einen undurchschaubaren Ausdruck im Gesicht.

»Entschuldigung akzeptiert«, sagte er schließlich. »Aber jetzt sehen Sie zu, dass Sie innerhalb von dreißig Sekunden hier verschwunden sind, ansonsten werfe ich Sie und Pauley meinen Hunden zum Fraß vor.«

Der Solver grinste, steckte sein Messer ein und stand auf. Dann griff er sich die Rolex vom Tisch und ging aus dem Raum. Pauley beeilte sich, ihm schnell zu folgen. Als sie wieder in der Limousine saßen, platzte es aus Pauley heraus.

»Bist du nicht mehr bei Sinnen? Was zur Hölle sollte das? Es war nicht nötig, Kyle zu töten.«

Mit gelangweiltem Blick betrachtete der Solver ihn. Seelenruhig legte er sich die Rolex von Stubbs um das linke Handgelenk.

»Pauley, du wirst langsam zu alt und zu weich für dieses Geschäft. Natürlich war es nicht nötig, deinen Mitarbeiter zu töten. Aber so hat unsere Nachricht gleich viel mehr Gewicht bekommen. Der Fisch wird sich jetzt den Kopf zerbrechen, was um alles in der Welt er da gerade gesehen hat. Das wird ihn mindestens das ganze Wochenende beschäftigen, bis die Auktion vorbei und es für ihn zu spät ist.«

~

Giuseppe blickte in die tote Pupille des rechten Auges von Parisis Handlanger, als seine Männer ihn in einen großen Plastiksack stopften. Dann wandte er sich an Alberto, seine rechte Hand.

»Dieser arrogante Mistkerl denkt, er kann hierherkommen, mich beleidigen und jemanden hier töten. Wir werden ihm zeigen, mit wem er es zu tun hat.«

»Warum haben wir ihn nicht gleich kaltgemacht, Boss?«, fragte Alberto.

»Was glaubst du, warum dieser Dreckskerl wirklich in der Stadt ist?«

»Keine Ahnung, Boss.«

Giuseppe drehte sich um und ging ein paar Schritte, bis er am Fenster stand und auf den Garten seines Hauses blicken konnte.

»Gerade jetzt, wo es für uns um alles geht. Wir brauchen dringend das Geld aus dieser Auktion am Sonntag. Andernfalls kann ich den fünf Familien das Geld nicht zurückzahlen. Und du weißt, was das bedeutet, Alberto.«

»Ja, Boss.«

»Gut. Dann weißt du auch, was jetzt zu tun ist.« Giuseppe drehte sich wieder zu ihm herum. »Statte doch unserem Freund Mr. Bennett einen Besuch ab. Nur um sicherzugehen, dass alles glatt läuft.«

Alberto nickte ihm zu, winkte dann einen weiteren Mann zu sich heran und verließ mit diesem den Salon.

KAPITEL 14
ZAHLTAG

Diesmal war es kein Whiskey, den Bill sich einschenkte. Zur Feier des Tages hatte er eine Flasche Champagner geöffnet, die Earl in der Vorratskammer seines Diners gefunden hatte. Diesen schenkte er nun großzügig in die drei Gläser ein, die auf dem Tresen standen, und schob dann jeweils ein Glas zu Danielle und Earl hinüber. Dann hob er seins in die Höhe.

»Auf unseren Erfolg. War es nicht noch einfacher, als ich euch gesagt habe?« Bill leerte sein Champagnerglas in einem Zug, während Earl und Danielle nur an ihren Gläsern nippten. Er schenkte sich noch einmal nach. »Hey, was ist mit euch? Schmeckt doch super, das Sprudelzeug hier.«

»Mir wäre wohler, wenn wir den Comic schnell wieder loswerden und das Geld in Händen halten.« Earl sah ihn besorgt an.

»Keine Sorge. Nur noch eine Stunde, dann ist es soweit. Ich habe mit Bennett gesprochen. Er war ganz außer sich vor Freude, als ich ihm erzählt habe, dass wir sein wertvolles Bilderheft gefunden haben. Jetzt muss er sich nur noch schnell genügend Bargeld von der Bank besorgen und dann treffen wir uns nachher mit ihm in seiner Suite im Omni.« Bill prostete den beiden anderen zu und trank das Glas leer.

»Wenn nichts schiefgeht«, gab Danielle zu bedenken.

»Was soll denn schiefgehen? Wir haben das Heft.« Bill klopfte auf das Comicheft, das neben der Champagnerflasche auf dem Tresen lag.

»Was ist, wenn Pauleys Leute uns auf die Schliche kommen?«

Bill winkte ab.

»Ach was. Earl war so überzeugend in seiner Rolle als Bob Marley und außerdem haben die doch noch ein Heft. Es fehlt nichts. Den Austausch hast du super hinbekommen, Earl«, lobte Bill den Dinerbesitzer.

»Beinahe wäre es schiefgegangen«, erwiderte Earl. »Als der Stein gegen die Scheibe flog und ich mich vor den Tresen gebückt habe, habe ich es gerade noch so geschafft, die Fälschung aus meinem Hosenbund unter dem Hemd herauszuziehen, bevor Junior was gemerkt hat.«

»Ist doch alles gut gegangen. So, wie ich es geplant hatte.« Bill grinste selbstzufrieden. »Wahrscheinlich wird Pauley den Austausch des Heftes niemals bemerken.«

»Hoffen wir es«, brummte Earl und nahm einen Schluck von seinem Champagner.

. . .

Eine knappe Stunde später wartete Bill gemeinsam mit Danielle auf den Aufzug zur Präsidentensuite im Omni. Die Blondine war nervös und sah ständig über ihre Schulter.

»Kannst du damit mal aufhören«, sagte Bill. »Du hast keinen Grund, dir Sorgen zu machen.«

»Du kennst Pauley nicht so gut wie ich«, antwortete Danielle. »Er wird mittlerweile bestimmt schon nach mir suchen lassen. Ich muss so schnell wie möglich aus der Stadt raus.«

»Keine Angst. In wenigen Minuten hast du dein Geld und kannst gehen, wohin du willst.« Bill hob die braune Papiertüte hoch, in die sie das Comicheft getan hatten.

Der Aufzug erreichte das Erdgeschoss und die Türen fuhren auf. Ein fröhlich gestimmter Mann stand pfeifend im Fahrstuhl. Der Schauspieler Cary Hudson. In seinem Gesicht zeigte sich ein breites Lächeln, als er Danielle erblickte.

»Welch unerwartetes Vergnügen, dass ich Sie so schnell wiedersehe, meine Liebe. Treten Sie ruhig ein, ich fahre Sie, wohin Sie wollen. Bis in den Himmel, wenn Sie es wünschen.« Er machte eine kleine Verbeugung und eine einladende Armbewegung in Danielles Richtung.

»Üben Sie schon wieder den Text für irgendeinen Ihrer dämlichen Filme?«, fragte Bill augenrollend und betrat den Aufzug. »Klingt wie aus einer schlechten Schnulze. Damit sind Sie doch schon einmal auf die Schnauze gefallen, oder?« Bill grinste schadenfroh. Selbst er wusste, dass Cary Hudsons Karriere Mitte der

2000er einen bösen Knick hinnehmen musste, als er mit einem Liebesfilm, bei dem er die Hauptrolle spielte und das Drehbuch eigenhändig geschrieben hatte, einen Riesenflop hinlegte. Es hatte ein paar Jahre gedauert, bis sich seine Karriere wieder davon erholt hatte.

»Ich kann mich nicht daran erinnern, Sie hierein gebeten zu haben«, erwiderte der Schauspieler mit finsterem Gesichtsausdruck.

»Müssen Sie auch gar nicht. Der Fahrstuhl gehört Ihnen nicht. Also, möchten Sie vielleicht aussteigen, damit wir nach oben fahren können?«

Cary Hudson verschränkte die Arme vor dem Brustkorb.

»Ich begleite Sie ein Stück nach oben. Ich habe noch etwas in meinem Zimmer vergessen.«

»Was denn, Ihren Charme?« Bill lachte laut über seinen Witz.

»Seien Sie froh, dass es nicht mein gutes Benehmen war, sonst würde ich Ihnen jetzt die einzig passende Antwort auf Ihre unfreundlichen Reden geben.«

»Ach wirklich? Sie können von Glück sagen-«

»Das reicht jetzt, Stubbs«, schnitt Danielle ihm das Wort ab und wandte sich dann an Cary Hudson. »Entschuldigen Sie sein Benehmen. Er ist betrunken. Und ein Idiot.«

»Das ist weder zu übersehen noch zu überriechen«, erwiderte Hudson abschätzig. »Wollen Sie mich nicht besuchen, meine Liebe? Eine so bildschöne Frau wie Sie verdient doch einen besseren Umgang als den da.«

Bill konnte sehen, wie Danielle leicht errötete.

»Nichts lieber als das, Mr. Hudson, aber wir haben noch einen geschäftlichen Termin.«

»Na dann – vielleicht ein anderes Mal. Sie wissen, wo Sie mich finden.« Der Fahrstuhl stoppte im zwanzigsten Stock und die Türen gingen auf. »Und nennen Sie mich doch bitte Cary«, sagte der Schauspieler säuselnd zu Danielle, als er den Aufzug verließ.

»So ein arrogantes von sich selbst eingenommenes Arschloch«, sagte Bill, nachdem sich die Türen wieder geschlossen hatten.

»Wen meinst du? Den Typ, der sich dort in der Tür spiegelt?«, fragte Danielle gehässig und deutete auf sein Spiegelbild. »Und jetzt reiß dich bitte zusammen, wenn wir Bennett treffen.«

Der Fahrstuhl stoppte und sie stiegen aus. Bill ging voran zur Tür von Bennetts Suite und klopfte kräftig an. Sie warteten einen Moment, aber nichts passierte. Bill klopfte erneut an, diesmal noch kräftiger.

»Hey, Bennett. Ich bin es, Bill Stubbs.«

Das Klicken des Türschlosses war zu hören und langsam öffnete sich die schwere Zimmertür. Ein unbekanntes Männergesicht starrte Bill durch einen schmalen Spalt hindurch an.

»Mr. Bennett fühlt sich im Moment nicht wohl. Können Sie später wiederkommen?«

Bill drehte den Kopf zu Danielle und dann wieder zurück zu dem Unbekannten.

»Nein, können wir nicht. Wir sind hier mit Mr. Bennett verabredet. Geschäftlich, Sie verstehen?« Bill hielt die braune Papiertüte in die Höhe.

»Ah ja. Ich verstehe«, sagte der Mann mit einem

arglistigen Grinsen im Gesicht. »Dann kommen Sie doch herein.« Er öffnete die Tür weiter.

»Stubbs, ich glaube, wir sollten lieber später wiederkommen. Wir wollen doch nicht stören. So dringend ist es nicht«, sagte Danielle und hielt ihn am Arm fest, als er gerade eintreten wollte.

»Hey, was ist denn? Natürlich ist es dringend. Je schneller wir hier fertig sind, umso besser.«

»Genau so sehe ich das auch«, fügte der Mann in Bennetts Suite hinzu und richtete zur Bekräftigung seiner Aussage eine Pistole mit Schalldämpfer auf sie. »Kommen Sie herein. Ganz langsam.«

Bill starrte auf die Waffe, die auf ihn gerichtet war, und sah dann an dem Unbekannten vorbei in die Suite. Er konnte Bennett sehen, der kopfüber auf dem Tisch lag, zwei blutige Einschusslöcher in seinem Rücken. Ein zweiter Mann saß auf einem der Sofas der Suite und blickte zu ihnen herüber.

»Wird's bald?«, zischte der Mann mit der Waffe ihn an.

Bill hob die Hände und ging langsam in das Zimmer. Als er gerade zwei Schritte gemacht hatte, packte Danielle ihn am Hemd und zog ihn zurück. Gleichzeitig griff sie mit der anderen Hand nach dem Türknauf und zog die Tür mit Wucht zu. Das Türblatt traf den Mann am Arm und er ließ die Waffe fallen. Instinktiv machte Bill einen Ausfallschritt nach vorne und schmetterte dem Kerl seine linke Faust ins Gesicht, was den Mann zurück ins Zimmer warf. Dann rannten sie in Richtung des Aufzugs zurück, Danielle schleuderte vorher noch die Tür ins Schloss.

»Verdammt, der Aufzug ist schon wieder unten«, fluchte Bill.

»Die Treppe«, rief Danielle und rannte an ihm vorbei zur Tür des Treppenhauses, das nur wenige Meter vom Aufzug entfernt war. Bill lief ihr hinterher und konnte hinter sich hören, wie die Tür der Suite wieder geöffnet wurde, gerade als er in das Treppenhaus stürmte. Schnell sprang er die Treppenstufen hinab und folgte Danielle, die schon auf der nächsten Etage das Treppenhaus wieder verließ und auf den Flur der zwanzigsten Etage einbog. Sie liefen über den langen Flur, an dessen Ende sich gerade eine Tür öffnete und ein Mann heraustrat.

»Cary«, rief Danielle und spurtete auf den Schauspieler zu. »Wie wäre es jetzt mit einem kleinen Besuch?«

»Äh, gerne«, erwiderte der Hollywoodstar etwas überrumpelt und ging zurück in sein Zimmer. Danielle erreichte seinen Raum schnell und schlüpfte hinein. Bill gelang es gerade noch, sich schnaufend in das Zimmer zu retten, ehe hinter ihm die zwei Verfolger ebenfalls auf den Flur der zwanzigsten Etage gestürmt kamen. »Der etwa auch?«, fragte Cary Hudson erstaunt, als Bill sich nach Atem ringend auf den Fußboden gleich hinter der Zimmertür fallen ließ.

Aber Danielle antwortete nicht auf seine Frage, sondern hastete zum Telefon weiter. Sie nahm den Hörer ab und schrie den Concierge am anderen Ende der Leitung an: »Rufen Sie die Polizei. Es liegt ein Toter in der Präsidentensuite! Beeilen Sie sich!« Dann knallte sie den Hörer wieder auf. »Kommt von der Tür weg«, rief sie Bill und Cary Hudson zu.

Der Schauspieler packte Bill unter den Achseln, zog ihn auf die Beine und schob ihn dann weiter in das Zimmer hinein.

»Würde mir jetzt bitte jemand erklären, was hier vor sich geht?«

»Später, Cary«, flüsterte Danielle und legte ihren Zeigefinger auf den Mund. Sie blickte warnend zur Zimmertür. Vom Flur drangen gedämpfte Schritte hindurch, die langsam näherzukommen schienen. Aber plötzlich erklang lautes Sirenengeheul in unmittelbarer Nähe vom Hotel. Danielle stürmte zum Fenster und presste ihr Gesicht gegen die Scheibe. »Die Polizei!«

Die Schritte auf dem Flur wurden schneller, entfernten sich jedoch von der Zimmertür. Die beiden Männer rannten offensichtlich fort. Bill atmete einmal tief durch und setzte sich auf einen Sessel, der mittig im Zimmer stand.

»Vielen Dank, Cary«, sagte er an den Schauspieler gerichtet.

»Ich kann mich nicht erinnern, Ihnen das Du angeboten zu haben«, erwiderte der mit verschränkten Armen und ernst dreinblickend. »Ich hätte jetzt gerne eine Erklärung!«

»In der Präsidentensuite wurde jemand erschossen. Wir haben die Kerle dabei wohl überrascht und dann waren sie hinter uns her«, fasste Danielle die Geschehnisse schnell für den Schauspieler zusammen. Der nickte und blickte sie gleichzeitig besorgt an.

»Heißt das, ich stecke jetzt auch in Schwierigkeiten? Immerhin haben die Mörder gesehen, dass Sie in mein Zimmer gelaufen sind.«

»Keine Sorge. Die wissen doch gar nicht, wer in diesem Zimmer wohnt. Und du hast doch wohl nicht unter deinem richtigen Namen eingecheckt, oder Kumpel?«, fragte Bill, der wieder zu Atem gekommen war.

»Ich habe Ihnen doch schon gesagt, dass ich Ihnen das Du nicht angeboten habe«, gab Cary Hudson giftig zurück.

»Er hat doch recht, Cary«, sagte Danielle. »Die wissen nicht, wessen Zimmer das hier ist, und die Polizei wird die Kerle hoffentlich schnell schnappen.«

Ein lautes Klopfen an der Tür ließ alle drei kräftig zusammenzucken.

»San Diego Police Department. Bitte öffnen Sie die Tür«, sagte eine gedämpfte Männerstimme.

Danielle wollte zur Tür und sie öffnen, aber Cary Hudson hielt sie am Arm fest.

»Warte. Was, wenn das die Mörder sind, die uns hereinlegen wollen. So eine Szene gab es in einem meiner Filme: ›Der Tod klopft immer zweimal an‹.«

»Ich erinnere mich sogar an dieses Machwerk«, lachte Bill auf seinem Sessel und stand auf. »Da warst du sogar mal richtig gut.« Er klopfte dem Schauspieler auf die Schulter, ging an ihm vorbei zur Tür und öffnete diese. Davor standen zwei Männer in den Uniformen der Polizei.

»Aus diesem Zimmer wurde ein Notruf getätigt. Sie haben einen Mord gemeldet«, sagte einer der Beamten.

»Das war ich«, rief Danielle und stellte sich neben Bill an die Tür.

»Gut. Dann erzählen Sie uns bitte, was passiert ist, Ma'am.«

Mit wenigen Worten erzählte Danielle, was passiert war, danach verließen sie das Zimmer von Cary Hudson und fuhren gemeinsam mit den Polizisten wieder zur Präsidentensuite hinauf. Die Tür stand sperrangelweit offen. Bill und Danielle mussten vor der Tür warten, während die beiden Polizisten die Suite betraten. Den toten Benjamin Bennett konnte Bill aber auch von seinem Standort aus sehen. Mit ausgebreiteten Armen und dem Gesicht nach unten lag der Kunsthändler auf dem Eichentisch der Suite. Die Glasscheibe in der Mitte des Tisches war zerbrochen und der Kopf von Bennett hing durch das Loch schlaff hinab. Nur wenige Blutspritzer waren auf dem hellen Teppich zu sehen, aber es gab keinen Zweifel daran, dass Bennett tot war. Bill spürte, wie sein Magen rumorte und sich sein Hals zusammenzog.

Es dauerte über eine Stunde, bevor Bill und Danielle das Omni wieder verlassen konnten. Die Polizei schickte schnell noch weitere Beamte zum Hotel, um den Tatort zu untersuchen und abzusichern. Währenddessen machten Bill und Danielle ihre Aussagen. Nachdem ihre Personalien aufgenommen und die Polizisten ihnen klargemacht hatten, dass sie die Stadt nicht verlassen durften, konnten sie gehen.

Vor dem Hotel zündete Bill sich als Erstes eine Red Apple an und nahm einen langen Zug von der Zigarette.

»Was machen wir jetzt?«, fragte Danielle. »Jetzt, wo Bennett tot ist, kommen wir nicht an unser Geld.«

»Machst du Witze? Es gibt bestimmt noch genügend andere Interessenten für das Heft.«

»Du willst es nicht ernsthaft selber verkaufen, oder?«

»Nein, auf keinen Fall. Wir müssen es schnell loswerden, ich habe keine Lust, so wie Bennett zu enden. Aber ich dachte da an zwei Leute, denen das Heft sicherlich auch einiges wert ist. Quezada, der Direktor der Comic Con, ist der Erste auf der Liste. Dem werden wir jetzt einen Besuch abstatten.«

Sie gingen über die Straße zum nahegelegenen Convention Center und folgten dem Hauptweg an der riesigen Halle entlang. Beim letzten Eingang gingen sie hinein, Bill hatte dank seinem VIP-Ticket keine Probleme, aber auch Danielle kam sehr schnell hinein.

»Wieso lassen die dich eigentlich immer hier herein? Ich habe nicht gesehen, dass du dem Kerl eine Karte vorgezeigt hast«, sagte Bill zu Danielle, während sie in Richtung der Büros der Messeleitung gingen.

»Die kennen mich gut. Ich arbeite schließlich schon seit Jahren hier auf der Messe.«

Durch das Gedränge der Besuchermassen gelangten sie schließlich zu dem Treppenaufgang zu den Büroräumen des Convention Centers. Er war immer noch durch eine Absperrkette gesichert, nur diesmal stand noch ein grimmig dreinblickender Kerl davor.

»Hey, kein Zutritt. Nur für Personal«, brummte der Wachmann sie mit finsterer Miene an.

»Wir wollen mit Mr. Quezada sprechen. Es ist dringend.«

»Haben Sie einen Termin?«

»Nein, aber-«

»Dann kann ich euch auch nicht hochlassen. Geht weiter.«

Bill seufzte, zog einen Hundert-Dollar-Schein aus der Hosentasche und hielt ihm dem Wächter entgegen. Der griff schnell zu, lächelte Bill freundlich an und machte ansonsten aber keine Anstalten, die Absperrung zu entfernen.

»Hey, können wir jetzt vielleicht hoch?«

Der Mann schüttelte den Kopf. »Nein. Ich habe doch schon gesagt, es darf niemand ohne Termin hoch.«

»Hör mal, Kumpel, ich habe dir gerade hundert Dollar gegeben.«

»Ja. Deswegen sage ich dir auch nett, dass du nicht hier hochkommst.« Der breitschultrige Kerl grinste Bill ins Gesicht. »Außerdem würde dir das sowieso nichts bringen. Mr. Quezada ist nicht da. Er ist vor einer halben Stunde in Begleitung weggegangen.«

Bill sah Danielle mit hochgezogener Augenbraue an.

»Nicht zufällig in Begleitung von zwei Männern in dunklen Anzügen?«

»Doch, genau das.« Der Wächter nickte ihnen zu.

»Okay, vielen Dank für die Auskunft.«

Bill drehte sich um und ging mit Danielle einige Meter weiter.

»Das waren bestimmt die gleichen Kerle, die auch Bennett auf dem Gewissen haben. Sie haben Quezadas Namen von Bennett bekommen. Das heißt, er hat ihnen bestimmt auch meinen Namen verraten.«

»Na toll. Und was machen wir jetzt?«, fragte Danielle. »Du hast gesagt, es gibt noch jemanden, der an dem Heft interessiert ist.«

»Ja. Aber das hätte ich gerne vermieden«, erwiderte Bill ernst. »Ich dachte da an Giuseppe, den Fisch.«

»Spinnst du? Du kannst doch keinem Mafiaboss sein Eigentum verkaufen.«

»Wer sagt denn was von verkaufen? Aber ein ordentlicher Finderlohn sollte schon drin sein, findest du nicht?« Bill lächelte Danielle an. »Komm, lass uns zurück ins Diner.«

KAPITEL 15
AUFGEFLOGEN

Mit hochrotem Kopf stand Pauley in seinem Büro und starrte ungläubig auf das Comicheft in seiner Hand. Er warf es auf den Fußboden, genau vor die Füße seines Sohnes. Junior stand hilflos vor ihm, seine Hände, die leicht zitterten, hatte er fest aneinandergepresst und hielt sie verkrampft vor seinen Bauch.

»Hast du auch nur den Hauch einer Ahnung, was jetzt passieren wird?«, fragte Pauley mit leiser Stimme. Dann ging er einen Schritt auf Junior zu und verpasste ihm eine heftige Ohrfeige. Sein Sohn taumelte einige Schritte zurück. Pauley bückte sich und hob das Heft wieder auf. Er sah noch einmal darauf und dann lachte er. Es war nicht komisch, aber angesichts seiner ausweglosen Situation konnte er nicht anders, als sich in den Fatalismus zu ergeben.

Vor einer Stunde war er mit Nicolo Maranzano von ihrem Besuch bei Giuseppe de Luca zurückgekehrt.

Während der Solver sich danach wieder in sein Hotel begeben hatte, ging Pauley in sein Büro und musste zur Beruhigung einen starken Whiskey trinken. Aber seine Hand zitterte so stark, dass er den Whiskey daneben schüttete, direkt auf das Comicheft, das auf seinem Schreibtisch lag. Was nicht weiter schlimm war, denn es war schließlich sicher in seiner Schutzhülle verpackt. Zu spät bemerkte Pauley, dass diese Hülle aber geöffnet war. Als er es schließlich bemerkte, war es schon zu spät und die Flüssigkeit war ins Innere gelangt. Hektisch zog Pauley das Heft aus der Hülle – und stutzte. Es fühlte sich anders an als am Vortag. Das Papier war irgendwie glatter und auch die Farben wirkten kräftiger. Ungläubig besah Pauley den Comic genauer. Das war nicht die Fälschung, die er bei Jimmy in Auftrag gegeben hatte, sondern ein ganz gewöhnlicher Nachdruck des Heftes aus den achtziger Jahren, wie ihm ein Blick auf die letzte Seite zeigte. Als er die Fassung wieder gewonnen hatte, rief er nach Junior, der ihm von dem Besuch am Vormittag erzählte und wie ein Stein gegen die Scheibe der Wäscherei geschmissen wurde.

»Erkennst du diesen Kerl wieder?«, fragte Pauley.

Junior nickte stumm.

»Dann geh! Und komm nicht mit leeren Händen zurück, sonst vergesse ich, dass du mein Sohn bist!«

Schnell eilte Junior aus seinem Büro, rief nach ein paar Männern und fuhr dann mit quietschenden Reifen vom Hof. Pauley ging zu seinem Schreibtisch, griff sich die Whiskeyflasche und nahm einen Schluck daraus.

. . .

Nach knapp einer Stunde kam Junior schon wieder zurück. Mit zufriedenem Gesicht kam er zu Pauley ins Büro.

»Wir haben ihn.«

»So schnell?«

»Ja. Pete hat sich an ihn erinnert, als ich ihm den Kerl beschrieben habe. Ihm gehört das Diner, in dem Danielle sich gestern versteckt hat. Aber dafür haben wir jetzt noch ein anderes Problem.«

»Und das wäre?«, fragte Pauley argwöhnisch. Er war aufs Schlimmste gefasst.

»Stubbs lebt.«

»Wie kann das sein? Er sollte doch Fischfutter sein.«

»Ja. Aber ich habe ihn vorhin auf der Straße gesehen, wie er gemeinsam mit Danielle in Richtung des Omni gegangen ist.«

Pauley griff sich die halbleere Whiskeyflasche und schleuderte sie gegen die Wand.

»Was zur Hölle stimmt mit dir nicht, Junior? Warum in alles in der Welt lebt dieser Mistkerl noch? Du hast ihn doch im Hafen versenkt, oder etwa nicht?«

»Doch, doch. Das habe ich. Aber jemand muss ihm geholfen haben ...«

»Und wer? Etwa der Kerl, den ihr hier angeschleppt habt? Wo ist er, ich will ihn sehen.«

Pauley folgte Junior raus auf dem Hof, wo hinter dem Hauptgebäude noch eine kleine Lagerhalle stand. In der Lagerhalle standen außer ein paar Regalen nicht viele Sachen. Jetzt stand ziemlich genau in der Mitte der kleinen Halle ein Stuhl, auf dem ein in sich zusammengesunkener Afroamerikaner mit stark verfilzten, grauen

Haaren saß. Das Kinn des Mannes war auf seine Brust gestützt. Als er Pauley hereinkommen sah, hob er den Kopf leicht an. Das Gesicht des Mannes war stark mitgenommen, das linke Auge war komplett dicht geschwollen. Reste von Blut klebten an seiner Nase und seinem Mund.

»Okay, wer bist du, Drecksack?«, fragte Pauley den Grauhaarigen. »Du hast mich bestohlen. Wo ist das Heft?«

Der Mann zeigte keine Reaktion. Mit festem Blick sah er Pauley in die Augen.

»Oh, ich verstehe. Wir haben hier jemanden von der widerspenstigen Sorte. Du glaubst vielleicht, dir wurde schon übel mitgespielt, aber wenn du mir nicht antwortest, dann werde ich dir zeigen, was wirkliche Schmerzen sind. Überleg es dir gut. Dieser Mistkerl Stubbs ist es doch nicht wert, dass du für ihn den Kopf hinhältst.«

Nun zeigte sich eine Reaktion im Gesicht des Mannes. Erstaunt blickte er zu Pauley hoch.

»Ja, wir wissen, dass er noch lebt. Hat Stubbs dir gesagt, dass du mir den Comic stehlen sollten? War es seine Idee?«

»Ja.« Der Mann senkte den Kopf wieder.

»Dann sag du mir, was er damit vor hat. Will er das Heft wieder zurück zu Bennett bringen?«

Der Alte nickte.

»Er ist zum Omni, vor einer halben Stunde.«

Pauley gab Junior ein Handzeichen, woraufhin dieser mit Pete sofort losstürmte.

»Gut, dann werden wir jetzt gemeinsam hier auf Mr. Stubbs warten.«

KAPITEL 16
ZWISCHEN DEN FRONTEN

Eine halbe Stunde später saß Bill an seinem Stammplatz in Earls Diner und hielt seinen Kopf in den Händen vergraben. Dann schob er die Hände nach oben und wollte sich am liebsten die Haare ausreißen. Danielle stand mit teilnahmslosem Blick am Tresen, vor dem ein ziemlich großer Blutfleck auf dem Boden tiefrot aufleuchtete.

»Was machen wir jetzt?«, fragte Danielle mit matter Stimme und kam zu ihm an den Tisch. Sie setzte sich ihm gegenüber. »Stubbs, ich habe dich was gefragt«, sagte sie nach einer Weile, als Bill immer noch keine Antwort gegeben hatte.

»Ich weiß es nicht.« Er ließ sich zurücksinken und sah Danielle in die Augen. »Ich weiß es nicht.«

»Wir müssen aber etwas tun. Die haben Earl!«

»Wer hat Earl? Das wissen wir doch gar nicht. Entweder ist er bei Pauley oder bei den Leuten vom Fisch.« Bill sah sich in dem verwüsteten Diner um. Zahllose zerbrochene Teller und Tassen lagen auf dem Fußboden herum, außerdem eines von Earls großen Fleischmessern. Sein Blick blieb bei dem großen Blutfleck hängen. »Das ist alles meine Schuld. Ich hätte Earl da nicht mit hineinziehen dürfen.«

»Hey, jetzt hör auf, dir Vorwürfe zu machen. Earl ist alt genug und er wusste, was er tat. Jetzt lass uns lieber überlegen, wie wir ihm helfen können.«

Bill blickte zu Danielle, die ihn mit entschlossenem Blick ansah. Gerade, als er etwas erwidern wollte, tönte das Klingeln des Telefons durch das ansonsten leere Diner. Nach dem dritten Läuten stand Bill auf, ging zum Tresen und nahm den Hörer ab.

»Mr. Stubbs. Sie sind wirklich widerspenstiger als eine Kakerlake, wissen Sie das? Ich hatte eigentlich angenommen, Sie würden auf dem Grund des Hafenbeckens als Fischfutter dienen.« Pauley Parisis Stimme klang eiskalt. »Aber keine Sorge, ich bin nicht nachtragend. Sie haben da etwas, was ich unbedingt wiederhaben möchte. Wie wäre es mit einem kleinen Austausch? Das Leben Ihres Freundes gegen das Heft.«

»Woher weiß ich, dass er noch lebt?« Bill spürte, wie sein Mund trocken wurde. Am anderen Ende der Leitung hörte er Pauley lachen. »Ich will mit ihm sprechen!« Danielle, die vom Tisch aufgestanden war und jetzt neben ihm stand, sah ihn beschwörend an.

»Reiz ihn bloß nicht«, flüsterte sie ihm zu.

»Was denn? Höre ich da etwa eine zarte Frauenstimme im Hintergrund?«, fragte Parisi hellhörig. »Grüßen Sie sie lieb von mir und richten ihr aus, dass ich mich bald um sie kümmern werde. Persönlich.«

»Einen Scheiß werden Sie tun«, gab Bill wütend zurück. »Sie werden ihr kein Haar krümmen oder wollen Sie, dass ich Ihr verdammtes Heft sofort verbrenne?«

Danielle schlug sich mit einer Hand an die Stirn und stellte pantomimisch eine Pose größtmöglicher Resignation dar. Mit ihrem Mund formte sie ein Wort, das Bill, auch ohne es zu hören, sehr gut von ihren Lippen ablesen konnte: »Idiot!«

»Wenn auch nur ein Funke das Heft berührt, dann werden Sie auch brennen, Stubbs. Und diesmal werde ich eigenhändig dafür Sorge tragen, dass Sie auch wirklich draufgehen.« Pauleys Stimme zitterte ein wenig. Ob vor Wut oder vor Angst, konnte Bill nicht genau sagen. Er entschied sich, zu pokern.

»Ach wirklich? Ich glaube nicht, dass Sie dann noch dazu in der Lage sein werden. Aber wenn Sie so ein unkooperativer Verhandlungspartner sind, sollte ich vielleicht eher mit Giuseppe de Luca über den Comic sprechen.« Bill hängte den Hörer auf die Gabel.

Danielle sah ihn fassungslos an.

»Was machst du denn? Bist du jetzt völlig übergeschnappt? Pauley wird durchdrehen und uns alle töten lassen!«

»Bleib ruhig. Ich weiß, was ich tue.«

Das hoffe ich jedenfalls. Earls Leben hängt davon ab.

»Du weißt, was du tust? Das wäre ja was ganz Neu-«

Das Klingeln des Telefons unterbrach die wütende Danielle. Mit einem breiten Grinsen nahm Bill den Hörer ab und hielt ihn sich ans Ohr.

»Stubbs. Ich höre.«

»Bill? Ich bin's, Earl. Bitte tu, was die sagen, oder ...«

Er konnte hören, wie Earl vom Hörer weggerissen wurde. Es rumpelte im Hintergrund laut.

»Also, Mr. Stubbs«, erklang wieder Parisis Stimme. »Wie Sie hören, geht es Ihrem Freund gut. Noch. Sie werden mir den Comic bringen. In einer Stunde in meiner Wäscherei. Und bringen Sie Danielle mit!«

Bill überlegte einen Moment, bevor er zu seiner Antwort ansetzte. Er holte tief Luft.

Jetzt zählt's.

»Vergessen Sie's, Pauley. Wir machen es nach meinen Regeln oder gar nicht. Wir werden den Comic an einem öffentlichen Ort übergeben. Morgen Mittag, High Noon. In Halle H der Comic Convention, bei der Filmwagen-Ausstellung. Sie bringen Earl mit und ich den Comic. Für den Fall, dass Sie irgendwie versuchen sollten, mich reinzulegen, wird Danielle sich zu dieser Zeit in der Nähe von Mr. de Luca aufhalten, zu meiner Absicherung. Nennen Sie mir eine Handynummer, unter der ich Sie erreichen kann.«

Lange anhaltendes Schweigen folgte. Bill blickte unsicher zu Danielle, die ihn mit ungläubigem Ausdruck in den Augen ansah.

»Einverstanden. Bis morgen Mittag, Mr. Stubbs.« Pauley nannte Bill noch die Nummer seines Handys und legte auf.

Bill atmete tief durch. »Uff. Er geht darauf ein.«

»Das war ziemlich riskant. Pauley hätte genauso gut ablehnen können und wäre dann hierhergekommen, um uns zu töten.«

»Es war die einzige Möglichkeit, die wir haben, um

heil aus dieser Geschichte herauszukommen«, sagte Bill. »Komm, wir gehen zu mir.«

»Wieso wir? Du glaubst doch nicht im Traum daran, dass ich mit in deine Wohnung komme!«

»Meinetwegen. Wenn du in deiner Wohnung lieber auf Pauley warten willst!« Bill sah Danielle ernst an.

»Gut. Ich brauche aber ein paar Sachen aus meiner Wohnung.«

»Vergiss es. Wir kaufen dir lieber schnell was Neues. Aber jetzt sollten wir zusehen, dass wir hier rauskommen.« Bill ging hinter den Tresen und zog die Schublade unter der Kasse auf, wo Earl seinen Ersatzschlüssel für das Diner aufbewahrte. Gerade, als Danielle und er das Diner verlassen wollten, klingelte das Telefon erneut.

»Hat Pauley noch etwas vergessen?« Bill ging zum Telefon und nahm den Hörer ab. »Ich höre.«

»Spreche ich da mit William Charles Stubbs?«, fragte eine ihm unbekannte, ältere Männerstimme. Er blickte verwundert zu Danielle.

»Ja, das tun Sie. Mit wem habe ich das Vergnügen?«

»Mein Name ist Giuseppe de Luca. Vielleicht haben Sie schon von mir gehört.« Der alte Mann am anderen Ende der Leitung hustete kurz. »Entschuldigen Sie, dass ich Sie belästigen muss, aber ich glaube, Sie haben da etwas, das mir gehört.«

»Ich habe keine Ahnung, wovon Sie sprechen, Mr. de Luca«, erwiderte Bill ruhig. Danielle ließ sich mit blassem Gesicht neben ihm auf einen der Barhocker nieder.

»Bitte, Mr. Stubbs, lassen wir doch diese Spielchen. Mr.

Bennett hat meinen Leuten gesagt, dass er Sie engagiert hat, um das Heft wiederzufinden. Und Sie waren doch heute im Hotel, um ihm das Heft wiederzubringen, ist es nicht so?«

»Wäre möglich. Aber dann haben Ihre Leute versucht, mich umzubringen, und darauf reagiere ich zurzeit absolut allergisch. Aber das Heft ist nicht in meinem Besitz. Ein alter Freund von Ihnen hat es.«

Ein heiseres Lachen erklang, gefolgt von einem leichten Hustenanfall.

»Sie meinen Pauley Parisi, nehme ich an. Nun, zu Ihrer Information, Mr. Stubbs. Ich weiß aus sicherer Quelle, dass er das Heft nicht hat, wie Mr. Quezada mir bestätigt hat. Vergessen wir doch den unerfreulichen Zwischenfall im Hotel, Mr. Stubbs. Geben Sie mir mein Eigentum zurück. Ich bin auch bereit, Ihnen eine kleine Entschädigung zu zahlen. Sagen wir achtzehntausend Dollar?« Erneut lachte der Mafiapate.

Es durchzuckte Bill. *Achtzehntausend Dollar? Das ist genau die Summe, die ich noch zu Hause deponiert habe, aus Bennetts Anzahlung.*

»Woher haben Sie diese Nummer, Mr. de Luca?« Er sah zu Danielle und gab ihr ein Handzeichen, dass sie das Licht löschen und die Tür des Diners abschließen sollte. Hastig beeilte sich die Blondine, alle Lampen auszuschalten und verriegelte dann die Eingangstür.

»Spielt das denn noch eine Rolle, Mr. Stubbs?« Die Stimme von de Luca bekam einen eiskalten Beiklang. »Was sagen Sie zu meinem Angebot?«

Bill sah auf der Straße eine schwarze Limousine vor dem Diner anhalten. Er winkte Danielle zu sich heran.

»Was ich sage? Passen Sie auf, dass Sie nicht an einer

Gräte ersticken!« Bill knallte den Hörer auf, schnappte sich das Comicheft und wandte sich an Danielle. »Zum Hinterausgang, schnell!«

Sie rannten los. Im selben Moment zersplitterte die Glasscheibe des großen Dinerfensters. Gerade als Bill die Tür des Hintereingangs öffnete, hörte er den dumpfen Aufprall eines harten Gegenstandes auf dem Fliesenboden. Er packte Danielle und stieß sie nach draußen und sprang hinterher. Dann folgte die Explosion. Eine heiße Stichflamme schoss aus der offenen Tür hinter ihnen heraus. Danielle half Bill wieder auf die Beine. Schnell rannten sie über den Hof in die Seitengasse und kamen auf der Hauptstraße des Gaslamp Quarters wieder heraus. Ein Blick nach links offenbarte Bill das ganze Ausmaß der Zerstörung. Das Diner war am Brennen. Im Schein des Feuers konnte Bill eine Person aus dem Diner kommen sehen, die schnell in die schwarze Limousine sprang, die daraufhin mit quietschenden Reifen davonraste. Im Diner gab es noch eine zweite Explosion. Wahrscheinlich hatte das Feuer jetzt Earls Gasherd erreicht. Aus der Ferne konnte Bill bereits die Sirenen der Feuerwehr hören, während einige der direkt neben dem Diner ansässigen Ladenbesitzer versuchten, das Feuer selbst zu löschen. Einige riefen Earls Namen.

»Was machen wir jetzt?«, fragte Danielle. »Ich glaube nicht, dass ich bei dir übernachten möchte.«

»Kann ich gut verstehen«, brummte Bill. »De Luca war auch schon bei mir zu Hause. Aber ich habe eine gute Idee, wo wir uns bis morgen verstecken können.« Er zwinkerte Danielle zu.

. . .

Eine Stunde später stand Danielle mit mehreren Einkaufstaschen vor der Zimmertür der Hotelsuite und klopfte an. Sie richtete noch schnell ihre Haare und setzte ein verführerisches Lächeln auf. Die Tür wurde geöffnet. Cary Hudson stand mit erstauntem Gesicht vor ihr.

»Guten Abend, Mr. Hudson«, säuselte Danielle. »Haben Sie was dagegen, wenn ich Ihnen ein wenig Gesellschaft leiste?«

Ein vorfreudiges Grinsen zeigte sich im Gesicht des Schauspielers.

»Aber gerne doch. Kommen Sie herein, meine Liebe.« Er zog die Tür weit auf. »Kann ich Ihnen etwas abnehmen?«

»Oh, danke, zu freundlich. Sie sind sehr aufmerksam.«

»Man tut, was man kann«, antwortete Hudson und nahm Danielle ihre Einkaufstaschen ab. »Waren Sie vorher noch shoppen?«

»Ja. Man kann ja immer einiges gebrauchen«, sagte Danielle, bückte sich zu einer der Taschen und zog einen knallroten Spitzenslip heraus.

»Oh ja. Eine gute Wahl. Der sieht bestimmt bezaubernd an Ihnen aus.«

»Wollen wir nicht lieber zum Du übergehen, Cary?«, hauchte Danielle heiser. »Ich bin Danielle.« Sie reichte dem Schauspieler die rechte Hand.

»Nichts lieber als das, Danielle.« Er ergriff ihre Hand und hauchte sanft einen Handkuss darauf. »Wollen wir uns nicht setzen?« Er zeigte in Richtung der Couch, die in seiner Suite stand.

»Gerne doch. Nur einen Moment, bitte. Ich glaube, ich habe noch etwas auf dem Flur vergessen.« Danielle ging zur Tür.

»Was denn, noch eine Tasche?«

Danielle öffnete die Tür, vor der Bill Stubbs stand und freundlich winkte. »N'abend, Cary!«

»Oh, keine Tasche, sondern eine Flasche«, kommentierte dieser zynisch.

»Ich freue mich auch, dich wiederzusehen, Kumpel.« Bill schob sich an dem Schauspieler vorbei in das Zimmer.

»Ist das jetzt dein Ernst?«, fragte Cary an Danielle gerichtet. »Ich glaube, unter diesen Umständen ist es besser, du gehst wieder. Und nimm den Kerl mit!«

»Es tut mir leid, Cary. Aber wir brauchen einen sicheren Unterschlupf für heute Nacht und wir wussten nicht, an wen wir uns sonst wenden sollten.«

»Warte mal – hat das etwas mit dieser Sache von heute Vormittag zu tun? Wollt ihr mich jetzt endgültig zur Zielscheibe machen? Raus!« Cary Hudson stapfte in Richtung der Tür, wurde aber von Bill am Arm festgehalten.

»Ganz ruhig, keiner macht dich hier zur Zielscheibe. Aber du willst doch diese arme Frau nicht wieder vor die Tür setzen, oder?«

»Finger weg«, zischte Cary und riss seinen Arm von Bill los. Mit grimmiger Miene sah er zu Danielle hinüber. »Na gut, ihr könnt hierbleiben, aber sobald der Kerl mir noch einmal dumm kommt, schmeiße ich euch raus.« Der Schauspieler zeigte drohend auf Bill, der unschuldig die Hände hob.

»Super, ich wusste doch, du bist eigentlich ein feiner Kerl«, sagte Bill und ging zum Sofa hinüber. »Was hältst du davon, wenn wir auf unsere neue Freundschaft anstoßen? Du hast doch bestimmt eine gut gefüllte Zimmerbar hier.«

KAPITEL 17
VORBEREITUNG

Als Junior wieder zurückkam, brachte er jemanden mit, den Pauley lieber nicht gesehen hätte. Genau das schien Nicolo Maranzano ihm auch anzusehen.

»Kein Grund, so aus der Wäsche zu schauen, Pauley. Ich habe deinen Sohn und seinen Kompagnon getroffen, als sie durch mein Hotel geschlichen sind. Zuerst dachte ich, du hast sie meinetwegen dorthin geschickt. Aber auf eine höfliche Nachfrage meinerseits habe ich erfahren, weswegen sie wirklich da waren.«

Pauley konnte jetzt auch Pete sehen, der als Letzter in den Raum gekommen war. Sein rechtes Auge leuchtete dunkelblau und seine Nase schien gebrochen zu sein.

Der Solver setzte sich auf den Stuhl vor Pauleys Schreibtisch und legte seine Hände wie zum Gebet zusammen. Dann faltete er alle Finger ineinander, bis auf die Zeigefinger, die wie der Lauf einer Waffe zur

Decke zeigten. Maranzano legte sich die Zeigefinger an das Kinn und sah Pauley eingehend an.

»Was soll ich jetzt mit dir machen, alter Mann?«, fragte er, nachdem er eine Weile so dagesessen hatte. »Die Dinge sind dir total entglitten und ich glaube nicht, nein, ich weiß, dass du es nicht wieder geregelt bekommen wirst.« Mit einem eiskalten Blick betrachtete der Solver ihn und Pauley spürte, wie sein Magen verkrampfte. »Wenn Don Matteo davon hört, dass Stubbs immer noch lebt und dir den Comic abgenommen hat, wird er nicht sehr erfreut darüber sein.«

»Nicolo, hör mir zu …«, setzte Pauley zu einer Erklärung an, wurde aber durch ein Handzeichen des Solvers gestoppt.

»Schluss damit. Nur damit du informiert bist: Der Fisch hat vorhin seine Männer ins Hotel geschickt, sie haben Bennett getötet. Ich werde mich ab jetzt um alles persönlich kümmern. Du hast ausgedient.« Maranzano stand auf, ließ seinen linken Arm nach vorne schnellen, wodurch ihm wieder sein Messer aus dem Jackettärmel in die Hand flog. Mit einer blitzschnellen Drehung um die eigene Achse überraschte er Pete, der direkt hinter ihm stand, und stieß diesem die Klinge in den Hals. Nach einer kleinen Drehung des Handgelenks zog der Solver das Messer wieder heraus und sah gelassen zu, wie Pete vor ihm auf die Knie sank, seinen Hals mit beiden Händen umklammernd, während sein Blut ihm durch die Finger rann.

»Wer wird der Nächste sein, Pauley? Dein Sohn oder du? Entscheide dich.«

Pauley riss seine abgesägte Schrotflinte unter dem

Schreibtisch hervor und richtete die Waffe auf den Rücken des Solvers.

»Hände weg von meinem Sohn, du irres Arschloch! Nur eine falsche Bewegung und ich puste dir den Schädel weg und verteile dein Gehirn an der Wand.« Zur Verstärkung seiner Drohung lud Pauley die Waffe einmal durch und erstarrte. Mit einem Grinsen drehte sich Maranzano zu ihm um. Pauley drückte ab. Es klickte. Er ließ die Waffe sinken.

»Pauley, Pauley. Das nächste Mal solltest du dich vergewissern, ob dein kleines Spielzeug auch geladen ist.« Der Solver griff mit der rechten Hand in seine Jacketttasche und holte die Munition seiner Schrotflinte heraus. »Die habe ich vorhin noch kurz entfernt, als ich gegangen bin.« Er warf die Patronen auf den Fußboden und ging dann gemächlich auf Pauley zu.

»Stopp«, rief Junior verzweifelt. »Wir haben noch eine Möglichkeit, alles wieder in Ordnung zu bringen.«

Nicolo Maranzano hielt in seiner Bewegung inne und fixierte Pauley ganz genau.

»Ach wirklich? Und wie soll das gehen?«

»Wir haben einen von Stubbs' Helfern geschnappt. Er sitzt hinten in der Halle.«

»Ist das so, Pauley?«

»Ja. Ich habe bereits einen Austausch mit Stubbs vereinbart. Morgen Mittag im Convention Center. Der Comic gegen seinen Freund.«

Der Solver lachte lauthals. »Pauley, armer, alter Pauley. Warum hast du mir das denn nicht gleich gesagt. Dann hätte ich den Kerl hier doch gar nicht töten müssen.« Er steckte sein Messer weg. »Unter diesen

Umständen will ich noch einmal vergessen, was gerade passiert ist. Wir haben wohl beide etwas überreagiert, nicht wahr? Jetzt bringt mich bitte zu diesem Gefangenen.«

Pauley legte seine Schrotflinte auf den Schreibtisch.

»Junior, du räumst hier auf.«

~

Earl versuchte verzweifelt, seine Fesseln irgendwie zu lockern, aber es gelang ihm nicht. Die Stricke waren stramm um seine Handgelenke gewickelt und gaben keinen Millimeter nach. Er hatte das Telefongespräch von Parisi und Bill noch gut in Erinnerung. Bill hatte einen Austausch vorgeschlagen, morgen auf der Comic Con. Eigentlich ein guter Gedanke, aber Earl glaubte nicht, dass Parisi sich an irgendwelche Abmachungen halten würden, sobald er hatte, was er wollte. Egal wo sie dann gerade waren. Earl mobilisierte noch einmal all seine Kraft, aber immer noch konnte er keine Hand freibekommen. Dann hörte er Stimmen und Schritte vor der Tür, die langsam näher kamen. Er setzte sich entspannt hin, als die Tür geöffnet wurde. Mit einem Klacken wurde die Neonröhre, die direkt über seinem Kopf hing, angeschaltet. Nach mehrmaligem Aufflackern erstrahlte die Leuchte schließlich in einem durchgehend kalten Licht.

»Das ist er?«, hörte Earl eine Männerstimme fragen. Earl kniff die Augen zusammen, konnte aber niemanden im Halbdunkel vor sich erkennen.

»Ja. Ihm gehört ein Diner im Gaslamp Quarter«, antwortete Parisi dem anderen Mann.

Der Unbekannte kam langsam ins Licht. Er trug einen eleganten Anzug mit einem dunklen Hemd und einer blutroten Krawatte. Mit einem höhnischen Gesichtsausdruck betrachtete er Earl einen Moment lang und drehte sich dann wieder zu Parisi um.

»Und der hat euch das Heft abgenommen?« Der Mann schüttelte lachend den Kopf. »Gut, dann wollen wir mal genauer mit ihm reden.«

Earl musterte den Mann misstrauisch, als dieser nur einen Schritt von ihm entfernt stehen blieb.

»Sie haben ein ausdruckstarkes Gesicht.«

»Wollen Sie mir jetzt etwa einen Antrag machen?«, gab Earl giftig zurück.

»Nein, ganz sicher nicht. Ich wollte damit nur zum Ausdruck bringen, dass wir nicht sehr viel mehr von Ihnen brauchen werden, als Ihren Kopf, wenn es morgen zum Austausch geht«, antwortete der Mann mit eiskalter Stimme. Dann blitzte plötzlich ein Messer in dessen linker Hand auf. Mit der rechten Hand packte er Earl an den Haaren und drückte seinen Kopf runter. »Nicht wehren, dann tut es auch nicht weh«, flüsterte der Mann. Earl schrie auf, als er die Klinge an seinem Hals spürte.

KAPITEL 18
COSPLAY

SAMSTAG, 22. JULI 2017

Sein Rücken schmerzte und er fühlte sich wie gerädert, als er am nächsten Morgen aufwachte. Beim Versuch, sich zu strecken, rutschte er vom Sofa herunter und landete unsanft auf dem Fußboden. Er brauchte einen Moment, um sich zu orientieren und festzustellen, dass er sich in der Hotelsuite von Cary Hudson aufhielt.

»Kannst du nicht leise aufstehen?«, maulte Danielle verschlafen. Die Blondine hatte es sich auf der anderen Couch im Zimmer bequem gemacht, obwohl Cary Hudson ihr eine Hälfte des Kingsize-Bettes seiner Suite angeboten hatte, was Danielle freundlich, aber bestimmt abgelehnt hatte.

»Beschwer dich bei der Couch, die hat mich abgeworfen«, brummte Bill schlaftrunken und kam langsam wieder auf die Beine. Er gähnte laut und schlurfte dann in Richtung des Badezimmers.

»Hast du dir schon einen Plan für heute überlegt?«,

fragte Danielle ihn, als er wieder zurückkam. »Oder willst du einfach so mit dem Comic dort hingehen und Pauley vertrauen?«

»Ich glaube, das wird einer der sichersten Orte für uns sein. Es sind zigtausende Menschen auf der Convention unterwegs, selbst Pauley kann nicht so dämlich sein, es dort darauf ankommen zu lassen und etwas Dummes zu tun.«

»Trotzdem«, sagte Danielle entschieden, »bin ich der Meinung, wir sollten uns noch zusätzlich absichern. Nur für den Fall, dass du dich irrst. Das wäre schließlich nichts Neues.«

Bill bückte sich und nahm sich ein frisches Hemd aus einer der Einkaufstaschen heraus.

»Wieso habe ich nur den Verdacht, dass du dir schon einen Plan ausgedacht hast?«

Danielle zwinkerte ihm zu.

»Ich kenne Pauley schon weitaus länger als du. Ich weiß, dass man immer einen Plan B haben muss.« Sie sprang von der Couch auf. Bills Blick blieb an ihren Beinen haften. Das T-Shirt, das sie beim Schlafen getragen hatte, reichte ihr gerade einmal bis knapp über den Hintern. »Also, wir müssen uns beeilen.« Sie schnappte sich eine der Einkaufstaschen und verschwand im Bad.

Bill knöpfte sich sein neues Hemd zu, als die Tür zum Schlafzimmer aufging und Cary Hudson im Türrahmen stand. Der Schauspieler trug heute einen perfekt sitzenden Anzug.

»Ich hatte gehofft, Sie wären schon fort, wenn ich aufstehe. Aber immerhin haben Sie nicht versucht, meine Zimmerbar zu leeren.«

»Gern geschehen«, antwortete Bill. »Nochmals vielen Dank, dass wir hier übernachten durften. Du bist doch kein übler Typ, für so einen Hollywoodproll.«

»Das aus Ihrem Mund zu hören, bedeutet mir ... gar nichts«, sagte Hudson augenrollend und ging zum Fenster der Suite. Er legte den Griff zur Seite um und kippte es auf. »Und ich wäre Ihnen sehr dankbar, wenn das unter uns bleibt.«

»Aber sicher doch.«

Die Badezimmertür öffnete sich und Danielle kam heraus. Sie hatte sich eine Jeans und ein schwarzes T-Shirt mit „Star Wars"-Aufdruck angezogen.

»Cary, wie schön, dass Sie schon wach sind. Vielen lieben Dank für Ihre Großzügigkeit. Sie haben uns wirklich das Leben gerettet.« Danielle ging auf den Schauspieler zu und umarmte ihn fest. Missmutig verfolgte Bill, wie die Hände von Cary Hudson langsam an Danielles Rücken hinunterwanderten und schließlich auf ihrem Hintern landeten.

»Habe ich doch gerne gemacht. Beim nächsten Mal schaffen wir es vielleicht auch ohne Gesellschaft«, sagte der Schauspieler und neigte den Kopf leicht in Bills Richtung.

»Ja, vielleicht. Wer weiß?« Danielle kicherte und gab Hudson einen Kuss auf die Wange. »Wir müssen jetzt los. Vielen Dank noch mal.« Sie schnappte sich die Einkaufstaschen und ging zur Tür. »Kommst du, Stubbs?«

Bill griff sich seine Sachen und ging an Hudson vorbei.

»Von mir gibt's aber keinen Schmatzer«, sagte er grinsend und legte Zeige- und Mittelfinger an die Stirn und grüßte. »Bis bald, Cary.«

»Hat keine Eile«, erwiderte der Schauspieler mit seinem Zahnpastawerbespotgrinsen.

Als Bill mit Danielle in den Aufzug stieg und nach unten fuhr, stieß ihn die Blondine mit dem Ellenbogen in die Seite.

»Hey, jetzt mach nicht so ein griesgrämiges Gesicht. Das war doch absolut reizend von Cary, dass wir bei ihm übernachten durften.«

»Sicher. Das war es. Aber musstest du ihm deshalb gleich so um den Hals fallen?«

»Hey, ich habe mich nur bedankt.«

»Oh ja, das habe ich gesehen. Das hat ihm auch sichtlich gefallen.«

»Sag mal, seit wann muss ich mich eigentlich vor dir rechtfertigen, wenn ich jemanden umarme?«

»Gar nicht. Mach doch, was du willst.«

»Genau das werde ich auch tun, du grober ...« Danielle stockte, als der Aufzug im vierten Stock stoppte und ein Mann zustieg. Er wirkte wie ein Buchhalter mit einem grauen Anzug und einem schwarzen Hemd. Nur die knallrote Krawatte fiel etwas aus dem Rahmen. Der Mann stellte sich neben Danielle und drückte auf die Taste für das Erdgeschoss. Aus dem Augenwinkel warf der Mann einen argwöhnischen Blick in Bills Richtung.

»Alles klar?«, fragte Bill leicht genervt, als er den Blick bemerkte.

»Gewiss, mein Freund. Gewiss.«

Bill wollte gerade etwas erwidern, als der Aufzug im

Erdgeschoss ankam und der Mann als Erster ausstieg und davonging.

»Blöder Lackaffe«, sagte Bill leise vor sich hin.

»Musst du denn mit jedem, den du triffst, Streit anfangen?«

»Du hättest sehen sollen, wie dieser Kerl mich angesehen hat.«

Danielle rollte genervt mit den Augen. »Du bist ein hoffnungsloser Fall, Stubbs. Komm jetzt, wir haben nur noch drei Stunden bis zum Treffen mit Pauley.«

Zwanzig Minuten später betraten sie einen Comicladen im Stadtteil Golden Hill. Bill blickte skeptisch auf das Schild über der Tür. Es war das Geschäft von Dan Doyle, dem Comichändler, mit dem er und Danielle auf der Convention aneinandergeraten waren.

»Verrätst du mir, was wir hier machen?«, fragte Bill leise. »Ich dachte, Doyle ist nicht mehr gut auf dich zu sprechen.«

»Er ist jetzt doch sowieso auf der Convention, hier sind nur ein paar seiner Mitarbeiter. Und was wir hier machen, kann ich dir sagen: Hier bekommen wir die Sachen, die ich für meinen Plan brauche.«

»Comics?«, fragte Bill sarkastisch.

»Auch. Aber viel wichtiger ist dieser Teil hier.« Danielle ging durch einen breiten Gang in den hinteren Teil des Ladens, wo sie zwei Stufen hinunterging und dann inmitten eines großen Kostümfundus stand.

»Ist das dein Ernst?«

»Absolut. Du hast doch die letzten Tage selbst gesehen, wie viele Cosplayer auf der Convention unterwegs sind.«

»Wer?«

»Cosplayer. Das ist die Abkürzung für Costume Play, also verkleidete Menschen, vereinfacht gesagt. Es laufen Tausende von ihnen über die Convention. Wenn wir uns auch dementsprechend Kostüme anziehen, haben wir schon mal einen kleinen Vorteil Pauley gegenüber. Er wird uns nicht sofort erkennen können. Wir ihn dagegen schon, das heißt, wir sehen auch, falls er vorhat, uns reinzulegen.«

»Ich werde auf gar keinen Fall so was anziehen.« Bill zog einen Spandex-Superman-Anzug von einem der Kleiderständer rechts von ihm und hielt ihn in die Höhe.

»Du musst. Vielleicht nicht gerade dieses Kostüm, aber vertrau mir, Stubbs, unsere Chancen sind in Verkleidung besser als ohne. Normalerweise fertige ich mir meine Kostüme selbst an, aber dafür haben wir jetzt keine Zeit mehr, da müssen es die billigen aus Dans Bestand auch tun. Und wir sollten uns etwas heraussuchen, was weit verbreitet ist. Je mehr Leute dasselbe Kostüm wie wir tragen, umso besser.« Danielle schritt an den Kleiderständern entlang und blieb lächelnd vor einem Kostüm stehen. »Bei den Frauen ist es dieses Jahr auf jeden Fall das hier.« Sie nahm einen Kleiderbügel heraus, an dem nur ein ziemlich knapp aussehendes rotgoldenes Bustier und ein kurzer Lederrock hingen. Dazu waren noch ein paar Stiefel mit einem hohen Schaft in gleicher Farbgebung wie das Oberteil an dem Kleiderbügel angehängt. »Wonder Woman. Das passt doch auch zu mir, oder nicht?«

»Bei dir wundere ich mich über gar nichts mehr«, gab Bill feixend zurück. »Aber ich werde nicht so ein lächerliches Kostüm anziehen.«

»Und ob du das wirst«, fauchte Danielle ihn an. »Ansonsten könntest du dir genauso gut eine Zielscheibe auf den Rücken malen und damit durch die Halle laufen. Pauley wird es nicht bei dem Austausch belassen. Er wird versuchen, uns zu erwischen. Deswegen werden wir uns doppelt absichern.« Sie zwinkerte ihm zu und reichte ihm dann ihr Kostüm. »Halt das kurz. Ich organisiere uns noch etwas. Such dir in der Zwischenzeit endlich ein Kostüm aus.«

Bill sah Danielle einen Moment nach, hängte dann das Kostüm, das sie ihm gegeben hatte, an einen der Kleiderständer zurück und ging dann suchend zwischen den Kostümen entlang.

Eigentlich hat sie ja recht. Eine Verkleidung würde uns wirklich einen Vorteil verschaffen.

Er zog einige Kostüme hervor, sah sie sich an, hing sie jedoch immer kopfschüttelnd zurück.

Wenn die nur nicht alle so lächerlich aussehen würden!

Dann fiel sein Blick auf ein Kostüm, das er hier nicht erwartet hatte. Mit einem Lächeln zog er es heraus, sah es kurz prüfend an und ging dann in eine der Umkleidekabinen hinter ihm.

Als Danielle wieder zurück in die Kostümabteilung von *Dan Doyles Comic Dungeon* kam, fehlte von Bill Stubbs jede Spur. Sie entdeckte ihr Wonder-Woman-Kostüm auf einem der Kleiderständer hängend.

»Stubbs? Wo bist du?«

Hinter sich hörte Danielle die Schwingtür einer Umkleidekabine aufgehen.

»Hier.«

Sie drehte sich um. Vor einer der Umkleidekabinen stand ein breiter Mann mit einem braunen Cowboyhut auf seinem gesenkten Kopf. Er trug einen dunkelbraunen Poncho mit einem typischen Indianermuster darauf. Weiße Fransen hingen an den seitlichen Öffnungen herab. Der Mann hob den Kopf und sah Danielle mit zusammengekniffenen Augen an.

»Gefällt's dir?«, fragte Bill lässig mit einer Zigarette im Mundwinkel hängend. Dann schlug er den Poncho über die linke Schulter zurück. Darunter trug er eine hellbraune Lederweste über einem hellblauen Hemd mit feinen weißen Streifen. Dazu noch ein brauner Pistolengurt um die Hüfte geschnallt, den er augenscheinlich gerade noch so zubekommen und auf dem letzten Loch im Gurt eingehakt hatte.

Danielle stand einen Augenblick sprachlos da, dann begann sie zu lachen.

»Stubbs, du siehst einfach großartig aus!« Sie wischte sich eine Träne aus dem Augenwinkel. »Obwohl du mit Sicherheit eine ziemlich klägliche Clint-Eastwood-Kopie bist. Aber für heute wird's reichen. Es ist zwar mit Sicherheit kein weit verbreitetes Kostüm, aber immerhin ist es ein Kostüm.«

Bill nickte ihr zu und nahm die Zigarette aus dem Mund. Er setzte den Cowboyhut ab und klemmte sich die Red Apple hinter das rechte Ohr.

»Okay, dann hätten wir die Kostümfrage erledigt. Was hast du mit doppelt absichern gemeint?«

»Damit meine ich, wir sollten kein Risiko mit Pauley eingehen. Die Verkleidung ist schon mal ganz gut, aber noch sicherer ist es für uns, wenn wir nicht sofort unseren einzigen Trumpf aus der Hand geben.« Danielle hielt eine bunte Plastiktüte hoch. »Deswegen habe ich vorne im Comicbereich noch etwas für uns gekauft.» Sie holte ein Comicheft aus der Tüte hervor und zeigte es Bill.

»Was denn? Noch ein Action-Comics-Heft?«

»Ja. Ein weiterer Nachdruck aus den achtziger Jahren. Pauley wird nicht damit rechnen, dass wir ihm noch eine Kopie unterjubeln könnten. Wenn Earl in Sicherheit ist, können wir ihm immer noch das richtige Heft geben.«

»Wenn wir das wollen«, brummte Bill und starrte auf den Nachdruck. Danielle ahnte, woran er gerade dachte.

»Vergiss es lieber schnell wieder. Wir werden auf gar keinen Fall auch noch mit de Luca ein Geschäft machen.«

»Daran habe ich nicht gedacht, keine Sorge. Auf Dauer sind diese Geschäfte mit der Mafia nicht zuträglich für die Gesundheit.«

Danielle nickte Bill zustimmend zu. Dann nahm sie sich ihr Wonder-Woman-Kostüm und ging in die Umkleidekabine neben der von Bill.

Als sie eine halbe Stunde vor Mittag beim Convention Center ankamen, sah Bill sich suchend um. Nirgends konnte er ein Zeichen von Pauley oder dessen Männern entdecken. Er drehte sich um zu Danielle. Die Blondine war nicht wiederzuerkennen. Sie trug eine Perücke mit schwarzem Haar zu ihrem Wonder-Woman-Kostüm, lang genug, um ihre blonden Haare vollständig darunter verschwinden zu lassen. Außerdem hatte sie sich noch einen runden Schild besorgt, sowie ein Schwert aus Kunststoff, das sie auf dem Rücken trug. Sie wirkte martialisch in ihrer Verkleidung, wie eine richtige Amazone eben. Bill nahm den Cowboyhut ab und wischte sich mit dem Handrücken den Schweiß von der Stirn. Sein Kostüm war nicht gerade die ideale Kleidung an diesem heißen Julitag. Er schwang sich den Poncho nach links über die Schulter und zog sich sein Päckchen Zigaretten aus der Tasche in der Weste heraus.

»Wir sind gleich bei Halle H, wie ist der Plan?«, fragte Danielle, als er sich gerade eine Zigarette anzündete.

»Wenn wir in der Halle sind, teilen wir uns auf. Du wartest am äußeren Rand der Filmwagen-Ausstellung, während ich mich zwischen den Wagen bewege. Sobald dir etwas merkwürdig vorkommt, rufst du mich an.« Er reichte Danielle eines der beiden Prepaid-Handys, die sie sich auf dem Weg zum Convention Center noch gekauft hatten. »Ich habe mein Telefon auf Vibrationsalarm gestellt.«

»Oh, wenn ich mich bei dir melde, vibriert also deine Hose. Gut zu wissen«, sagte Danielle lachend, verstummte aber schnell, als Bill sie ernst ansah. Sie nahm ihr Handy in die Hand und steckte es sich dann in den Ausschnitt ihres Dekolletés. »Was denn? Woanders habe ich keinen Platz dafür«, sagte sie, als sie Bills skeptischen Blick bemerkte.

»Schon gut. Wird schon schiefgehen.«

»Ich hoffe nicht. Ich bin zu jung zum Sterben. Und zu hübsch.«

»Meinst du, ich nicht?«, brummte Bill. Sie standen jetzt direkt vor dem Eingang in Halle H des Convention Centers. Wie die Tage zuvor war es auch heute mit Besuchern überlaufen. Aber heute war noch irgendetwas anders. Alle drängten auf den Eingang der Halle zu. Ein großes Transparent, das direkt neben dem Eingang hing, fiel Bill sofort ins Auge. Er war sich sicher, dass es gestern noch nicht da hing. »Oh, verdammt. Ich hätte doch noch besser einen Whiskey getrunken.« Er nahm einen letzten Zug von seiner Zigarette und ließ sie auf den Boden fallen.

»Was ist denn los?«

»Unser Freund Cary ist heute auch hier.« Bill zeigte auf das Transparent. Es zeigte das Kinoplakat von Cary Hudsons neustem Machwerk.

Galaxy Patrol.

Die filmische Neuauflage einer alten Fernsehserie aus den siebziger Jahren.

»Wie es aussieht, hält er sein Panel, also die Vorstellung des Films, heute Nachmittag hier ab. Das wird noch mal für mehr Andrang sorgen. Das ist doch gut für uns«, sagte Danielle mit einem Lächeln.

»War mir klar, dass du das sagst. Dann lass uns rein und hoffen, dass alles glatt läuft.«

KAPITEL 19
SHOWTIME

Wie Bill befürchtet hatte, war in der Halle H die Hölle los. Sämtliche Irren des Planeten hatten sich hier versammelt, um ihrem ungekrönten König zu huldigen: Cary Hudson. Beinahe im Sekundentakt kippten junge Mädchen in Ohnmacht. Und bisher war noch nichts von dem Hollywoodstar zu sehen. Aber die Endschlacht um die besten Plätze war in vollem Gange. Bill versuchte, sich - soweit es möglich war - aus diesem Spektakel herauszuhalten. Er drehte suchend den Kopf, aber von Danielle war nichts zu sehen. Dafür erspähte er mindestens zehn verschiedene Varianten von Wonder Woman, die alle durch die Halle streiften. Danielle hatte also definitiv die richtige Kostümwahl getroffen, um nicht weiter aufzufallen. In einem Cowboykostüm konnte Bill hingegen niemand sehen. Dann wurde er unsanft in die Seite gestoßen. Ein Kerl in einer Lederjacke und einem abgewetzten Hut, wahrscheinlich ein Fedora, sah ihn grimmig an. Bill erwiderte den zornigen Blick, sagte aber nichts und ging einfach weiter. Am anderen Ende der Halle, gegenüber der Ausstellung der Filmfahrzeuge, konnte Bill auf dem Stand eines Filmstudios ein kleines Podium sehen, auf dem ein langer Tisch stand und hinter dem eine große Leinwand angebracht war. Dorthin drängten die Massen, denn in weniger als einer Stunde würden Cary Hudson und die unbedeutenden Co-Stars seines neuen Films dort platz nehmen und kräftig die Werbetrommel rühren. Im anderen Teil der Halle war es dagegen vergleichsweise leer. Nur vereinzelt streiften einige Besucher zwischen den berühmten Filmautos entlang und nutzen die Gelegenheit, um ausgiebig Bilder von und mit den Wagen zu machen. Eines der gefragtesten Motive war das alte Batmobil, an dem Bill jetzt langsam vorbeiging und sich in alle Richtungen umsah. Dann vibrierte sein Handy in der Tasche.

»Ja, ich höre.«

»Ich habe sie gesehen, mit Earl. Mindestens drei Kerle, aber jetzt sitzt keiner von denen mehr neben Earl«, sprach Danielle hastig. »Von Pauley ist nichts zu sehen.«

»Wo ist Earl jetzt?«

»Nicht weit entfernt von dir, Cowboy. Wenn du von deiner Position aus einfach geradeaus weitergehst, kommst du direkt zu ihm. Er sitzt bei einer Tischgruppe, bei dem Imbissstand.«

»Und wo bist du?« Bill sah sich suchend um, konnte aber nirgends eine Spur von Danielle entdecken.

»Ich sitze gerade in meinem neuen Traumwagen Probe.« Danielle lachte kurz und legte dann auf.

Bill steckte das Handy weg und dann sah er die schwarze Perücke Danielles in einem der Filmautos aufleuchten. Sie saß hinter dem Lenkrad eines aquamarinfarbenen 1966er Ford Thunderbird. Von dort hatte sie einen freien Blick quer hinüber zu dem kleinen Bistro, das sich am Ende der Halle befand. Dort entdeckte Bill eine ihm gut bekannte Haarpracht. Die grauen Dreadlocks fielen sofort auf. Earl saß mit dem Rücken zu ihnen. Langsam schlenderte Bill weiter zwischen den Filmwagen entlang in Earls Richtung. Immer wieder stoppte er kurz bei einem Wagen und tat so, als würde er diesen genauer betrachten, während er die Umgebung nach Pauley Parisi absuchte, diesen aber nicht entdecken konnte. Vorsichtig näherte er sich Earl, der jetzt nur noch wenige Meter von ihm entfernt war. Er saß alleine auf einem Stuhl, was Bill irritierte. Anscheinend war niemand da, um ihn zu bewachen. Bill nahm sein Handy heraus und wählte Danielles Nummer.

»Hier stimmt etwas nicht«, sagte er zu ihr. »Warum lassen die Earl ganz alleine da sitzen? Hast du irgendjemanden entdeckt?«

»Nein, bis jetzt nicht. Die Kerle, die Earl hergebracht haben, sind wieder aus der Halle verschwunden.«

»Es ist in drei Minuten Punkt zwölf. Ich werde Pauley gleich anrufen. Bleib wachsam und gib mir sofort Bescheid, sobald dir etwas merkwürdig vorkommt.« Bill beendete das Gespräch. Er sah sich skeptisch um und ging dann einige Schritte nach rechts, zum Durchgang in die nächste Halle, und entfernte sich somit wieder etwas von Earl, der immer noch alleine auf seinem Stuhl saß und sich dabei nicht rührte. Hin und wieder gingen einige Messebesucher an Earl vorbei und warfen ihm einen seltsamen Blick zu. Bill kratzte sich am Bart. In seinem Magen hatte er wieder ein drückendes Gefühl.

Hier ist definitiv etwas faul.

Er sah auf das Handydisplay, um die Uhrzeit abzulesen.

12:00. High Noon.

Er wählte Pauleys Nummer. Nach nur einem Klingeln meldete sich der Mafiosi.

»Mr. Stubbs. Pünktlich auf die Minute. Sind Sie schon in der Halle? Ich kann Sie nirgends sehen.«

»Machen Sie sich keine Sorgen, Parisi, ich bin hier. Wo ist Earl?«, fragte Bill und hielt seinen Blick starr auf den Dinerbesitzer gerichtet, der immer noch bewegungslos auf dem Stuhl beim Bistro saß.

»Ihr Freund ist ebenfalls bereits in der Halle. Sie finden ihn beim Bistro in der Nähe des Übergangs zur nächsten Halle.«

»Ich sehe ihn«, sagte Bill.

»Sehr gut. Dann können wir unseren Austausch ja starten. Bringen Sie das Comicheft zu dem Bistro und geben es dem Mann, der hinter dem Tresen steht.«

»Nicht so schnell. Sie bekommen das Heft, nachdem ich mit Earl die Halle verlassen habe, nicht früher.«

Er bekam nur Gelächter zur Antwort.

»Auf gar keinen Fall, Mr. Stubbs. Ich habe mich schon weit genug auf Ihre Bedingungen eingelassen, indem wir den Austausch hier durchführen. Aber jetzt ist Schluss. Sie bringen das Heft vorher zu meinem Mitarbeiter. Andernfalls werde ich Ihren Freund erschießen lassen. Sehen Sie einmal genau auf seinen

Rücken.« Bill sah, wie plötzlich ein kleiner, roter Punkt auf Earls Rücken aufleuchtete und darauf hin und her tanzte. Dann erlosch er wieder. »Haben Sie es gesehen?«

»Ja«, sagte Bill mit zusammengebissenen Zähnen. »Wer garantiert mir, dass Sie Earl und mich nicht trotzdem erschießen, wenn ich Ihnen das Heft gegeben habe?«

»Sie haben mein Wort, Mr. Stubbs. Niemand wird Sie oder Ihren Freund erschießen. Und jetzt bringen Sie mir das Heft.« Pauley legte auf.

Das flaue Gefühl in Bills Magen nahm an Intensität zu. Er wählte Danielles Nummer.

»Ich übergebe jetzt das Heft. Direkt beim Bistro. Es wäre schön, wenn du kurz danach für eine kleine Ablenkung sorgen könntest.«

»Ich gebe mein Bestes.«

Bill atmete tief durch und zog die Kopie des Comicheftes unter seinem Poncho hervor. Das Originalheft trug Danielle bei sich. Er zog sich den Cowboyhut tiefer in die Stirn und ging langsam auf das Bistro zu. Earl saß immer noch unveränderlich auf seinem Stuhl. Aber er hielt den Kopf jetzt etwas gesenkter. Als Bill das kleine Bistro erreichte, wurden gerade zwei Kundinnen vor ihm bedient. Eine der beiden Frauen trug ein ähnliches Wonder-Woman-Kostüm wie Danielle, ihre Freundin einen enganliegenden, schwarzglänzenden Ganzkörperanzug, mit einer Kappe, auf der eine katzenohrähnliche Brille saß. Dann erkannte Bill den Mann, der hinter dem Bistrotresen stand. Es war Pauleys Sohn. Der grinste ihn an, als Bill den Kopf hob und er ihm in die Augen sah.

»Hallo Cowboy. Was kann ich für Sie tun?«, fragte Pauley Junior mit aufgesetzter Höflichkeit.

Bill antwortete nicht, sondern legte stumm den Comic auf den Tresen. Sofort griff Junior danach und sah ihn sich genau an, allerdings ohne das Heft aus der Hülle zu nehmen. Dann nickte er beinahe unmerklich.

»Alles klar. Dann kümmern Sie sich mal um Ihren Freund«, sagte Pauleys Sohn und verschwand schnell durch die hintere Tür des Bistros.

Bill wartete noch einen Moment, ehe er es wagte, sich umzudrehen. Als er es tat, brandete plötzlich lauter Applaus auf. Schnell realisierte er, dass auf der Bühne am andern Ende der Halle gerade Cary Hudson die Bühne betreten hatte. Laute Sprechchöre und Jubelrufe feierten den Hollywoodstar, dessen Stimme über die Hallenlautsprecher übertragen wurde, als er zu seiner Begrüßungsansprache ansetzte. Bei der Filmwagenausstellung begann plötzlich ein lautes Hupkonzert, wahrscheinlich die Ablenkung, für die Danielle sorgte. Cary Hudson unterbrach seine Ansprache.

Bill ging jetzt auf Earl zu. Die beiden Frauen in den Kostümen, die eben noch vor ihm am Bistro standen, hatten sich direkt vor Earl aufgebaut und kicherten.

»Entschuldigung, die Damen«, sagte Bill und schob sich zwischen den beiden Frauen hindurch, »darf ich mal vorbei, das ist mein ...« Er stockte, als er Earl von vorne sah.

Eine Puppe saß vor ihm, mit Earls Dreadlocks auf dem Kopf. Auf der Brust des Dummys hing ein Pappschild, auf dem ein Gemälde abgebildet war, das Bill sehr gut kannte. Rembrandts *›Sturm auf dem See Genezareth‹*.

»Verdammte Scheiße!«

Sofort drehte Bill sich um, breitete die Arme aus und sprang weg von der Puppe. Die beiden Frauen riss er mit sich zu Boden. Im gleichen Augenblick explodierte der Kopf des Earl-Dummys mit einem lauten Knall. Ein stechender Schmerz fuhr in Bills Rücken. Die Frau im Wonder-Woman-Kostüm neben ihm schrie laut auf. Bill sah einen langen Nagel aus ihrem Rücken herausragen.

»Eve, ist alles in Ordnung?«, hörte Bill die andere Frau neben sich schreien. Er drehte sich langsam herum und blickte zu der Puppe, deren Gesicht nun weggesprengt war. An der Schädelinnenseite konnte Bill eine Metallplatte erkennen, die wohl dafür sorgte, dass die Explosion sich nur nach vorne auswirkte. Die Puppe saß immer noch auf dem Stuhl und hatte leichte Schmauchspuren am Oberkörper. Das Pappschild mit dem Gemäldedruck kokelte vor sich hin und langsam zerfraß die Glut das Bild. Bill tastete vorsichtig mit der rechten Hand seinen unteren Rücken ab. Seine Finger berührten einen metallischen Gegenstand. Mit einem Ruck zog Bill ihn sich heraus. Ein Nagel. Er warf ihn achtlos zur Seite fort, als auch schon einige Männer vom Sicherheitsdienst bei ihnen auftauchten. Bill deutete gleich auf die verletzte Frau und die Männer kümmerten sich um sie. Erst jetzt erfasste Bill, dass die Explosion des Puppenkopfes weitgehend unbemerkt geblieben war. Cary Hudsons beginnender Auftritt auf der Bühne und das Hupkonzert bei den Filmwagen, das ihn unterbrach, hatten die Aufmerksamkeit des Publikums auf sich gezogen. Nur die wenigen Besucher, die unmittelbar in der Nähe der Puppe standen, hatten den Vorfall bemerkt. Durch die zielgerichtete Explosion wurde außer der Frau und ihm niemand anderes durch die Nägel, die im Kopf der Puppe versteckt waren, verletzt.

Wenn ich nur eine Sekunde länger gewartet hätte, dann hätten sich die verdammten Nägel in mein Gesicht gebohrt.

»Stubbs, ist alles okay?« Danielle kam auf ihn zugelaufen. »Oh mein Gott, was ist mit Earl ...« Sie stockte, als sie bei ihm ankam und erkannte, dass es sich um eine Puppe handelte.

Bill kniete sich hin und hob einige Reste des Puppenkopfes auf, an denen noch Haare befestigt waren. Es handelte sich um echte Haare. Earls Haare, kein Zweifel.

»Diese Mistkerle haben uns reingelegt. Pauley wollte mich töten.« Er sprach es viel gelassener aus, als ihm eigentlich zumute war.

»Aber wir haben das Heft immer noch. Ich habe das Original im Handschuhfach in einem der Autos versteckt.«

»Gut. Wir müssen da hinten längs.« Er zeigte auf die Tür hinter dem Tresen des Bistros, durch die Pauley Junior verschwunden war. Gerade als er einen Schritt nach vorne machte, legte sich eine Hand auf seine Schulter und hielt ihn zurück.

»Einen Moment bitte.« Ein Sicherheitsmann sah ihn ernst an. »Können Sie mir etwas dazu sagen, was hier passiert ist?«

»Das sehen Sie doch. Da hat jemand den Kopf verloren«, erwiderte Bill lakonisch und drehte sich weg, um weiterzugehen.

»Hey!« Erneut wurde er an der Schulter festgehalten, diesmal fester als zuvor, was ihn ein wenig ins Straucheln geraten ließ. Zeitgleich zischte etwas unmittelbar an seinem Kopf vorbei, dann sah Bill nur noch, wie ein weiterer Mann des Sicherheitsdienstes ungläubig auf ein Loch in seiner Brust starrte, aus dem sich das Blut urplötzlich ausbreitete. Der Mann sackte auf die Knie und kippte dann zur Seite weg.

Bill packte Danielle und warf sich mit ihr zu Boden. »Runter!«

In diesem Moment zischten auch schon weitere schallgedämpfte Schüsse über ihre Köpfe hinweg. Der andere Mann, der Bill eben noch an der Schulter gepackt hielt, wurde am Arm getroffen und stürzte zu Boden. Die beiden Frauen in den Kostümen fingen panisch an zu schreien. Dadurch bemerkten nun auch die anderen Besucher, dass etwas nicht stimmte. Als noch ein weiterer Besucher von den Kugeln getroffen zusammensackte, brach das völlige Chaos in der Halle aus.

Die Panikschreie der Menschen stiegen auf Orkanstärke an. Alle liefen von schierer Furcht gepackt in Richtung der verschiedenen Ausgänge. Bill griff sich Danielle und robbte mit ihr über den Boden auf das Bistro zu, aus dessen Richtung auch die Schüsse abgegeben wurden. Sie drückten sich eng unten an den Tresen.

»Keine Panik, bitte beruhigt euch und begebt euch vernünftig zu den Ausgängen.« Bill hörte die Stimme von Cary Hudson über die Hallenlautsprecher. Der Schauspieler stand wohl immer noch auf der Bühne und versuchte, die aufgebrachten Menschenmassen zu beruhigen, jedoch vergeblich. Überall drängten und schoben sich die Menschen aus der Halle heraus, ohne Rücksicht auf Verluste. Bill konnte einige Menschen am Boden liegen sehen und wie andere Flüchtende über sie hinwegtrampelten.

»Alles okay bei dir?«, fragte Bill die geschockte Danielle.

»Ja«, stieß die hervor. »Jetzt will Pauley es aber wirklich wissen.«

»Wir müssen hier weg, bevor …« Bill hielt inne, als er die Hand mit der Waffe über den Tresen hinausragen sah. Ehe er etwas tun konnte, schnellte Danielle nach oben und umklammerte den Arm über ihnen fest mit ihren Händen. Weitere Schüsse wurden abgefeuert, die diesmal jedoch zu hoch waren und niemanden trafen. Bill sprang ebenfalls auf die Beine und half Danielle, dem Schützen die Waffe zu entreißen. Es war Pauley Junior, der sich verbissen wehrte. Er versuchte, Danielle mit seiner linken Faust zu treffen. Die wich dem Schlag aber geschickt aus, löste ihren Griff von seinem rechten Unterarm und verpasste Junior ihrerseits einen Schlag mit der flachen Hand ins Gesicht. Ihr Schlag reichte zwar nicht aus, um Junior auszuschalten, aber er verschaffte Bill die Gelegenheit, um seinerseits zuzuschlagen. Er donnerte Pauleys Filius seine rechte Faust mitten ins Gesicht und schrie auf, als seine bereits gebrochenen Finger auf dessen Jochbein trafen. Aber der Schlag ließ Junior zurücktaumeln und er krachte gegen die Regale, die an der Rückwand des Bistroshops angebracht waren. Bill hielt sich die schmerzende Hand, während Danielle sich mit beiden Händen auf dem Tresen abstützte und dann leichtfüßig hinübersprang. Sie schnappte sich die Waffe, die auf dem Boden lag, und richtete sie auf Junior.

»Waffe fallen lassen«, schrie eine Männerstimme hinter Bill. Ein Wachmann stand hinter ihm und zielte mit seiner Waffe auf Danielle.

»Hey, ganz ruhig. Sie hat den Schützen ausgeschaltet«, sagte Bill zu dem augenscheinlich sehr nervösen Wachmann, der sich immer wieder hilfesuchend umsah, wahrscheinlich nach seinen Kollegen.

»Legen Sie die Waffe weg. Ganz langsam.«

»Ich kann nicht, sonst haut der Kerl hier ab«, antwortete Danielle ruhig und hielt die Pistole auf Pauley Junior gerichtet, der zu ihren Füßen auf dem Boden lag.

»Tun Sie, was ich sage, sonst bin ich gezwungen zu schießen«, krächzte der Wächter verzweifelt. Bill konnte dem Mann ansehen, dass er mit der Situation absolut überfordert war. Langsam krümmte der Wachmann seinen Zeigefinger um den Abzug seiner Pistole.

»Danielle, tu besser, was er sagt. Er scheint ziemlich nervös zu sein.«

»Klappe halten und gehen Sie vom Tresen weg«, schrie der Wachmann ihn an, ohne den Blick von Danielle abzuwenden. »Und Sie legen jetzt sofort die Waffe weg, oder-« Ein Schuss löste sich aus der Dienstwaffe des Wächters. Danielle schrie auf, als sie von der Kugel getroffen wurde. Dann wurde sie von Pauley Junior mit einem Fußtritt in den Magen quer durch das Bistro geschleudert. Bill konnte sie nicht mehr sehen.

»Idiot!« Bill verpasste dem geschockt dastehenden

Wachmann einen harten Faustschlag, der diesen sofort ins Reich der Träume schickte und rannte zum Tresen. Er beugte sich darüber und sah Danielle blutend am Boden liegen. Von Pauley Junior war nichts mehr zu sehen. Dann sprang er über den Tresen, etwas weniger elegant als Danielle vor ihm, aber er schaffte es hinüber. Vorsichtig drehte er Danielle auf den Rücken. An ihrem linken Oberarm konnte er einen blutigen Striemen sehen. Die Kugel hatte sie nur gestreift.

»Hey, alles in Ordnung?«

»Dieser blöde Arsch ist abgehauen«, presste sie mit schmerzverzerrtem Gesicht hervor.

»Keine Angst, den schnappe ich mir. Bleib du hier.« Bill rannte los, durch die hintere Tür des Bistros, die in einen langen Gang führte, der schließlich bei einer Laderampe in der Tiefgarage des Convention Centers mündete. Er sah sich um. Mehrere Lieferwagen standen hier. Von Ausstellern, Filmgesellschaften und allen möglichen Unternehmen, die auf der Convention tätig waren. Auch einige Limousinen waren hier geparkt. Bill nahm an, um besondere Stargäste wie Cary Hudson zu chauffieren. Aber ein Wagen erregte seine besondere Aufmerksamkeit. Ein großer Fleck prangte bei diesem Lieferwagen auf der Seite. Ein Fleck mit zwei Augen und auf der Flucht vor einer Scheuerbürste. Pauleys Wäschereilogo. Vorsichtig ging Bill zu dem Lieferwagen und sah sich immer wieder um. Aber nirgends war eine Spur von Pauley oder seinen Leuten. Als er dem Wagen näher kam, hörte er ein leises Klopfen. Es schien aus dem Inneren des Wäschereiwagens zu kommen. Er ging langsam zur Rückseite des Fahrzeugs und legte seine rechte Hand auf den Griff der Hecktür. Dann riss er diese mit einem Ruck auf und sah einen gefesselten und geknebelten Mann auf der Ladefläche liegen.

»Earl? Bist du das?«, fragte Bill ungläubig, als er den beinahe glatzköpfigen Schwarzen dort liegen sah. Ein undeutliches Genuschel kam zur Antwort. Bill sprang auf die Ladefläche und nahm den Knebel aus Earls Mund.

»Das wurde aber auch Zeit«, fluchte dieser. »Schnell, hol mich hier raus.«

»Was haben die mit deinen Haaren gemacht? Du siehst ja furchtbar aus.«

»So ein kranker Bastard hat sie mir mit einem Messer abgeschnitten. Ich habe Glück, dass ich meine Kopfhaut noch habe.«

Bill löste die Fesseln, die um Earls Handgelenke gelegt waren.

»So, jetzt nichts wie weg hier.« Er half Earl von der Ladefläche und gemeinsam liefen sie dann den Weg zurück, den Bill gekommen war. Auf halber Strecke kam ihnen plötzlich ein Mann in einem grauem Anzug und schwarzem Hemd entgegen. Er kam Bill bekannt vor. Als er die rote Krawatte sah, erkannte er ihn wieder.

Der Kerl aus dem Aufzug im Omni.

Der Mann lächelte Bill freundlich an.

»Kann ich Ihnen helfen, Sir? Hier hinten ist es für Besucher nicht erlaubt, sich aufzuhalten.«

»Nein, alles gut. Wir gehen schon wieder nach vorne.«

»Bill«, flüsterte Earl und blieb wie versteinert stehen. »Das ist er.«

»Das ist wer?« Er sah Earl fragend an.

»Der Bastard, der mir die Haare abgeschnitten hat!«

Bill blickte wieder nach vorne. Der Mann im Anzug stand nun direkt vor ihm.

»Sie sind also William Stubbs. Freut mich wirklich sehr, Sie endlich persönlich kennenzulernen.« Ein stechender Schmerz durchfuhr Bills Bauch, als sich die Messerklinge in ihn hineinbohrte. Mit kalten Augen blickte der Mann ihn an. »Sie hätten nicht herkommen sollen.«

Aus dem Augenwinkel sah Bill, wie Pauley Parisi hinter dem Mann auf ihn zukam. Sein Sohn und zwei weitere Männer begleiteten ihn. Der Mann zog die Klinge mit einem Ruck wieder heraus.

»Töte ihn nicht zu schnell«, mahnte Pauleys Stimme. »Ich will, dass er leidet.«

Earl, der die ganze Zeit vor Schreck wie erstarrt neben ihm gestanden hatte, löste sich aus seiner Starre und stieß den Mann im grauen Anzug von Bill weg. Dann packte er Bill am Arm und rannte mit ihm die Rampe entlang in Richtung der nächsten Tür. Aber auch da kamen zwei weitere von Pauleys Männer heraus und stellten sich ihnen in den Weg.

»Was für ein trauriges Schauspiel Sie abgeben, Mr. Stubbs«, höhnte Pauleys Stimme durch die Weite der Tiefgarage.

Bill drehte sich in Parisis Richtung um und presste sich die linke Hand auf die Stichwunde in seinem Bauch.

»Ach wirklich? Ich glaube, Giuseppe de Luca sieht das ganz anders. Der freut sich, dass er sein Heft jetzt wiederbekommt.«

»Was redest du für einen Müll? Wir haben das Heft doch längst«, schrie Pauleys Sohn ihn an und hielt den Comicnachdruck in der Hand, den Bill ihm vorhin gegeben hatte.

»Was ihr habt, ist eine wertlose Kopie«, sagte Bill schadenfroh.

Pauley riss seinem Sohn das Heft aus der Hand und zog es aus der Hülle. Er sah es sich einen Augenblick an, blätterte hindurch und warf es dann achtlos zu Boden.

»Das ist jetzt schon das zweite Mal, dass du versuchst, uns hereinzulegen, du Mistkerl.«

»Ich versuche es nicht, es klappt doch auch«, sagte Bill zufrieden und biss auf die Zähne, während immer mehr Blut zwischen seinen Fingern hervorquoll.

»Aber diesmal funktioniert es nicht.« Pauley hob seine Hand. Danielle wurde von einem seiner Männer in die Tiefgarage geführt. »Wenn du mir nicht sofort sagst, wo das richtige Heft ist, ist die süße Danielle tot.«

»Sag ihm nichts. Er bringt uns sowieso um, sobald er das Heft hat«, rief Danielle ihm zu. Junior verpasste ihr einen Faustschlag in den Magen. Keuchend sackte sie zusammen.

»Du feiger Drecksack, versuch das doch mal bei mir«, knurrte Bill.

»Nichts lieber als das«, erwiderte Junior hämisch grinsend.

»Also, Stubbs, wo ist mein Comic?«, fragte Pauley.

Bill blickte zu Danielle, die sich nach vorne beugte und nach Juniors Faustschlag heftig nach Luft rang.

»Ist gut, Pauley. Sie haben gewonnen.« Bill blickte zu

Earl, der ihn beschwörend ansah. »Jetzt siehst du wirklich nicht aus wie Bob Marley. Tut mir leid.«

»Sagen Sie schon«, drängte Pauley ihn.

Plötzlich schwang eine schwere Eisentür hinter ihnen auf und zwei Männer traten direkt hinter Pauleys Leuten in die Tiefgarage. Einen davon erkannte Bill sofort. Cary Hudson.

»Oh, was ist denn hier los? Ich hoffe, ihr Jungs wollt nicht alle ein Autogramm«, sagte der Schauspieler lachend. »Was für ein Tumult da drinnen, zum Glück sind wir da raus, oder?« Er drehte den Kopf in Bills Richtung. »Oh nein, nicht Sie schon wieder.«

»Hallo Cary, altes Haus. Schön, dich zu sehen.« Bill hob die linke Hand, die er sich die ganze Zeit vor den Bauch gehalten hatte. Blut lief die Handfläche hinab. Er konnte sehen, wie Cary Hudson kurz blass wurde. Dann wandte er sich an seinen Begleiter.

»Stuart, ich glaube, wir stören hier nur, geh lieber wieder zurück.« Er schob den anderen Mann wieder zur Tür.

»Keiner verlässt die Party hier vorzeitig«, sagte der Mann im grauen Anzug. Er gab zwei von Pauleys Männern ein Zeichen und sofort gingen diese zu Cary Hudson und seiner Begleitung.

»Hey, das kommt mir bekannt vor. Ich hatte mal eine ähnliche Szene in meinem Film *Blood Fight*, hat den einer von euch gesehen? Ist zwar schon etwas älter, der Streifen, aber immer noch sehenswert. Ist ja auch mit mir.« Der Schauspieler lachte. Die beiden Männer von Pauley bauten sich ihm gegenüber auf. »Okay, ist wohl nicht euer Filmgeschmack. Aber euch ist da wirklich was entgangen.«

»Stopft dem Kerl das Maul, das ist ja nicht zu ertragen«, sagte Pauley.

Wie aus dem Nichts schlug der Schauspieler den beiden Männern vor sich zwei blitzschnelle Schläge mit der Handkante gegen den Hals, woraufhin beide zurückwichen und sich röchelnd mit ihren Händen den Hals umklammerten. Dann ließ Cary Hudson noch zwei blitzschnelle Tritte folgen, mit denen er die Männer endgültig ausknockte. Bill hatte noch nie jemanden gesehen, der sich so schnell bewegte.

»Raus hier, Stuart.« Cary Hudson schob seinen Begleiter durch die Tür hinaus und zog diese dann sofort wieder zu. Er selbst blieb in der Tiefgarage und drehte sich zu dem Mann im Anzug um. »Jetzt zu uns beiden.« Der Schauspieler zog langsam sein Jackett aus. Ein wölfisches Grinsen zeigte sich im Gesicht des Mannes im grauen Anzug. Er streckte den linken Arm aus und ein Messer sprang ihm in die Hand. An der Klinge war noch Blut zu sehen. Bills Blut.

Cary Hudson wickelte sich sein Jackett gelassen um den linken Unterarm und stellte sich dem Mann gegenüber in Kampfpositur. Für einen Augenblick sahen der Schauspieler und der andere Mann sich fest in die Augen, dann ging alles ganz schnell. Hudson täuschte einen Schlag mit seiner rechten Faust an, der andere wich aus. Dann trat Cary Hudson ihm mit voller Wucht in die Eier. Sofort sackte der Mann zu Boden und wand sich vor Schmerzen. Sofort sprang Cary Hudson über ihn hinweg, auf Pauley

Parisi zu, der erschrocken zurückwich. Junior ließ Danielle los und stellte sich dem Schauspieler entgegen. Doch der ließ sich davon nicht beeindrucken. Mit einer lässigen Bewegung ließ er das Jackett, das er immer noch um den linken Unterarm gewickelt hatte, wieder ausrollen und warf es unvermittelt auf Junior. Dann setzte er sofort nach und erwischte den übertölpelten Gangster mit zwei harten Schlägen am Kopf. Junior kippte beinahe kerzengerade nach hinten weg. Das Jackett blieb auf seinem Kopf liegen.

»Kommen Sie«, sagte Cary Hudson und streckte der überraschten Danielle seine Hand entgegen. Gemeinsam kamen sie wieder zu Bill und Earl gelaufen. »Jetzt nichts wie weg hier, da hinten steht meine Limousine.«

»Nein, wir müssen zurück in die Halle«, sagte Danielle und bremste den Schauspieler. »Da liegt noch etwas verdammt Wichtiges.« Sie sah Bill an und bemerkte erst jetzt, dass er blutete. »Stubbs, ist alles in Ordnung?«

»Ging mir schon mal bedeutend besser.«

»Wir können nicht zurück in die Halle«, sagte Cary Hudson. »Da drin ist der Teufel los.«

»Es geht nicht anders«, erwiderte Danielle. »Ihr könnt ja schon mal losfahren und ich komme dann nach.«

»Ich bin dafür, egal was wir tun, wir sollten es schnell tun«, sagte Earl und zeigte auf die am Boden liegenden Männer, die sich langsam wieder aufrappelten.

»Okay, dann lasst uns in die Halle«, sagte Bill und hinkte langsam zur nächsten Tür. »Vielleicht finden wir da drinnen auch noch einen Verbandskasten.«

»Schade um mein schönes Jackett.« Cary Hudson

drehte sich noch einmal in Richtung von Pauley Junior um, der immer noch bewusstlos unter dem Kleidungsstück lag.

»Komm endlich. Danielle packte den Schauspieler am Arm und zog ihn mit sich durch die Tür, um Earl und Bill zu folgen. »Das war übrigens ein verdammt beeindruckender Auftritt, den du da hingelegt hast. Ich dachte, für sowas gibt es normalerweise Stunt-Double beim Film.«

»Hey, ein Cary Hudson macht alle seine Stunts selbst. Ich drehe seit über einem Jahrzehnt Actionfilme und habe Ausbildungen in allen nur erdenklichen Kampfsporttechniken genossen. Du solltest mich mal sehen, wenn ich richtig in Fahrt komme. Dagegen war das eben noch gar nichts.«

»Ich weiß nicht, was schlimmer ist«, ächzte Bill, der sich bei Earl eingehakt hatte. »Die Stichwunde im Bauch oder das Gelaber von diesem Prahlhans.«

Earl lachte und zog ihn weiter mit sich in die Halle hinein. Der große Tumult hatte sich gelegt und die gesamte Ausstellungsfläche war menschenleer. Sie waren jetzt ziemlich genau in der Mitte der Halle.

»Wir müssen nach links«, sagte Danielle hinter Earl. »Zu den Autos. Schaffst du es noch bis dahin, Stubbs? Du siehst blass aus.« Sie sah ihn besorgt an.

»Ich möchte dich mal sehen, wenn du mehrere Liter Blut verlierst«, gab Bill hustend zurück, während Earl große Mühe damit hatte, ihn noch auf den Beinen zu halten.

»Übertreib nicht so. Ein einfaches Ja oder Nein hätte

gereicht. Earl, du kannst ihn gerne liegen lassen, wenn er dir zu schwer wird.«

»Hey!«

»Ich mach doch nur Spaß. Cary, würdest du bitte mithelfen?«

»Nichts leichter als das.« Der Schauspieler legte sich Bills rechten Arm um die Schultern. »Ich bin Experte bei sowas, seit ich vor fünf Jahren in dem Kriegsfilm ›*Verdammt bis zum Morgengrauen*‹ mitgespielt habe. Hat den jemand gesehen? Für den Streifen habe ich meine erste Oscarnominierung erhalten.«

Bill drehte den Kopf zur Seite und schenkte Cary Hudson den bösesten Blick, zu dem er momentan noch imstande war.

»Ich sehe schon, Sie haben noch viel nachzuholen. Übrigens ein cooles Eastwood-Kostüm, das Sie anhaben. Ich hätte beinahe mal einen Film mit ihm gedreht, aber er hat mir dann diesen DiCaprio vorgezogen. Kaum zu glauben, oder? Bestimmt war er neidisch auf mich, weil mein damaliger Western ›*Mit rauchendem Revolver*‹ erfolgreicher als seine Filme waren. Als Clint mich dann später gefragt hat, ob ich die Hauptrolle bei ›*American Sniper*‹ spielen möchte, habe ich ihn abblitzen lassen. Ziemlich cool, oder?«

»Cary, halten Sie die Klappe«, gab Bill stöhnend zurück.

»Wie konnten Sie die Hauptrolle in ›*American Sniper*‹ nur ablehnen?«, fragte Earl ungläubig. »Der Film war ein Riesenerfolg.«

»Ja, ich weiß. Aber dafür habe ich schließlich die

Rolle in ›*Miller vs. Miller*‹ übernommen. Das gab meine zweite Oscarnominierung.« Der Schauspieler grinste stolz.

»Das schon, aber gewonnen haben Sie ihn nicht«, gab Earl zurück.

»Könnt ihr euch nicht später über Filme unterhalten? Ich verblute hier gerade«, fluchte Bill und verzog sein Gesicht vor Schmerzen.

»Das machen wir doch alles nur, um Sie von Ihren Schmerzen abzulenken. Also seien Sie gefälligst ein wenig dankbarer.«

Danielle hatte in der Zwischenzeit die Ausstellungsfläche der Filmwagen erreicht und lief zu dem aquamarinfarbenen Ford Thunderbird, in dem sie vorhin gesessen hatte. Sie rannte zur Beifahrerseite, beugte sich über die Tür und öffnete das Handschuhfach.

»Ich habe es. Jetzt nichts wie raus hier!«

»Ein Comicheft?«, fragte Cary Hudson ungläubig. »Habe ich da gerade das Cover von Action Comics Nr. 1 erkannt?«

»Ja, Adlerauge, hast du«, stöhnte Bill und stützte sich auf dem Heck des Thunderbirds ab. »Hat die Karre vielleicht zufällig einen Verbandskasten?«

»Halte mal kurz«, sagte Danielle und gab Cary Hudson das Comicheft. Dann öffnete sie die Beifahrertür und zog einen kleinen Erste-Hilfe-Koffer unter dem Sitz hervor. Damit lief sie schnell zu Bill, der bereits seine Weste und sein Hemd geöffnet hatte.

»Ich hatte auch mal eine Ausgabe von Action Comics Nr. 1 in meiner Sammlung«, sagte Cary Hudson und betrachtete das Heft in seiner Hand. »Es wurde mir leider vor sechs Jahren gestohlen.« Kurzentschlossen holte er das Heft aus seiner Hülle und blätterte es durch.

»Was machst du da, Cary?« Danielle holte ein paar alte Mullbinden aus dem Verbandskasten heraus und reichte sie Earl, der sofort damit begann, sie um Bills Bauchwunde zu wickeln.

»Ich hatte nur gehofft, es könnte vielleicht mein Heft sein. Ich hatte es ganz leicht gekennzeichnet, auf Seite zwanzig mit meinen Initialen. Kaum sichtbar, aber ich würde es jederzeit wieder erkennen.« Er klappte das Heft zu und steckte es zurück in die Hülle. »Aber das hier ist ja nicht mal ein Original.«

»Wie bitte?«, fragte Danielle ungläubig. »Aber es muss ein Original sein. Pauley ist hinter diesem Heft her.«

Der Schauspieler warf den Comic achtlos auf die Heckklappe des Thunderbirds.

»Glaub mir. Ich kenne mich sehr gut mit Comics aus, ich sammle sie schon seit Jahrzehnten und das ist definitiv kein Original. Die Heftklammern sind viel zu neu, das Papier einen Hauch zu glatt. Das ist eine Fälschung. Ganz gut gemacht, aber trotzdem eine Fälschung, kein Zweifel.«

Danielle blickte erstaunt zu Bill, der zweifelnd auf das Comicheft blickte.

»Soll das heißen, wir riskieren unser Leben für eine wertlose Kopie?«, fragte Earl, nachdem er mit Bills Verband fertig war.

»Aber nicht doch«, schallte Pauleys Stimme zu ihnen. Der kleine Mann stand dreißig Meter von ihnen entfernt zwischen dem Ford Mustang GT 390 aus *Bullitt* und dem weißen Lotus Esprit S1 von James Bond. »Das ist keine wertlose Kopie. Sie hat mich immerhin zehntausend Dollar gekostet. Und jetzt hätte ich sie gerne zurück.«

»Was willst du mit einer Kopie? Warum dieser ganze Aufwand?«, fragte Danielle.

»Damit er keine Probleme mit seinem Boss bekommt«, sagte Bill grimmig. »Eigentlich sollten Pauleys Leute das Originalheft aus dem Safe von Mr. Quezada holen, aber es ist ihnen jemand zuvorgekommen. Jetzt hat Pauley ein Problem. Das Heft ist zwar verschwunden und auch de Luca hat es nicht, aber Pauley muss seinen Boss beruhigen und ihm versichern, dass er das Heft in seinem Besitz hat. Deswegen hat er dieses Imitat anfertigen lassen. Ist es nicht so?«

Pauley zog einen Revolver hervor und richtete ihn auf Bill.

»Sehr scharfsinnig, Mr. Stubbs. Nur interessiert das niemanden mehr, wenn ich Sie erst erschossen habe.«

»Da wäre ich mir nicht so sicher«, sagte Bill und sah mit ernstem Blick an Pauley vorbei und nickte leicht mit dem Kopf.

Pauley erstarrte und versuchte noch, die Waffe herumzureißen, aber er war nicht schnell genug. Der Mann im grauen Anzug und der roten Krawatte war blitzschnell hinter ihm und setzte ihm das Messer an die Kehle.

»Du hast versucht, mich zu täuschen«, zischte der Mann in Pauleys Ohr. »Schlimmer noch, du hast Don Matteo betrogen.«

»Nicolo, bitte ... bitte lass es mich erklären«, stammelte Pauley mit brüchiger Stimme. »Es ist nicht so-«. Der Mann presste die Klinge bis zum Knauf in Pauleys Hals hinein, drehte das Messer einmal herum und zog es dann blitzschnell heraus.

»Das war ein viel zu schneller Tod für dich, du Ratte.« Der Mann spuckte auf den leblosen Körper, der vor ihm zu Boden gesunken war. Dann blickte er mit eisigem Blick zu Bill. »Wir waren noch nicht fertig miteinander, Mr. Stubbs.«

»Wenn es nach mir geht, sind wir das durchaus. Halten Sie sich doch lieber an Mr. Hudson.« Der Schauspieler warf Bill einen bösen Blick zu.

»Keine Sorge, ich werde mich um jeden hier kümmern. Einen nach dem anderen.«

Langsam kam der Mann im grauen Anzug auf den Thunderbird zu. Bill griff sich den Comic und hielt ihn hoch.

»Wollen Sie das Heft immer noch haben? Hier, nehmen Sie es und gehen Sie.« Er warf dem Mann das Comicheft entgegen. Es landete auf dem Fußboden direkt vor ihm, aber der Killer verschwendete keinen Blick daran.

»Sieht aus, als wären Sie noch einmal gefordert, Cary«, sagte Bill zu dem Schauspieler neben sich. »Machen Sie den Kerl fertig, wie in Ihrem Film ›*In Blut gerahmt*‹.«

»Was denn, ausgerechnet den kennen Sie?«, fragte Hudson kopfschüttelnd. »Das war mein dritter Film. Ein übles Machwerk, an das ich heute lieber nicht mehr erinnert werden möchte.«

»Ich fand Sie darin gar nicht so schlecht.«

»Am Ende des Films wurde ich getötet und zerstückelt!«

»Ja, die Szene war definitiv eine Ihrer besten.«

Cary Hudson drehte den Kopf langsam zu Bill und starrte ihn feindselig an. Er zwinkerte dem verärgerten Schauspieler zu. Der Ausdruck in Hudsons Augen verriet Bill, dass er es verstanden hatte.

»Hören Sie, Nicolo«, rief Bill dem Mann im grauen Anzug zu, der nur noch wenige Meter von ihnen entfernt war, »es gibt doch keinen Grund mehr für Sie, uns zu töten. Pauley hat Sie verarscht, dafür haben Sie ihn getötet. Verständlich. Aber das hat doch mit uns gar nichts mehr zu tun. Wir können doch alle friedlich unserer Wege gehen.«

»Nur meine Freunde dürfen mich Nicolo nennen und Sie gehören ganz bestimmt nicht dazu, Mr. Stubbs.«

»Na toll, du hast ihn noch wütender gemacht«, sagte Earl leise.

»Wenn er auf mich losgeht, läufst du mit Danielle zum Hallenausgang, Earl«, sagte Bill, ohne den Blick von Nicolo abzuwenden, der jetzt direkt vor dem Kühlergrill des Thunderbirds stand und ihn finster anstarrte. Er schlug den Poncho über die linke Schulter zurück und ging einen Schritt auf den Mann mit dem Messer zu. »Dann wollen wir mal.« Bill hob die Fäuste hoch, als wenn er mit dem Mann in einem Boxring stehen würde.

»Ich werde es schnell machen, wie bei Pauley«, sagte der Mann und kam mit ausgestrecktem Messerarm auf ihn zu.

Jetzt oder nie, dachte Bill und ging auf seinen Gegner zu.

Das Messer schoss direkt seinem Hals entgegen, aber Bill konnte gerade noch zur Seite ausweichen. Er versuchte, mit seiner rechten Faust zuzuschlagen, wurde aber von einem Kniestoß direkt an seiner Stichwunde am Bauch getroffen und fiel keuchend auf die Knie. Sofort baute sich der Mann vor ihm auf und hob das Messer bedrohlich an, als ein lautes Geräusch hinter ihm den Killer herumfahren ließ. Cary Hudson war auf das Heck des Thunderbirds gesprungen, hatte einen Ausfallschritt auf die Rücksitzbank gemacht und war dann über die Windschutzscheibe auf die Motorhaube gesprungen. Jetzt flog er mit gestreckten Beinen voran dem Killer entgegen. Er erwischte ihn brutal auf der Brust und schleuderte den Mann mehrere Meter zurück, bis er gegen ein weiteres Auto prallte. Das Messer fiel zu Boden.

»Gutes Timing«, keuchte Bill und kam langsam wieder auf die Beine. »Genau wie im Film.«

»Ja, nur dass ich diesmal überlebt habe«, sagte Cary Hudson grinsend.

Das Geräusch von vielen Schritten dröhnte durch die fast leere Halle. Bill drehte sich um. Er sah dutzende Polizisten aus allen Richtungen auf sie zuströmen und die Ausstellungsfläche umstellen.

»Hände hoch!«

Bill und die anderen kamen der Aufforderung sofort nach. Auch der am Boden liegende Mann wurde von mehreren Polizisten umstellt und sofort mit Handschellen gefesselt.

»Hey, was soll das? Ich bin Cary Hudson, verdammt noch mal«, protestierte der Schauspieler, als ein Polizist auch ihm Handfesseln anlegte.

»Mir egal, wer Sie sind«, schnauzte der Polizist ihn an. »Sie kommen jetzt alle mit uns auf Revier.«

KAPITEL 20
MEXICAN STANDOFF

Gemeinsam mit dem Solver saßen Bill und die anderen hinten in einem Polizeibus. Bill saß mit Earl und Danielle auf der rechten Seite, Cary Hudson und der Mann im grauen Anzug ihnen gegenüber auf der linken Seite. Alle trugen sie Handschellen. Zwei Cops waren ebenfalls mit ihnen im Wagen und betrachteten sie mit grimmigen Mienen. Keiner sagte etwas. Es war die bedrückendste Stille, der Bill jemals ausgesetzt war. Trotzdem war er erleichtert, dass nun alles vorbei war. Auf der Polizeistation würde sich alles schnell aufklären, besonders deswegen, da sie Cary Hudson dabeihatten. Der Schauspieler saß mit versteinertem Gesicht da und starrte zu Boden. Der Mörder von Pauley Parisi, der neben ihm saß, hatte dagegen ein fröhliches Lächeln im Gesicht.

»Darf ich fragen, warum Sie so fröhlich sind?«, fragte Bill ihn. Das plötzliche Aufbrechen der Stille im Fahrzeug ließ alle aufschrecken. Auch die beiden Polizisten.

»Haltet die Klappe«, sagte einer der beiden.

»Aber nicht doch. Lassen Sie ihn doch ruhig reden«, sagte der Solver. »Er wird doch sowieso nicht mehr lange Gelegenheit dazu haben. Richtig?« Er blickte den Polizisten an.

»Ich weiß nicht, wovon Sie reden.«

»Jetzt beleidigen Sie doch nicht meine Intelligenz. Ich weiß genau, wohin wir fahren. Wären wir zum nächstgelegenen Polizeirevier gefahren, dann hätten wir unser Ziel doch schon vor fünf Minuten erreicht.« Der Mann im grauen Anzug sah den Polizisten herausfordernd an. Der sagte nichts mehr, sondern blickte auf seine Armbanduhr und nickte dem anderen dann zu.

Bill blickte verwirrt zu Danielle, die ihn ebenso fragend ansah. Kurz darauf stoppte der Gefangenenbus.

»Endstation. Alle aussteigen«, kläffte einer der beiden Polizisten.

Als Erster stieg Bill aus. Verwundert blickte er sich um.

Das ist nicht gut. Gar nicht gut.

Sie waren nicht bei einer Polizeistation. Der Polizeibus parkte im Hinterhof eines großen Holzhauses. Ein riesiges Haus. Bill erkannte es sofort. Es war eines der ältesten Gebäude in Oldtown San Diego. Ein mexikanisches Restaurant. Hinter ihm erklang ein Lachen. Der Mann im grauen Anzug sprang aus dem Polizeibus heraus.

»Hab ich es nicht gesagt?« Er zwinkerte Bill zu und ging dann auf das Haus zu, wo sich die hintere Tür bereits öffnete und zwei Männer in schwarzen Anzügen herauskamen. Bill erkannte einen der beiden sofort wieder. Er hatte ihn bereits im Omni schon gesehen, in der Präsidentensuite, wo Bennett getötet wurde.

»Die haben uns zu Giuseppe de Luca gebracht«, sagte Danielle mit leichter Panik in der Stimme neben ihm.

»Keine Angst. Wir kommen hier schon heil wieder raus«, sagte Bill, obwohl sein Gefühl ihm etwas anderes sagte.

»Kann mir vielleicht mal jemand sagen, wo wir hier sind?«, fragte Cary Hudson.

»Bei Ihrem Henker«, rief der Solver ihm zu, der schon fast das Haus erreicht hatte.

»Los jetzt, rein da!« Einer der Polizisten versetzte Bill einen Stoß. Er biss die Zähne zusammen und ging langsam auf das Gebäude zu, wo die beiden Männer in ihren schwarzen Anzügen sie bereits erwarteten. Einer der Polizisten übergab das Comicheft an einen der Männer im schwarzen Anzug. Nachdem alle das Haus betreten hatten, verschwanden die Polizisten sofort wieder. Bill stand mit den anderen jetzt in einem großen Foyer. Von dort wurden sie nach links in einen weiteren Raum geführt, in dem ein großer, runder Tisch stand und in dem es nur ein Fenster gab. Dieses war dafür exorbitant groß und reichte vom Fußboden bis zur Decke und war mindestens drei Meter breit. Es fielen nur wenige Sonnenstrahlen durch das Fenster, weil zwei große Bäume dicht neben dem Haus standen. Dadurch war es angenehm kühl in dem Raum. Leise italienische Musik lief auf einem alten Plattenspieler. An dem runden Tisch saß ein alter, sehr gebrechlich wirkender Mann mit schütterem Haar und hielt seine Hände gefaltet. Die Männer führten Bill und die anderen zum Tisch und setzten sie auf die Stühle. Dann ging einer der Männer zu dem Alten hin und gab ihm das Comicheft. Der nickte und flüsterte dem Überbringer etwas zu. Mit einem Nicken verschwand der andere Mann aus dem Zimmer.

»Es freut mich, dass wir uns so schnell wiedersehen, Solver«, sagte der alte Mann an den Mörder gerichtet.

»Ja, ich mich auch, Fisch. Das erspart mir einige Mühen.«

»Ich habe gehört, Pauley ist tot?«

»Sie haben richtig gehört.«

»Sehr bedauerlich. Auch wenn wir auf verschiedenen Seiten standen, so habe ich ihn doch trotzdem respektiert.«

»Er hat Ihren Respekt nicht verdient. Er war ein kleiner, weinerlicher Verlierer ohne Ehre im Leib. Ich habe ihm das Messer in die Kehle gestoßen.«

Der alte Mann musterte den Solver eindringlich. Dann nickte er ihm zu.

»Ich werde Sie in Einzelteilen zu Don Matteo zurückschicken. Über ein Jahr lang. Jeden Tag nur ein kleines Stück. Und Sie werden so lange weiterleben, bis kaum noch was von Ihnen übrig ist.«

»Hey, Leute, hört mal. Ich finde es ja ganz toll, wie gut ihr euch versteht, aber wie wär's, wenn ihr mich jetzt gehen lasst. Ich habe noch einige Termine heute und möchte die ungern verpassen«, unterbrach Cary Hudson das Geplänkel zwischen de Luca und dem Solver.

»Wer ist das?«, fragte der alte Mann.

»Nur ein Schauspieler«, antwortete der andere Mann im schwarzen Anzug, der noch bei ihnen geblieben war.

»Nur ein *Schauspieler*? Ich hör wohl nicht recht«, rief Cary empört. »Ich bin Cary Hudson, guter Mann. Der berühmteste Star in Hollywood, die absolute Nummer eins! Und ich denke, es ist besser für Sie, wenn Sie mich jetzt gehen lassen.«

Der alte Mann nickte leicht mit dem Kopf. Sofort trat der Mann im schwarzen Anzug zu Cary Hudson und verpasste ihm einen harten Schlag ins Gesicht.

»Reicht Ihnen das als Antwort, Mr. Schauspieler?«, fragte Giuseppe de Luca höflich.

Cary Hudson schüttelte den Kopf und starrte den alten Mafiaboss grimmig an.

»So bin ich nicht mehr behandelt worden, seit ich beim Casting für *Mister Dynamite* war. Der Regisseur war ein ähnliches Arschloch wie Sie. Aber letztendlich sind wir doch ganz gut miteinander ausgekommen.«

Giuseppe de Luca nickte erneut und ein weiterer Schlag ließ den Kopf von Cary Hudson schlaff zur Seite kippen.

»Schauspieler. Ein furchtbares Volk. Wissen nie, wann es besser für sie ist, den Mund zu halten.« Der Mafiaboss sah zu Bill. »Was ist mit Ihnen? Sind Sie etwa auch Schauspieler und wollen mir etwas sagen?«

»Nein. Ich bin William Stubbs, Kunstdetektiv. Mr. Bennett hatte mich damit beauftragt, Ihren Comic zu suchen. Aber Sie haben ihn getötet, bevor ich ihm den Comic bringen konnte.«

»Ah, Mr. Stubbs. Sie waren ziemlich unhöflich gestern am Telefon. Mr. Bennett hatte es sich selbst zuzuschreiben, was ihm passiert ist. Er hätte ehrlich mir gegenüber sein müssen. Jetzt nehmen Sie also seine Stelle ein, Mr. Stubbs. Ich werde mir den Comic ansehen, den Sie ihm bringen wollten. Ich hoffe für Sie, es ist alles damit in Ordnung.« Giuseppe de Luca blickte zur Tür, durch die gerade der andere Mann im schwarzen Anzug in Begleitung von Mr. Quezada kam. Der Direktor der Comic Convention sah müde und mitgenommen aus. Er wurde auf einen freien Stuhl links von de Luca am Tisch platziert. Dann legte ihm der Mann den Comic in der Schutzhülle auf den Tisch. »Machen Sie Ihre Arbeit,« sagte de Luca leise zu Quezada.

Vorsichtig öffnete dieser die Schutzhülle des Comics und nahm das Heft langsam heraus. Quezada blätterte einige Seiten um, hob den Kopf und blickte mit verstörtem Blick zu Bill hinüber. Dann blätterte er noch etwas weiter, bevor er den Comic wieder zuschlug.

»Alles in Ordnung«, sagte der Direktor.

Ein langes Seufzen drang aus der Kehle von de Luca und er sah mitleidig zu Quezada.

»Warum glaubt heutzutage eigentlich jeder, mich belügen zu müssen? Ist es, weil ich alt bin? Glauben Sie deswegen, es wäre leichter, mich zu betrügen?« Der Mafiaboss drehte sich auf dem Stuhl herum und blickte zu einem seiner Männer. »Alberto, erkläre es ihm.«

Der Mann im schwarzen Anzug näherte sich Quezada mit langsamen Schritten.

»Nein, stopp. Das Heft ist eine Fälschung. Ich wollte ... es ist ... bitte lassen Sie mich leben«, wimmerte der Direktor.

»Lassen Sie ihn in Ruhe«, sagte Bill. »Das Heft ist

eine Fälschung, die Pauley Parisi hat anfertigen lassen, um seinem eigenen Boss vorzutäuschen, dass er das Original hat.«

De Luca sah Bill einen Moment lang an und drehte dann den Kopf in Richtung des Solvers.

»Ist das so?«

»Ja. Ein Grund mehr, weshalb ich Pauley getötet habe.«

»Und wo ist mein Heft, Mr. Stubbs?«, fragte der Mafiaboss ihn mit ruhiger Stimme.

»Keine Ahnung. Bis vorhin bin ich tatsächlich noch davon ausgegangen, wir hätten das Original. Aber wir haben uns wohl alle täuschen lassen.«

»Bedauerlich. Sehr bedauerlich. Das heißt, ich habe keinerlei Verwendung mehr, weder für Sie, noch für Ihre Begleiter.« De Luca sah zu Danielle und Earl. Dann wandte er sich an seine Männer. »Bringt den Solver in den Keller. Die drei hier und Mr. Quezada werdet ihr in den Hafen bringen. In die Fischfabrik.«

»Was ist mit dem Schauspieler?«

»Den behalten wir als unseren Gast hier. Eventuell könnte er uns aus unserem Dilemma heraushelfen. Vielleicht findet sich ja jemand, dem sein Leben etwas wert ist.«

Der Mann mit Namen Alberto nickte de Luca zu und wies seinen Kumpan an, sich um den Solver zu kümmern, während er auf Bill zuging. Als der andere den Solver unter dem Arm packte und ihn vom Stuhl hochzog, reagierte dieser blitzschnell. Er warf seine Arme um den Hals des Mannes und verschränkte diese dann hinter dessen Kopf, während er mit den Handschellen auf den Kehlkopf drückte. Es gab einen hässlichen Laut, als der Solver den Hals des Mannes zerquetschte. Alberto zog seine Waffe und feuerte auf den Solver, aber der hielt den anderen Mann wie einen Schutzschild vor sich. Blut spritzte aus den Einschusslöchern hervor.

Bill zögerte keinen Augenblick, er ergriff die Gelegenheit. Alle Vorsicht und jeden Schmerz missachtend, sprang er von seinem Stuhl hoch und schlug mit beiden Händen auf Albertos Kopf ein. Der ging sofort zu Boden und Bill schnappte sich seine Pistole. In der Zwischenzeit hatte der Solver sich des Toten entledigt und dessen Waffe an sich gebracht. Er zielte damit auf Giuseppe de Luca, während Bill auf den Solver anlegte.

»Weg vom Tisch«, sagte Bill zu Danielle und Earl, die sofort aufsprangen und sich so weit wie möglich vom Tisch entfernten. »Sie auch«, sagte Bill zu Quezada, der wie gelähmt neben de Luca saß. Sehr bedächtig erhob sich der Comic-Con-Direktor von seinem Stuhl und machte einige Schritte zur Seite.

»Jetzt zu uns, alter Mann«, sagte der Solver zu de Luca, der ihn unerschütterlich ansah. »Ich werde mir leider nicht so viel Zeit für Sie nehmen können, wie Sie es für mich geplant hatten.«

»Lassen Sie die Waffe fallen«, sagte Bill. »Hier wird niemand mehr erschossen …«

Eine Kugel durchschlug die Tischplatte von unten und erwischte den Solver in der linken Schulter. Der fiel zu Boden. Geistesgegenwärtig hechtete Bill zur Seite weg, als ein weiteres Geschoss durch die Tischplatte brach und haarscharf an ihm vorbei zischte. Giuseppe de Luca erhob sich von seinem Stuhl und richtete einen silbernen Revolver auf ihn.

»Niemand richtet in meinem Haus eine Waffe auf mich und überlebt.« Er feuerte auf Bill, der zur Seite wegrollte. Die Kugel schlug neben ihm in den Holzfußboden ein.

»Nur fürs Protokoll, ich habe bis eben nicht auf Sie gezielt«, rief Bill und schoss auf de Luca, verfehlte ihn aber klar.

»Ich ziele besser, Mr. Stubbs.«

Bevor de Luca ein weiteres Mal abdrücken konnte, durchschlug eine Kugel seine Brust. Mit ungläubigem Blick drehte sich der alte Mafiaboss zum Solver um, der wieder auf die Beine gekommen war und die Waffe auf sein Opfer richtete.

»Fahr zur Hölle, Fisch!« Der Solver drückte ab und traf de Luca direkt zwischen die Augen. Der Kopf des Alten wurde zurückgeworfen und der hintere Teil seines Schädels wurde entzweigerissen, als das Geschoss wieder austrat. Mit weit aufgerissenen Augen sah er zu Bill, bevor er tot zusammenbrach. »Jetzt zu uns beiden, Mr. Stubbs.«

In diesem Moment wurde die Tür aufgestoßen und mehrere Männer in schwarzen Anzügen kamen hereingestürmt. Sofort eröffneten sie das Feuer. Der Solver sprang zur Seite und erschoss den ersten der Männer, bevor er von mehreren Kugeln erwischt wurde und zu Boden ging.

Danielle rannte zur Leiche von de Luca und

schnappte sich dessen Revolver. Bevor sie damit anlegen konnte, wurden die Männer von einem wahren Trommelfeuer von hinten überrascht. Mehrere brachen blutüberströmt zusammen, einige konnten sich nach links und rechts hinter die Wände retten. Durch die Tür konnte Bill das weiße T-Shirt von Pauleys Wäscherei sehen. Mindestens fünf Kerle mit automatischen Gewehren in den Händen standen dort. Pauley Junior stand in ihrer Mitte, mit einer abgesägten Schrotflinte in den Händen und schrie immer nur einen Namen: »Maranzano«, während er wild und ungezielt um sich schoss.

Erst jetzt realisierte Bill, dass Cary Hudson immer noch bewusstlos auf seinem Stuhl am Tisch saß, mit dem Rücken zur Tür. Wie durch ein Wunder hatte bisher kein Projektil den Schauspieler getroffen. Die übrigen von de Lucas Männern erwiderten das Feuer von Pauleys Männern. Bill lief zu Cary Hudson, zog den Ohnmächtigen vom Stuhl und schleppte ihn in die rechte Zimmerecke, wo Earl und Quezada dicht an die Wand gedrückt neben de Lucas Hausbar standen. Danielle kam geduckt zu ihnen rübergelaufen. Sie steckte sich den Revolver von de Luca vorne in den Hosenbund.

»Irgendwelche Ideen, wie es jetzt weitergeht?«, schrie sie, um die Schießerei zu übertönen.

»Ja, nichts wie raus hier«, erwiderte Bill und schoss auf die riesige Fensterscheibe. Die Kugel prallte an dem Glas ab und erwischte einen von de Lucas Männern am Hinterkopf, der daraufhin wie ein rohes Ei aufplatzte. »Upps. Scheint kugelsicher zu sein, die Scheibe. Unser einziger Ausweg bleibt die Tür!«

»Gib mir mal dein Feuerzeug«, sagte Danielle und

streckte ihre Hände aus. Bill reichte es ihr. Dann schnappte Danielle sich eine Flasche hochprozentigen Alkohols, griff sich eine Serviette und stopfte diese in den Flaschenhals. Sie drehte die Flasche um, wartete einen Augenblick und zündete dann die vollgesogene Serviette an. Dann warf sie den provisorischen Brand-Cocktail auf den großen runden Tisch, der sofort in Flammen stand. »Macht noch welche fertig«, sagte Danielle zu Earl und Quezada. Sofort griffen sich die beiden ebenfalls alkoholische Getränke und folgten Danielles Beispiel.

»Nicht den Whiskey«, sagte Bill und sicherte sich die Flasche McClearey's, bevor Danielle sie sich greifen konnte. Er nahm einen Schluck daraus und stopfte dann selbst eine Serviette in den Flaschenhals.

Das Feuergefecht an der Tür beschäftigte die beiden feindlichen Mafiaclans so sehr, dass keiner in der Lage war, sich um sie zu kümmern. Aber sie versperrten ihnen auch den einzigen Fluchtweg aus der misslichen Lage. Bill schnappte sich eine weitere Flasche, diesmal Wodka, und goss den Inhalt über den Kopf von Cary Hudson aus, der immer noch besinnungslos zu seinen Füßen lag. Prustend kam der langsam zu sich.

»Verdammt ... Was soll das? Wo bin ich?« Der Schauspieler sah sich um, blickte zur Schießerei an der Tür und versuchte, wieder auf die Beine zu kommen. »Hab ich was verpasst?«

»*Blood Fight III*«, sagte Bill bloß. Cary Hudson sah ihn mit großen Augen an, als er den Titel eines seiner Filme hörte.

»Was denn? So schlimm? Scheiße!«

»Genau das ist es«, erwiderte Bill. Dann sah er durch die Flammen, die vom runden Tisch aufstiegen, wie eine Gestalt sich langsam wieder erhob. Der Solver. Er nutzte das Chaos an der Tür, näherte sich einem von de Lucas Männern und erschoss diesen aus nächster Nähe. Dann schnappte er sich dessen Waffe und ging, beidhändig um sich feuernd, auf die Tür zu.

»Nicht gut. Gar nicht gut«, sagte Earl, der es ebenfalls mit angesehen hatte.

»Zünde meine Flasche an, schnell!«, schrie Bill und hielt sie Danielle entgegen, die immer noch sein Feuerzeug hatte. Beim ersten Funkenflug aus dem Feuerzeug entzündete sich die alkoholgetränkte Stoffserviette. Bill nahm die Flasche in die rechte Hand und zielte. Dann warf er sie in Richtung der Tür, was schwer genug war, mit den Handschellen um die Hände. Direkt vor dem Solver knallte die Flasche gegen die Wand und zerbarst. Die Flammen flackerten wild auf und griffen gierig nach allen, die in der Nähe waren. In Bruchteilen von Sekunden brannte der Anzug von Nicolo Maranzano lichterloh und er lief schreiend durch die Tür aus dem Raum. Darauf hatte Pauleys Sohn nur gewartet. Er feuerte mit der Schrotflinte und erwischte den brennenden Mann im vollen Lauf. Der Solver wurde zur Seite weggeschleudert und verschwand aus Bills Sichtfeld. Aber die restlichen Männer von de Luca nutzten die Gelegenheit für einen Ausbruch und stürmten ebenfalls aus dem Raum, mit allem um sich feuernd, was ihnen zur Verfügung stand. Bill sah sich um, der halbe Raum stand bereits in Flammen, die immer schneller um sich griffen und sich in Windeseile durch das Holzgebäude fraßen. Die italienische Musik, die immer noch gelaufen war, verstummte endgültig, als der Plattenspieler ein Raub des Feuers wurde.

»Jetzt oder nie!«, rief Danielle, zündete die restlichen Wurf-Geschosse an und stürmte dann zur Tür. Sie schleuderte ihre Flasche direkt in die Mitte auf Pauley Junior. Der sprang zur Seite und feuerte im Fallen mit der Schrotflinte aus sie. Er verfehlte Danielle, aber erwischte Earl, der dicht hinter ihr lief. Mit einem Schrei ging der Dinerbesitzer zu Boden und ließ seine brennende Flasche direkt vor sich fallen. Auf der Stelle standen seine Beine in Flammen. Quezada reagierte am schnellsten. Der Direktor warf seine Flasche sofort achtlos zur Seite weg, riss sich sein Jackett herunter und warf sich damit auf Earls Beine, um die Flammen zu ersticken. Dann war Cary Hudson zur Stelle. Der Schauspieler packte den schreienden Earl unter den Achseln und warf ihn sich dann wie einen Sack Kartoffeln über die Schulter. Anschließend stürmte er wie ein Running Back durch die bereits stark gelichteten Reihen der Mafiaclans in Richtung Ausgang. Quezada folgte ihm. Bill blickte sich suchend um. Mittlerweile hatten sich schon dicke Rauchschwaden gebildet, die Sicht verschlechterte sich rapide.

»Danielle?«, rief Bill in den undurchsichtigen Qualm. »Wo bist du?«

»Dreh dich um«, hörte Bill plötzlich eine hasserfüllte Stimme hinter sich. »Ich will, dass du mir ins Gesicht siehst, wenn ich dich erschieße!«

Er tat es. Ganz langsam drehte er sich herum und hustete. Ihm gegenüber stand Pauley Junior, nur wenige

Meter entfernt. Er hielt die Schrotflinte mit beiden Händen fest umklammert. Sein weißes T-Shirt war beinahe komplett rot. Bill sah, dass Junior stark blutete und sich nur noch mühsam auf den Beinen halten konnte.

»Du bist an allem schuld! Du verdammter Dreckskerl. Wegen dir musste mein Vater sterben. Dafür nehme ich dich jetzt mit in die Hölle!«

»Nein!« Danielle kam von der Seite angeflogen. Ein Schuss löste sich. Die Blondine tacklete Bill richtiggehend und riss ihn zu Boden.

Danielles Kopf lag schlaff auf Bills Brust. Er atmete schwer, seine Bauchwunde brannte wie die Hölle. Vorsichtig strich er über Danielles blondes Haar. Blut und Stücke von Gehirn klebten darin. Er hielt den Atem an. Doch dann bewegte sich ihr Kopf plötzlich wieder. Mit ihren tiefblauen Augen sah sie ihn an. Bill atmete tief aus. Es war nicht ihr Blut.

»Hey, alles in Ordnung?«, fragte sie lächelnd.

»Jetzt schon«, gab er erleichtert zurück. Dann blickte er zu Junior, der immer noch wie festgewachsen dastand und durch die Rauchschwaden zu ihnen herübersah. Unvermittelt stürzte er dann auf die Knie und kippte mit dem Gesicht nach vorne zu Boden. Jetzt sah Bill das faustgroße Loch in seinem Hinterkopf. Ein paar Schritte hinter Junior lag eine zitternde Gestalt auf dem Boden. Der Solver. Halb von den Flammen zerfressen gab er ein grausiges Bild ab. Er legte auf Bill an und drückte ab.

Aber es passierte nichts. Es klickte nur. Einmal. Zweimal. Dreimal. Bill sah etwas Goldenes am Handgelenk des Mafiakillers aufblitzen. Seine Rolex. Er lächelte.

»Ihre Zeit ist abgelaufen.«

Der Solver betätigte immer noch den Abzug seiner Waffe, als Bill und Danielle sich wieder aufrappelten und so schnell sie konnten das flammende Inferno verließen.

KAPITEL 21
NUMMER EINS

SONNTAG, 23. JULI 2017

Der letzte Tag der Comic Con begann mit strahlendem Sonnenschein. Die Temperaturen lagen immer noch weit über dreißig Grad Celsius und kratzten sogar an der Vierzig-Grad-Marke. Der Strom an Besuchern, die zur Comic Con wollten, war trotz der gestrigen Ereignisse ungebrochen. Erneut waren alle Straßen und Wege um das Convention Center hoffnungslos überfüllt. Am letzten Tag schienen die Leute noch einmal alles geben zu wollen. Die Anzahl an verkleideten Menschen schien nochmals angestiegen zu sein im Vergleich zu den Vortagen. Die Geschehnisse vom gestrigen Tag schienen bereits wieder vergessen und die Toten waren nur eine kleine Randnotiz in der Zeitung wert gewesen. Die Veranstalter setzten alles daran, das Thema so klein wie möglich zu halten. Es war die Rede von einem Drogendeal, der aus dem Ruder gelaufen war.

In Halle H wurden die Fahrzeuge der Filmwagen-Ausstellung etwas verschoben, sodass sie die Blutflecke, die sich nicht entfernen ließen, auf dem Boden bedeckten.

The show must go on.

Bill schlenderte mit einem Kaffeebecher in der rechten Hand durch die Halle. Ein riesiges Pelzviech kam auf ihn zu. Es sah aus wie ein wandelnder Teppich und es trug eine futuristisch aussehende Armbrust. Bill hob die linke Hand und klatschte mit dem Wookie ab, als er an ihm vorbeiging. Er konnte sich ein Lächeln nicht verkneifen. Dann ging er weiter in Richtung der Büros der Convention-Leitung. Ohne Probleme zu machen, ließ ihn der Wachmann passieren. Bill ging die Treppe hinauf und folgte dem langen Flur, bis er im Büro von Quezada stand. Der Direktor sah ihn überrascht an, stand aber sofort von seinem Stuhl auf und begrüßte ihn.

»Mr. Stubbs, ich dachte, Sie wären noch im Krankenhaus. Aber schön, Sie so schnell wieder auf den Beinen zu sehen. Steht Ihnen übrigens gut, das glattrasierte Kinn.« Quezada lachte.

»Danke. Ich bin auf eigenen Wunsch aus dem Krankenhaus raus. Es gibt da noch etwas zu erledigen.«

»Was denn noch? Nach gestern ist nicht mehr viel übrig möchte ich meinen.«

Bill nickte. Quezada hatte recht. Pauley Parisi und Giuseppe de Luca waren beide tot und Geschichte. Das alte Holzhaus in Oldtown war bis auf die Grundmauern abgebrannt, die Feuerwehr konnte nur noch verhindern, dass die Flammen auf die umliegenden Gebäude übergriff. Alle Kopien und Nachdrucke von Action Comics Nr. 1 waren vernichtet worden. Und Cary Hudson hatte es tatsächlich irgendwie geschafft, seinen Namen aus dem Ganzen herauszuhalten. Eigentlich hatte Bill fest damit gerechnet, dass der Schauspieler versuchen würde, aus der Situation ordentlich Publicity für sich herauszuschlagen. Und warum auch nicht? Hudson hatte sich als echter Held bewährt. Er hatte Earl das Leben gerettet, als er ihn aus dem brennenden Haus heraustrug. Trotzdem war er nicht erpicht darauf, deswegen in die Presse zu kommen. Bill vermutete, es hing mit den Umständen zusammen. Verbindungen zur Mafia waren nichts, womit man gute Publicity erreichen konnte, auch wenn man, so wie Cary Hudson, nur zufällig in diese Situation hineingestolpert war. Aber für Bill gab es noch etwas zu tun. Schließlich war er bereits bezahlt worden, auch wenn von dem Geld nur noch wenige hundert Dollar übrig waren.

»Es geht immer noch um das Comicheft«, sagte Bill zu Quezada. »Es ist immer noch verschwunden.«

»Das ist richtig. Aber die Auktion habe ich ohnehin schon abgesagt. Es war nicht mein Heft, Bennett ist tot. Lassen Sie es gut sein, Mr. Stubbs.«

»Ich kann nicht. Mir geht immer noch nicht aus dem Kopf, dass Ihre fünftausend Dollar ebenfalls gestohlen wurden. Pauleys Männer waren es nicht, so viel wissen wir.«

»Aber wer war es dann?«

»Jemand aus Ihrem näheren Umfeld, mit Zugang zu

Ihrem Büro. Haben Sie vielleicht eine Liste aller Mitarbeiter für mich, die hier Zutritt haben?«

»Keiner meiner Leute würde mich bestehlen, Mr. Stubbs«, erwiderte Quezada empört.

»Mag sein. Aber Gelegenheit macht Diebe, heißt es doch so schön. Und da sie den Safe offen gelassen haben …«

Der Direktor sah ihn einen Moment lang an und ging dann zu seinem Schreibtisch.

»Ich schreibe Ihnen die Namen auf, es sind nicht viele. Auch wenn ich glaube, dass Sie damit nicht viel Erfolg haben werden.«

»Vielen Dank.«

Es gab einen lauten Signalton von Quezadas Computer. Bill blickte auf den Bildschirm, wo wieder die Internetseite für den Handel mit Comicheften aufgerufen war. Ganz oben auf der Seite blinkte eine Schaltfläche mit der Aufschrift *›neues Angebot‹*.

»Darf ich?«, fragte Bill.

»Nur zu«, antwortete Quezada, der immer noch mit Schreiben beschäftigt war.

Bill klickte auf die Schaltfläche und ein kleines Angebotsfenster öffnete sich. Das ihm mittlerweile gut bekannte rotgelbe Covermotiv mit dem weißblauen Balken, in dem Action Comics Nr. 1 stand, leuchtete auf. Es wurde als Originalausgabe angeboten.

»Das ist nur wieder ein Fake«, sagte Quezada hinter ihm, als er das Angebot sah. »Schon der Preis ist viel zu niedrig. Achtzigtausend? Das kann nur eine Fälschung oder ein Nachdruck sein.«

Bill nickte dem Direktor zu.

»Wahrscheinlich haben Sie recht.« Er wollte das Fenster wieder schließen, als er plötzlich im Angebotstext etwas las, das ihn stutzig werden ließ. »Ich drucke es mir trotzdem kurz aus, wenn ich darf.«

»Nur zu.«

Mit dem Ausdruck und der Liste von Quezada in der Hand verabschiedete sich Bill vom Direktor und verließ die Hallen des Convention Centers. Vor der Halle sah er einen kleinen Jungen, der tatsächlich dasselbe Kostüm trug wie er am Tag zuvor. Der Poncho des Kleinen reichte bis zum Boden. Er spielte mit einem Spielzeugrevolver. Als er Bill sah, legte er auf ihn an. Aber Bill war schneller, zog einen imaginären Colt aus dem Gürtel und feuerte auf den Jungen, der daraufhin mit einem lauten Lachen zusammensackte und toter Mann spielte. Die Mutter des Jungen zog ihn wieder auf die Beine und klopfte ihm den Staub vom Poncho. Sie sah Bill wütend an. Er ließ seinen unsichtbaren Colt wieder ins Holster gleiten und ging schnell weiter.

Nach einer halben Stunde kam er vor einem baufälligen Holzhaus in Chula Vista an, einem Vorort von San Diego, der nahe der Grenze zu Mexiko gelegen war. Er blickte noch einmal auf den Ausdruck in seiner Hand. Das war die Adresse, die dort angegeben war. Er faltete den Zettel zusammen und steckte ihn in die Hosentasche. Dann ging er langsam zur Tür der Baracke und klopfte an. Er hatte beinahe Angst, dass die Tür aus dem Rahmen fiel, als er dagegen pochte. Kurz darauf öffnete eine grauhaarige Frau die Tür und schlug sie sofort wieder zu, als sie ihn erkannte. Aber Bill war schneller und hatte seinen rechten Fuß zwischen Rahmen und Türblatt gestellt. Die Frau fluchte auf Spanisch und schlug mehrfach mit der Tür gegen seinen Fuß, bevor sie plötzlich aufhörte und laut weinend ins Innere des Hauses ging. Bill stieß die Tür vorsichtig ganz auf und ging, leicht hinkend, hinein. Sein Fuß schmerzte, aber er ließ es sich nicht anmerken.

»Frau Lupita Gómez Hernández?«, fragte Bill die alte Frau, die heulend auf einem plattgesessenen Sofa saß, aus dem die Polsterfüllung teilweise herausquoll. Er blickte auf den Zettel, den Quezada ihm geschrieben hatte. Der Name der alten Frau stand an letzter Stelle darauf. Sie war als Putzfrau im Convention Center tätig. Ein kleiner Hund, wahrscheinlich ein Chihuahua, kam interessiert zu ihm gelaufen und beschnüffelte seinen Fuß.

»Si«, antwortete die alte Frau.

»Ich bin wegen Ihrer Anzeige hier«, sagte Bill, holte den Ausdruck wieder hervor und entfaltete ihn. »Die ist doch von Ihnen, oder? *Von Comic Con geprüft*«, las er vor.

»Si.«

»Was dagegen, wenn ich mich hinsetze?« Bill zeigte auf einen Holzstuhl, der neben dem kaputten Sofa stand. Die Alte schüttelte nur mit dem Kopf. »Also, würden Sie mir das Heft zeigen?«

»Si.« Die Frau stand auf und ging zu einem kleinen Schrank in dem kärglich eingerichteten Wohnzimmer. Sie zog die Schublade auf und holte das Heft heraus. Dann kam Sie zurück und reichte es Bill.

»Vielen Dank.« Das Comicheft war in keiner Schutzhülle und es hatte einen hässlichen Knick auf der Titelseite. Bill blätterte das Heft durch, bis zur Seite zwanzig. Er lächelte.

»Du bringen mich jetzt Gefängnis?«, fragte die alte Frau unsicher in gebrochenem Englisch.

»Sollte ich?«

»Ich nicht wollen mitnehmen. Ich geputzt habe Büro von Mr. Quezada. Ich immer putzen. Plötzlich, als ich abstaube Bild, es fällt von Wand und ich sehen Safe dahinter. Tür ist offen. Ich öffnen Safe und sehe viel Geld und dieses Heft. Ich es einfach genommen, ohne nachzudenken. Nie zuvor ich etwas gestohlen, mein ganzes Leben nicht.«

»Ich glaube Ihnen. Warum haben Sie es jetzt gemacht?«

Die alte Frau sah ihn mit großen Augen an. Dann liefen ihr wieder Tränen die Wangen hinunter.

»Enkelsohn schwerkrank. Er brauchen Operation, teure Operation. Deswegen ich nehmen Geld und Heft.« Sie senkte den Kopf.

Ein Geräusch zu seiner Linken ließ Bill aufschrecken. Eine junge Frau mit langen schwarzen Haaren und tiefbraunen Augen, die einen leise quengelnden Säugling im Arm hielt, hatte das Wohnzimmer betreten. Sie lächelte ihn hoffnungsvoll an.

»Sie wollen das Heft kaufen?«

Bill spürte einen Kloß im Hals. Er sah zu der Alten, die immer noch zu Boden blickte und den kleinen Hund streichelte. Die junge Frau setzte sich mit dem Baby neben die Grauhaarige und reichte es ihr. Einen Moment lang überlegte Bill, das Heft einfach liegen zu lassen und zu gehen. Aber dann besann er sich. Er nahm das Comicheft an sich und stand auf.

»Ihre Mutter wird Ihnen alles erklären.« Bill nickte der verwirrt dreinschauenden Frau kurz zu und verließ dann schnell das Haus.

KAPITEL 22
EIN NETTER KERL

Bill schüttelte die letzte Zigarette aus der Schachtel Red Apple heraus. Eine Weile drehte er den Glimmstängel zwischen seinen Fingern hin und her und steckte ihn sich schließlich zwischen die Lippen. Er nahm ein paar tiefe Züge und ging dann langsam auf das Krankenhaus zu. Bevor er es betrat, vergewisserte er sich, dass er auch alles dabeihatte und kontrollierte dann sein Spiegelbild, das sich in den Glasschiebetüren des Eingangs abzeichnete. Zufrieden nickte er sich selbst zu und wollte dann die Zigarette wegschnippen, als er eine Krankenschwester bemerkte, die ihn eindringlich durch die Glasscheibe hindurch ansah. Bill lächelte ihr zu und drückte die Fluppe im großen Standaschenbecher links neben der Tür aus, bevor er das Krankenhaus betrat. Er fuhr mit dem Fahrstuhl in den zweiten Stock. Dort brachte er zuerst sein Präsent weg. Danielle war nicht in ihrem Zimmer, aber dafür ein imposanter Blumenstrauß. Bill hängte sein

Präsent schnell an einer Schranktür auf und nahm sich dann die Karte aus dem Blumenstrauß. Sie war von Cary Hudson.

Verdammter Schleimer!

Bill steckte die Karte zurück zu den Blumen und steuerte danach zielstrebig auf das Zimmer zu, in dem Earl untergebracht war.

Zu seiner Überraschung war Earl nicht mehr alleine in dem Krankenzimmer. Danielle war bei ihm und saß auf der Bettkante am Fußende seines Bettes. Sie trug ein blaues Patientenhemd unter einem weißen Bademantel. Sie war von ihnen dreien noch am glimpflichsten davongekommen und hatte neben ihrem Streifschuss nur eine leichte Rauchvergiftung davongetragen und sollte nur einen Tag zur Beobachtung im Krankenhaus bleiben. Dazu war auch noch eine Ärztin bei ihnen, augenscheinlich eine Mexikanerin. Alle drei waren gerade herzhaft am Lachen, als Bill das Zimmer betrat.

»Hey, wen haben wir denn da?«, fragte Earl und sah ihn erstaunt an. »Sie erinnern mich an jemanden, Sir, aber kennen wir uns?«

»Lass doch den Quatsch, Earl«, brummte Bill. Er fühlte sich plötzlich etwas unwohl, als er merkte, dass Danielle ihn von unten bis oben musterte.

»Wow«, sagte sie nur und ließ einen leisen Pfiff folgen. »Nicht schlecht. Gute Entscheidung, den Bart abzurasieren. Wer hätte gedacht, dass unter diesem zotteligen Bart so ein ansehnlicher Kerl versteckt ist? Und der Nadelstreifenanzug steht dir wirklich gut. Hast du was Bestimmtes vor?«

Ehe Bill etwas erwidern konnte, ging die Ärztin von Earls Bett weg auf die Tür zu.

»Ich komme morgen früh wieder vorbei, um nach Ihnen zu sehen, Mr. Tibbs.«

»Sehr gerne. Ich freue mich schon darauf«, rief Earl der lächelnden Ärztin hinterher, als sie den Raum verließ.

»Du heißt ja gar nicht Marley mit Nachnamen«, sagte Bill grinsend. »Kann es sein, dass du gerade mit deiner Ärztin geflirtet hast? Obwohl sie Mexikanerin ist?«

»Natürlich, wir haben uns auf Anhieb verstanden. Sie meinte, ich hätte Ähnlichkeit mit Sam Jackson.« Earl lächelte selig. »Das gefällt mir besser als Bob Marley. Ich denke, ich werde mich schnell an meine neue Frisur gewöhnen.« Er strich sich mit der linken Hand über die glänzende Glatze.

»Wo bist du gewesen, Stubbs?«, fragte Danielle. »Als ich dich heute Morgen besuchen wollte, sagten die Pfleger mir, du hättest das Krankenhaus auf eigenen Wunsch entgegen ärztlicher Empfehlung verlassen.«

Bill sah Danielle genau an. Es war das erste Mal, dass er ihr Gesicht ungeschminkt erblickte.

»Ich habe nur schnell den Fall gelöst«, sagte er wie beiläufig und holte sich einen Stuhl, den er neben Earls Bett stellte und sich darauf setzte. »Ich habe Action Comics Nr. 1 gefunden. Das Original.«

Earl und Danielle blickten erst einander an und sahen ihn dann perplex an.

»Sag das noch mal«, forderte Danielle ihn auf.

»Ich habe Action Comics Nr. 1 gefunden. Heute Mittag.«

»Aber wie ... woher ... und warum ...« Danielle schüttelte leicht geschockt den Kopf. »Dann kann ich dich wohl nur beglückwünschen. Hast du deswegen diesen Anzug an? Zur Feier des Tages?«

»Nein. Ich bin gleich noch zu einer Veranstaltung im Omni eingeladen. Dort steigt eine große Fete eines Filmstudios. Cary hat mir Karten gegeben. Aber vorher«, Bill griff in die Innentasche seines Jacketts und holte zwei kleine braune Umschläge hervor, »wollte ich euch noch euren wohlverdienten Anteil bringen.« Er lächelte Danielle an und reichte ihr und Earl die beiden Kuverts.

Danielle nahm den Umschlag entgegen und öffnete ihn.

»Es ist leider etwas weniger geworden als vereinbart. zehntausend Dollar. Für jeden von euch. Tut mir leid, Earl, mehr war leider nicht drin. Ich weiß, das wird nicht reichen, um dein Diner wieder aufzubauen.«

Der alte Schwarze winkte lachend ab. »Mach dir keine Sorgen darüber, Bill. Der Laden war gut versichert. Das wird reichen, um das Diner neu zu eröffnen. Sag mir lieber, womit ich mir die zehntausend verdient habe?«

»Immerhin hast du deine Haare geopfert«, sagte Bill schmunzelnd. »Was ist mit dir? Du bist so still?« Bill sah Danielle an, die ihre Zehntausend Dollar aufgefächert in den Händen hielt.

»Wie viel Geld hast du für den Comic bekommen? Und von wem überhaupt?«

»Eine gute Frage«, sagte Bill. Er zog sein Jackett aus und hängte es hinter sich über die Stuhllehne. »Das Comicheft gehörte Cary Hudson. Er hat es eindeutig als die Ausgabe identifiziert, die ihm vor Jahren gestohlen wurde. Du hättest sein Gesicht sehen sollen, er hat sich richtig gefreut, als ich es ihm zurückgegeben habe.«

»Das glaube ich gerne. Cary ist ein netter Kerl. Er hat mir einen riesigen Blumenstrauß geschickt.« Danielle sah ihn mit durchdringendem Blick an. »Wie viel?«

»Hunderttausend Dollar. Aber bevor du etwas sagst, die anderen achtzigtausend habe ich für einen guten Zweck gespendet!«

Danielle sah ihn einen Moment lang an, dann wandte sie sich zu Earl, der Bill ebenfalls genau musterte.

»Für einen guten Zweck? Oder eher für einen guten Schneider?«, fragte Danielle mit Blick auf seinen Anzug.

»Wenn du achtzigtausend gespendet hast, ist nichts mehr für dich übrig«, sagte Earl nachdenklich.

Bill winkte ab. »Ich habe doch das Geld von Bennett.«

»Von dem achtzehntausend Dollar bei de Luca gelandet sind«, gab Danielle zu bedenken.

»Wenn schon.« Bill zuckte mit den Schultern. »Hauptsache gesund, pflegte meine Mutter immer zu sagen.« Er sah Danielle in ihre blauen Augen. »Was wirst du mit deinem Anteil machen?«

Die Blondine steckte die zehntausend Dollar zurück in den Umschlag und legte ihn auf das Bett. Dann umfasste sie ihre Brüste mit beiden Händen.

»Das kann ich dir genau sagen: Ich investiere es in zwei neue Silikonkissen!«

Bill blickte zu Earl und wieder zurück zu Danielle.

»Aber, das ist doch nicht-«

Danielle beugte sich vor und legte ihren Finger auf seinen Mund.

»Eine Brustverkleinerung. Die beiden Dinger hier verursachen mir schon seit geraumer Zeit extreme Rückenschmerzen und außerdem«, sagte sie lachend, »möchte ich endlich auch mal wieder auf dem Bauch schlafen können.«

Earl stimmte in ihr Gelächter mit ein und - nach einem kurzen Moment der Verwunderung - Bill ebenfalls.

»So und jetzt würde ich dich gerne noch etwas fragen«, sagte Bill zu Danielle, die sich gerade ein paar Lachtränen aus den Augenwinkeln wischte.

»Gerne doch. Schieß los.«

»Würdest du mich heute Abend begleiten? Zu dieser Filmparty?«

»Oh, ich ...« Danielle stockte und sah ihn unsicher an. Dann verpasste Earl ihr einen leichten Tritt mit dem rechten Fuß in den Rücken. »Natürlich. Ich komme gerne mit, aber ich sollte eigentlich noch zur Beobachtung hierbleiben.«

»Keine Sorge, ich werde ein Auge auf dich haben«, sagte Bill und zwinkerte ihr zu.

»Ich habe gar nichts zum Anziehen«, sagte Danielle plötzlich erschrocken.

»Auch daran habe ich gedacht. Ich habe ein Kleid mitgebracht, es hängt schon in deinem Zimmer. Ein rotes Kleid, ich hoffe, es gefällt dir. Schuhe können wir unterwegs noch kaufen.«

»Rot ist meine Lieblingsfarbe«, antwortete Danielle.

»Ich weiß. Ich bin Detektiv, ein ziemlich guter übrigens. Die Größe des Kleides müsste dir passen«, erwiderte Bill breit grinsend.

»Okay, das reicht jetzt. Raus mit euch beiden. Turtelt im Flur weiter. Ich brauche meine Ruhe, schließlich bin ich der Einzige, der angeschossen wurde«, witzelte Earl.

»Hey, ich wurde ebenfalls angeschossen«, protestierte Danielle lachend und klopfte sich mit der linken Hand auf den rechten Oberarm.

»Ein Streifschuss, pah. Das zählt nicht. Und bevor du was sagst, Bill: Nein, Stichwunden zählen ebenfalls nicht.«

»Alles klar. Wir sehen uns morgen«, sagte Bill zu Earl und verließ mit Danielle das Zimmer.

Als er mit Danielle den Flur zu ihrem Zimmer entlangging, hakte sich die Blondine bei Bill ein.

»Also, Mr. Stubbs, was sind Ihre Absichten mich betreffend?«

Bill sah sie belustigt an.

»Meine Absichten? Nun, ich hoffe, wir werden einen netten Abend verbringen, Ms. Barnes. Dann bringe ich Sie nach Hause, ganz wie es sich für einen Gentleman gehört.«

»Das klingt gut.«

Kurz bevor sie Danielles Zimmer erreichten, rief eine Frauenstimme mit spanischem Akzent über den Flur nach ihm.

»Mr. Stubbs, Mr. Stubbs. Bitte warten Sie!«

Bill und Danielle drehten sich um zu der jungen Mexikanerin mit den langen schwarzen Haaren, die freudestrahlend auf ihn zugelaufen kam. Sie fiel Bill um den Hals und drückte sich fest an ihn. Verdutzt ließ Danielle seinen Arm los und sah ihn verwundert an.

»Ich danke Ihnen. Vielen, vielen Dank. Sie haben mir das schönste Geschenk überhaupt gemacht.« Tränen der Freude liefen über das Gesicht der jungen Frau. Hinter ihr sah Bill ihre Mutter, Lupita Gómez Hernández, den Flur entlangkommen. Sie hielt das Baby im Arm und strahlte ihn ebenfalls an. Sie sagte etwas auf Spanisch zu ihm.

»Auch meine Mutter dankt Ihnen vom ganzen Herzen. Sie sind ein guter Mensch, sagt sie.« Die Mexikanerin ließ ihn los und gab ihm noch einen Kuss auf die Wange. »Das werden wir Ihnen niemals vergessen.«

»Haben Sie schon mit einem Arzt gesprochen?«

»Ja, haben wir. Gleich morgen findet die Operation statt. Es wird alles gut werden. Und das verdanken wir nur Ihnen.« Die Mexikanerin wandte sich an Danielle. »Sie haben einen guten Mann.« Dann drückte sie Bill nochmals an sich und ging dann mit ihrer Mutter und dem Kind fort.

»Gibt es etwas, das du mir sagen willst?«, fragte Danielle, nachdem die Mexikanerin gegangen war.

»Nein, alles in bester Ordnung, schätze ich«, erwiderte Bill, während er mit versonnenem Blick den beiden Frauen hinterhersah. Er hatte Quezada nicht erzählt, wo er den Comic gefunden hatte, nur, dass er sich geirrt hatte und es doch niemand aus dem näheren Umfeld des Comic-Con-Direktors gewesen war.

»Du bist ein netter Kerl, Bill.«

Er blickte Danielle lächelnd an.

»Das ist das erste Mal, dass du mich Bill genannt hast.«

»Bilde dir bloß nicht zu viel darauf ein, Stubbs.« Danielle zwinkerte ihm zu und ging in ihr Krankenzimmer. Während Bill auf sie wartete, schlenderte er ein wenig den Flur entlang. Aus einer Zimmertür rechts von ihm kam eine Krankenschwester mit einer Bettpfanne in der Hand heraus und er konnte noch einen Blick in den Raum werfen. Er sah einen ihm gut bekannten Hünen im Krankenbett liegen, beinahe komplett vom Kopf bis zu den Zehen eingegipst. Ihre beiden Blicke trafen sich noch kurz, bevor die Tür wieder zufiel und Bill grüßte Geno freundlich lächelnd, zwei Finger an die Schläfe legend.

The New Y

24. July 2017

Hollywoodstar glücklich

SAN DIEGO - Am letzten Tag der diesjährigen Comic Convention gab es noch eine kleine Sensation. Vor acht Jahren wurde in die Villa des Hollywoodstars Cary Hudson eingebrochen. Dabei wurde unter anderem ein wertvolles Comicheft aus der Sammlung des Schauspielers entwendet. Nun hat der beliebte Actionstar seinen Schatz wiedererhalten. Voller Stolz präsentierte er am Abend auf der Abschlussveranstaltung "Action Comics Nr. 1", eines der wertvollsten Comichefte überhaupt. »Ich hätte nie damit gerechnet, dass ich meine Nr. 1 eines Tages wieder in Händen halten würde«, sagte ein sichtlich glücklicher Cary Hudson unserer Zeitung.

Er dankte auch noch ausdrücklich dem Finder, Kunstdetektiv William Stubbs. Mr. Stubbs hatte vor Jahren ein wertvolles Rembrandt-Gemälde für das Metropolitan Museum in New York wiedergefunden und gilt auf seinem Gebiet als einer der Besten. »Ich danke meinem Freund Bill Stubbs dafür, dass dank seines Einsatzes meine Sammlung wieder vollständig ist.«

EPILOG

»Wie kommt der Kerl dazu, mich seinen Freund zu nennen?« Kopfschüttelnd faltete Bill die Zeitung zusammen und reichte sie Earl. »Noch einen Kaffee?«

Bill stand von seinem Stuhl neben Earls Bett auf und ging zu dem Tisch, wo die Krankenschwester das Tablett mit dem Frühstück abgestellt hatte. Netterweise hatte sie auch für ihn eine Tasse mitgebracht.

»Nein, danke. Was regst du dich so auf? Es gibt doch wohl Schlimmeres, als wenn dich ein Hollywoodstar als seinen Freund bezeichnet. Oder glaubst du, er meinte die Art von Freunden, bei-«

»Es reicht, Earl«, schnitt Bill dem im Krankenbett liegenden Dinerbesitzer das Wort ab. »Du hättest mal sehen sollen, wie dieser Kerl sich gestern Abend auf der Feier an Danielle herangewanzt hat. Er ist auf sie angesprungen, wie eine Motte aufs Licht.« Bill ging zum Fenster und blickte hinaus auf die Straße.

»Verständlich«, erwiderte Earl nur.

»Was meinst du damit?«

»Jetzt sei doch nicht so begriffsstutzig, du Meisterdetektiv«, lachte Earl. »Danielle ist doch schließlich ein echtes Sahneschnittchen. Und Cary Hudson ist doch als Schürzenjäger bekannt. Wo also liegt dein Problem? Eifersüchtig?«

Bill drehte sich zu Earl um und wollte gerade zu einer Schimpftirade ansetzen, als Danielle das Krankenzimmer betrat.

»Guten Morgen. Oh, du bist auch schon da, Stubbs. Hätte ich mir denken können.« Danielle stellte die Papiertüte, die sie bei sich trug, auf dem Tisch neben dem Tablett ab und holte ein paar eingewickelte Sandwiches heraus. »Ich hab dir was Ordentliches zum Frühstück mitgebracht, Earl. Diesen Krankenhausfraß kann man doch niemandem zumuten.« Sie reichte Earl eines der Sandwiches.

»Vielen Dank.«

»Möchtest du auch eins, Stubbs?« Danielle hielt Bill ein Sandwich entgegen. Doch er schüttelte nur mit dem Kopf. »Na gut, dann eben nicht.« Danielle zuckte mit den Schultern und packte das Sandwich für sich selbst aus. »Hast du schon die Zeitung gelesen? Du wirst darin erwähnt. Cary bezeichnet dich sogar als seinen Freund.«

»Na vielen Dank auch«, brummte Bill.

»Ach herrje, du bist heute ja ein richtiger Sonnenschein.«

»Nun erzähl du doch mal«, sagte Earl zu Danielle, »wie war es gestern auf dieser Party? Der Miesepeter hier verrät ja nichts.«

»Es war ein toller Abend. Du hättest mal sehen sollen, wie viele Prominente da waren. Und wir mittendrin. Cary hat Bill allen wichtigen Leuten aus der Filmindustrie vorgestellt.«

»Das hat er doch nur gemacht, um mich zu beschäftigen, damit er sich währenddessen mit dir alleine unterhalten konnte«, nörgelte Bill mit verschränkten Armen neben dem Bett stehend.

»Ach komm schon, Stubbs. Ich habe dir doch gestern Abend schon gesagt, dass Cary und ich nur gute Freunde sind. Und schließlich habe ich doch mit dir über eine Stunde getanzt.« Sie setzte sich auf das Fußende von Earls Bett und zwinkerte Bill zu.

»Wie bitte? Bill kann tanzen?«, fragte Earl mit übertriebener Mimik.

»Und wie. Du hättest ihn sehen sollen. Er hat John Travolta Konkurrenz gemacht. Eine Zeitlang sah es sogar tatsächlich danach aus, als ob er Spaß dabei hätte«, sagte Danielle in einem erstaunten Tonfall zu Earl.

»Nicht möglich«, entgegnete dieser und schlug sich die Hände theatralisch vor den Mund.

»Ihr zwei seid die unwitzigsten Komiker seit Abbott & Costello«, sagte Bill grimmig.

»Nun komm schon. Lach endlich mal wieder, Stubbs. Wir hatten doch einen schönen Abend.« Danielle wandte sich zu Earl. »Und danach hat er mich formvollendet mit dem Taxi nach Hause gebracht, wie ein echter Gentleman.«

»Hört, hört«, sagte Earl, während er den letzten Bissen seines Sandwiches vertilgte. »Und wie geht es jetzt weiter?«

»Was meinst du?«, fragte Danielle verwundert.

»Na, Bill könnte doch jetzt versuchen, hier regelmäßig als Privatdetektiv zu arbeiten, mit der guten Publicity, die er gerade bekommen hat. Oder willst du etwa warten, bis ich mein Diner wiedereröffnet habe, damit du da wieder von morgens bis abends rumhängen kannst?«

»Das könnte dir so passen. Ich habe tatsächlich darüber nachgedacht, hier eine kleine Detektei zu eröffnen. Einige von den Gästen gestern auf der Party haben schon danach gefragt, ob ich Zeit hätte, für sie Aufträge zu übernehmen.«

»Super. Dann sind wir also im Geschäft«, freute sich Danielle.

»Wen meinst du mit *wir*?«

»Na, dich und mich. Wir haben doch gut zusammengearbeitet, oder etwa nicht?«

»Du willst als Detektivin arbeiten?«, fragte Bill verwundert.

»Na klar, warum nicht. Es liegt mir doch«, erwiderte die Blondine lachend.

»Ich finde die Idee gut«, sagte Earl. »Du kannst jemanden gebrauchen, der dich auf Trab hält und ein wenig auf dich aufpasst.«

Bill drehte sich um und ging einige Schritte durch das Zimmer und blieb schließlich direkt neben Danielle stehen.

»Okay. Wir können es ja mal probieren. Aber ich bin der Boss.« Er streckte Danielle die rechte Hand entgegen.

»Aber sicher doch.« Danielle ergriff seine rechte

Hand und drückte fest zu. Mit einem Schmerzensschrei zog Bill seine Hand zurück.

»Verdammt, meine gebrochenen Finger, pass doch auf«, fluchte er, während Earl sich nur schwer ein Lachen verkneifen konnte. Ein lautes Klingeln, das aus seiner Hosentasche kam, ließ ihn aufschrecken.

»Willst du nicht rangehen?«, fragte Danielle.

»Das ist das Prepaid-Handy. Die Nummer dürfte eigentlich niemand haben.« Langsam zog Bill das Gerät aus der Tasche und blickte prüfend auf das Display. Eine New Yorker Telefonnummer wurde darauf angezeigt. Eine ihm gut bekannte. Er drückte auf das Hörersymbol.

»Stubbs.«

»Bill, wie schön, deine Stimme zu hören«, sagte eine Männerstimme zu ihm. »Es freut mich, dass ich dich endlich erreiche.«

»Was willst du, Darwin? Woher hast du diese Nummer?«, fragte Bill knurrend.

»Ich habe in der Zeitung davon gelesen, dass du den Comic wiedergefunden hast. Glückwunsch, Bill. Mr. Bennett muss sehr erfreut gewesen sein.«

»Bennett ist tot. Noch mal: Woher hast du diese Nummer?«

Stille folgte. Darwin Collister schien geschockt zu sein, von Bennetts Tod zu hören.

»Ich habe ein paar Telefonate geführt, nachdem ich gelesen hatte, dass Cary Hudson ein Freund von dir ist. Ich kenne seinen Agenten und habe über ein paar Umwege schließlich deine Nummer von Mr. Quezada bekommen.«

Verdammt. Ich hätte die Nummer nicht weitergeben sollen.

»Okay. War schön, mit dir zu sprechen, Darwin. Leb wohl.«

»Halt, halt! Bitte warte, Bill. Ich rufe aus einem bestimmten Grund an.«

»Dann rück raus damit«, knurrte Bill. Je länger das Gespräch mit seinem ehemals besten Freund dauerte, umso schneller verfinsterte sich seine Laune.

»Also gut. Ich und Marie heiraten in einem Monat oben in den Hamptons und wir würden dich wirklich gerne als Gast dabeihaben.«

Bill ließ das Handy sinken und starrte einen Moment lang zum Fenster hinaus.

»Alles in Ordnung, Stubbs?«, fragte Danielle ihn, aber er beachtete sie nicht.

»Bill? Bist du noch da?«, schnarrte Darwins Stimme aus dem Lautsprecher des Handys.

»Ja, ich bin noch da«, sagte er gefasst.

»Gut. Also Bill, ich hoffe, du kannst dich dazu entschließen, die alten Geschichten zu vergessen und sagst zu. Es würde Marie und mir sehr viel bedeuten, wenn du dabei wärst.« Darwins Stimme verriet, dass es ihm nicht leichtfiel, ihn das zu fragen. Es war auch ganz sicher nicht seine Idee gewesen. Das trug Maries Handschrift.

Bill erwiderte nichts. Er blickte zu Danielle und Earl, die ihn fragend ansahen.

»Darwin?«

»Ja, Bill?«

»Darf ich noch jemanden mitbringen?«

»Aber sicher doch.« Erleichterung war aus Darwin Collisters Stimme herauszuhören. »Ich werde dir noch eine offizielle Einladung zuschicken.«

»Danke. Bis bald, Darwin.« Bill beendete das Gespräch, ohne auf eine Erwiderung von Darwin zu warten.

»Wer war das, ein neuer Auftraggeber?«, fragte Danielle.

»Nein, ein alter Freund.« Er blickte Danielle mit einem Schmunzeln an. »Hättest du vielleicht Lust, mich auf eine Hochzeit nach New York zu begleiten?«

Danielle stutzte kurz. Aber dann lächelte sie ihn an.

»Aber klar doch, ich liebe New York und ich liebe Hochzeiten.«

»Gut. Dann mach dich auf eine gefasst, die du nie vergessen wirst.« Bill zwinkerte Danielle gut gelaunt zu.

FILMOGRAFIE CARY HUDSON

Cary Hudson (*09. Juni 1980 in Rock Springs, Wyoming) ist ein US-amerikanischer Schauspieler und Drehbuchautor.

Sein Filmdebüt gab er 1998 in einer kleinen Rolle in dem Slasher-Film „Bluttriefende Träume“. Erste Aufmerksamkeit in der Filmbranche erregte Hudson schon zwei Jahre später, als er in dem billig produzierten Abenteuerfilm „Goldfieber“ einen Schatzjäger spielte.

Der internationale Durchbruch als Schauspieler gelang ihm ein Jahr später mit dem ersten Teil der Action-Trilogie „Blood Fight“. Spätestens mit dem Historiendrama „Legenden von Green Gables“ avancierte Hudson zum Teenie-Idol einer ganzen Generation. Der darauffolgende Film „Seit du da bist“ nach eigenem Drehbuch geriet allerdings zu einem folgenschweren Flop, der die steile Karriere des Stars zum Stocken brachte. Erst mit dem Marco-Polo-Biopic „Der Besessene“ im Jahr 2010 konnte Hudson wieder einen großen

Erfolg beim Publikum wie auch den Kritikern landen. Für die Darstellung der Titelrolle erhielt er seine erste Golden-Globe-Nominierung. Für den Kriegsfilm „Verdammt bis zum Morgengrauen“ (2012) sowie für das Ehe-Drama „Miller vs. Miller“ (2014) erhielt er jeweils eine Oscarnominierung als bester Hauptdarsteller. Für 2018 ist der vierte Teil seiner Actionreihe „Blood Fight“ angekündigt.

- Bluttriefende Träume, Horror, 1998
- Tod im Moor, Horror, 1998
- In Blut gerahmt, Thriller, 1999
- Goldfieber, Abenteuer, 2000
- Blood Fight, Action, 2001
- Blood Fight II – Bad Blood, Action, 2002
- Der Tod klopft immer zweimal an, Thriller, 2002
- Blood Fight III – Bath in Blood, Action, 2003
- Death Drive, Action, 2003
- Scoop Scanlon – Star Reporter, Komödie, 2004
- Legenden von Green Gables, Historienfilm, 2004
- Seit du da bist, Liebesfilm, 2005 *(auch Drehbuch)*
- Mister Dynamite, Action, 2007
- Chuck Dawson – Mit rauchendem Revolver, Western, 2008
- Schnaps, Drogen und Miezen, Noir-Krimi, 2008

- Matthew Blood – American Outlaw, Western, 2009
- Der Besessene – Die Abenteuer von Marco Polo, Literaturverfilmung, 2010 *(Golden-Globe-Nominierung)*
- Leichengesang, Thriller, 2011
- Verdammt bis zum Morgengrauen, Kriegsfilm, 2012 *(Oscarnominierung bester Hauptdarsteller)*
- Big Money, Drama, 2013
- Surfin' Birds, Animationsfilm, 2013 (nur Stimme)
- Miller vs. Miller, Drama, 2014 *(Oscarnominierung bester Hauptdarsteller)*
- Fashion Monsters, Thriller, 2015
- The Family, Mafia-Epos, 2016
- Galaxy Patrol, Science-Fiction, 2017
- Blood Fight IV – Bleed again, (angekündigt)

GLOSSAR

Action Comics Nr. 1: Die erste Ausgabe der Comicserie aus dem Verlag DC Comics. Besondere Bedeutung erreichte dieses Heft dadurch, dass hier Superman seinen ersten Auftritt hatte (der auch das Cover des Heftes ziert) und es als Geburtsstunde des Superheldencomics gilt.

Cosplay: ein Kunstwort, zusammengesetzt aus den englischen Begriffen „Costume“ und „Play“ (Kostümspiel). Beim Cosplay stellen die Teilnehmer bekannte Figuren aus Videospielen, Filmen, TV-Serien und Comics/Manga so originalgetreu wie möglich dar. Der Cosplaytrend kam in den 1990er Jahren von Japan aus nach Europa und den USA und wird heute auf vielen Popkultur-Veranstaltungen fortgeführt.

„Fünf Familien“: Die Bezeichnung bezieht sich auf die fünf großen Familien des organisierten Verbrechens der italienischen Mafia in New York City. Zuerst benutzt wurde die Bezeichnung im Jahr 1931, als sich die ersten Organisationen formierten. Populär wurden die Fünf Familien auch durch den Film „Der Pate“. Noch heute gibt es diese Fünf „Familien“ in New York.

San Diego Comic Con International

Die erste Comic Con wurde 1970 abgehalten und zählte etwa 300 Besucher. Seitdem hat sich die Veranstaltung stark gesteigert und auch verändert. Von der ursprünglichen Comicbuchmesse folgte eine Wandlung/Öffnung hin zu anderen Themen wie Filmen und Fernsehserien. Vor allem bei Cosplayern ist die Comic Con sehr beliebt.

NACHWORT

Vielen Dank für den Kauf und das Lesen meines siebten Romans. Ich hoffe, Ihnen hat die Lektüre des Buches gefallen und Sie hatten dabei ein paar (ent)spannende Stunden.
Neben der Möglichkeit zum Feedback über eine Rezension freue ich mich darüber hinaus auch über Ihre persönlichen Kommentare zum Buch über meine E-Mail-Adresse:

kontakt@andre-milewski.de

Wer noch mehr über meine anderen Bücher oder über mich erfahren möchte, darf gerne auf meiner Website www.andre-milewski.de vorbeischauen.

Ihr André Milewski

ÜBER DEN AUTOR

André Milewski, Jahrgang 1978, kam auf Umwegen zum Schriftstellerberuf. Nach dem Schulabschluss und einer handwerklichen Ausbildung zog es ihn zur Marine. Von dort wechselte er nach acht Jahren in die freie Wirtschaft, wo er eine Tätigkeit als Einkaufsleiter übernahm.

Erst 2010, mit der Erfindung seines Helden Max Falkenburg, begann seine Karriere als Autor. Mit seiner **„Geheimakte“**-Reihe schuf er sich schnell eine treue Fangemeinde. Aber auch seine **„Heather Bishop“**-Serie oder Titel wie **„Der Choral der Hölle“** erfreuen sich großer Beliebtheit unter den Lesern.

André Milewski lebt und schreibt in Schleswig-Holstein/Deutschland.

Mehr über den Autor und seine anderen Bücher gibt es auf der Website www.andre-milewski.de zu erfahren. Dort besteht auch die Möglichkeit, sich für einen Newsletter zu registrieren, um automatisch über neue Bücher, Gewinnspiele und Messeauftritte informiert zu werden.

facebook.com/AutorAndreMilewski
instagram.com/andre_milewski
tiktok.com/@andre_milewski

GEHEIMAKTE - Spinoffs, Prequels

Die Weihnachts-Akten (fortlaufend)

Die Falkenburg Chroniken (abgeschlossen)

Die-Frederick-Crichton-Romane (fortlaufend)

Heather-Bishop-Thriller (fortlaufend)

Hard-Sequences-Thriller (fortlaufend)

Einzelbände

Hörbücher von André Milewski

Printed in Poland
by Amazon Fulfillment
Poland Sp. z o.o., Wrocław

56480798R00178